올드 스쿨

OLD SCHOOL
by Tobias Wolff

Copyright ⓒ Tobias Wolff, 2003
By arrangement with International Creative Management, Inc.
New York, N. Y.
Korean Translation Copyright ⓒ MUNHAKDONGNE Publishing Corp., 2019
All rights reserved.

Korean translation rights arranged with International Creative Management, Inc.
through EYA(Eric Yang Agency).

이 책의 한국어판 저작권은 EYA(Eric Yang Agency)를 통해
International Creative Management, Inc.사와 독점 계약한 (주)문학동네에 있습니다.
저작권법에 의하여 한국 내에서 보호를 받는 저작물이므로
무단 전재 및 무단 복제를 금합니다.

이 도서의 국립중앙도서관 출판예정도서목록(CIP)은
서지정보유통지원시스템 홈페이지(http://seoji.nl.go.kr)와
국가자료공동목록시스템(http://www.nl.go.kr/kolisnet)에서 이용하실 수 있습니다.
(CIP제어번호: CIP2019008900)

올드 스쿨
Old School

Tobias Wolff
토바이어스 울프
장편소설

강동혁
옮김

문학동네

차
례

나의 스승들에게

저한테 왜 거짓말을 하신 거예요?

난 항상 진실을 말한다고 생각했다.

저한테 왜 거짓말을 하신 거냐고요?

진실만큼 심한 거짓말은 존재하지 않고, 난 진실을 사랑하기 때문이야.

_마크 스트랜드, 「아버지를 위한 애도가」

학급
사진

로버트 프로스트는 대선이 끝나고 겨우 한 주 뒤, 1960년 11월에 방문했다. 학생들은 닉슨과 케네디의 경합보다도 프로스트가 곧 온다는 데 더 관심을 가졌다. 그것만으로도 우리 학교가 어떤 학교인지 어느 정도 알 수 있을 것이다. 우리들 대다수가 보기에 닉슨과 케네디는 전혀 맞수가 될 수 없었다. 닉슨은 고지식한 꼰대였다. 우리 학교에 다녔다면 신발에 접착제를 발라 땅에 붙여버렸을 것이다. 하지만 케네디는 달랐다. 그는 투사였고 풍자와 촌철살인의 달인이었으며 신경질적이지도 않았다. 옷도 제대로 입을 줄 알았다. 아내도 매력적이었다. 게다가 케네디는 책을 읽고 쓸 줄 알았다. 그가 쓴 책 중 『영국은 왜 잠자고 있었나』는 역사학 상급 세미나 필독서로 지정되기까지 했다. 우리는 케네디가 어떤 사람인지 알아보았다. 우리 학교에 다녔더라면 인기 있는 학생이 되었을 소년. 악동 같으면서도 글을 잘 다루는 소년. 자신의 계급을 드러내는 동시에 별것 아닌 것처럼 치부해버리는 형식적인 태평함을 가진 소년. 케네디 안에서 우리는 그런 소년의 모습을 여전히 볼 수 있었다.

하지만 케네디를 좋아하는 이유 중 하나가 그의 계급이라는 걸 우리는 인정하지 않으려 들었다. 우리 학교는 속물근성에 차 있는 학교가 아니었다. 어쨌든 우리는 그렇다고 믿었다. 그리고 가능한 한 그 믿음을 진실한 것으로 만들려 노력했다. 학교에 잡일이 있으면 모두가 함께 했다. 학교측에서 전혀 티를 내지 않았기에 장학생들은 재량껏 자신이 장학금을 받는다는 사실을 공개할 수도 있고 그러지 않을 수도 있었다. 명문가 출신이거나 집안이 부유해 처음부터 유리한 출발선에 서 있는 학생들이 몇 명 있다는 건 모두가 알고 있었지만, 설령 그들의 특권이 즉시 그들에게 자리를 마련해준다 해도 나머지 학생들은 그건 아주 위험한 자리라고 생각하고 싶어했다. 그런 자리에서는 더이상 나아가는 게 불가능했다. 첫 사교계 데뷔 파티 얘기나 열여섯 살이 되었다는 이유만으로 재규어*를 받은 이야기를 끝없이 떠벌리는 식으로 그 자리에

---

* 고급 세단과 스포츠카로 유명한 영국의 자동차 브랜드.

서 밀려나지 않으려 노력하는 게 전부였다. 달리 탁월한 점이 없다면 그렇게 노력을 하면서도, 오직 스스로 이루어낸 것에만 가치를 두는 명예 체제에 꾸준히 기반을 내줄 수밖에 없었다.

그건 너무 깊숙이 자리잡고 있어 오히려 아무도 입에 올리지 않는 이념이었다. 바닥 광택제에서 나는 냄새, 모직물에서 나는 냄새, 못 견디게 더운 방에서 따닥따닥 붙어 지내는 학생들의 냄새를 맡을 때 모두가 이 이념의 냄새를 함께 흡입했다. 입 밖으로 나온 적이 없으니 누가 문제를 제기한 적도 없었다. 한편 이 이념은 학생이 자기 손으로 직접 해낸 일이라면 무엇이든, 학교는 그 일을 다른 모든 기준을 넘어 그 학생의 가치를 증명해주는 것으로 받아준다는 뜻이었다. 운동장은 누구에게나 열려 있었다. 학교들이 다 그렇듯 우리 학교도 운동선수들을 높이 평가했고 그 학생들이 거둔 성과 또한 상당했다. 특히 레슬링선수들이 그랬는데, 이들은 동부 해안선을 따라 늘어서 있는 학교들을 누비며 다른 선수들을 우울한 표정의, 신음하는 걸레로 만들어 즐겁게 매트를 닦아댔다. 학교는 레슬링선수나 축구선수를 아꼈을 뿐 아니라, 인정사정없는 토론의 명인, 총명한 학자, 성악가, 체스 챔피언, 치어리더, 배우, 음악가, 재치꾼 들을 아꼈고, 특히 글쟁이들을 아꼈다.

우리 학교에 고백할 만한 속물근성이 한 가지 있다면 그건 이

곳이 문학적 공간이라는 자부심이었다. 일 년에 세 차례씩 학교를 방문하는 유명 작가들을 차치하고라도 말이다. 교장은 애머스트의 매사추세츠주립대학에서 로버트 프로스트와 동문수학했고 지금은 누가 이야기만 꺼내도 언짢아하지만 한때 『폭풍에 맞서는 소네트』라는 시집을 내기도 했다. 도서관의 색인 카드에만 이름이 올라 있을 뿐 시집은 사라져버렸고 학교장이 직접 그 책을 없애버렸다는 소문이 돌았다. 아마 그럴 만했으니 없애버린 것이겠지. 하지만 그렇다고 해도, 잘 쓴 시가 됐든 형편없는 시가 됐든 시집 한 권은커녕 시 한 편이라도 써본 교장이 몇이나 된단 말인가? 학생주임 메이크피스는 제1차세계대전이 한창일 때 헤밍웨이와 친구였다. 『태양은 다시 떠오른다』에 나오는 제이크의 낚시 친구 빌의 모델이 바로 학생주임이라는 얘기도 있었다. 문학을 가르치는 다른 선생들 또한 헤밍웨이와 잘 아는 사이라는 듯 굴었다. 헤밍웨이뿐 아니라 셰익스피어나 호손, 던과도. 우리가 보기에 그들은 기사단 같았다. 문학과 관련된 미래를 전혀 꿈꾸지 않는 학생들조차 문학 선생들의 무심한 듯한 복장과 의례적인 재담을 어설프게 흉내냈다. 한 달에 한 번 교장과 함께 차를 마시는 시간에, 나는 문학 선생들이 불가에서 몸을 녹이는 사람들처럼 교장을 중심으로 원을 그리며 가볍게 떠 있는 듯한 모습에 깊은 인상을 받았다.

문학 선생들은 어떻게 그런 존경심을 끌어낼 수 있었던 걸까? 이 세상에 대해 물리나 생물 선생들은 모르고 문학 선생들만 아는 것이 대체 무엇이기에? 나만 그런 것은 아니겠지만, 내게는 문학 선생들이 알고 있는 것이야말로 알 만한 가치가 있는, 무엇보다 귀한 것처럼 보였다. 수학이나 과학 선생들이 겸손하게 자기 과목에만 매달리는 반면 문학 선생들은 다양한 분야에 두루 밝은 경향이 있었다. 해부를 잘하기는 했지만 어떤 경우에도 시나 소설을 포르말린에 절어 있는 개구리처럼 내버려두는 법이 없었다. 문학 선생들은 일단 해부해놓은 작품을 역사와 심리학, 철학, 종교, 심지어 과학에도 이어 붙였다. 문학 선생들은 학생들이 으레 가질 법한, 주인공과 자신을 동일시하려는 욕망에 영합하지 않고도 작가에게 중요했던 문제가 우리에게도 영향을 미친다는 느낌이 들게 만들었다.

예컨대 방금 포크너의 「헛간을 태우다」를 읽었다고 해보자. 당신은 이 이야기에 나오는 아들처럼, 아버지의 성격에서 어떤 결함을 느끼게 되었다. 그 생각을 하면 불편하다. 가만히 내버려두면 당신은 책을 덮고 다른 생각으로 옮겨갈 것이다. 하지만 그 대신 눈에 띄게 다리를 저는 키가 크고 음울한 남자가 당신 손을 잡고서, 당신뿐 아니라 교실을 가득 채운 다른 소년들을 이끌어 아들이 된다는 것의 의미를 깊이 생각해보게 한다. 의무이자 소중한 가치이자 골칫거리이기도 한 충실함이라는 문제에 대하여, 충실함의 좋은 점과 어려운 점, 그 안에 도사린 덫, 그러니까 혈연관계를 넘어 나 자신과 세계에 대한 배신이 될지도 모를 충실함에 대해서 말이다.

전에는 한 번도, 누구와도 이런 대화를 나눠본 적이 없다. 또한 이런 대화가 이루어지고 있는 순간에도 당신은 아버지가 감정적인 취약함이나 스스로에 대한 의심, 온전치 못한 정직성 등 세계를 상대로 이런저런 문제를 겪고 있다 해도 그 세계에 불을 지르지는 않을 것이라는 사실, 따라서 당신의 충실함이 비극의 소재가 되지는 않을 거라는 사실을 알고 있다. 그리하여 당신은 소설에 나오는 아들처럼 용기를 내 고통스럽게 아버지를 배신하지 않고도 아무 미련 없이 아버지를 저버리게 된다. 그리고 그 분리를 받아들이는 순간 어떤 일이 일어나는 것만 같다. 아버지의 슬픈 얼굴, 살집이 있는 그 얼굴이 점점 희미해지고, 눈을 한 번 깜박여 그 희미한 얼굴마저 떨쳐버린 뒤 시선을 들어올리면, 거기에 문학 선생이 한 손은 코트 주머니에 찔러넣고 다른 손으로는 망가진 무릎을 문지르며 책상에 기대서 있다. 당신 뒷자리 학생이 잔뜩 아는 체하며 작품에 나오는 새 이미지에 관해 번지르르한 장광설을 늘어놓는 모습을 쓸쓸히 바라보면서 말이다.

우리 학교에는 초빙 작가가 오면 학생 한 명을 뽑아 작가와 개인면담을 할 기회를 주는 전통이 있었다. 우리는 그 영예를 누리고자 초빙 작가가 시인이면 시를, 소설가인 경우에는 소설을 투고했다. 초빙 작가는 학교에 도착하기 일주일쯤 전에 우승자를 가렸고, 그러면 우승자의 시나 소설 원고가, 좀 지나서는 우승자와 초빙 작가가 교장의 정원을 함께 걷는 사진이 학교 신문에 실렸다.

관습에 따라 이 경연에는 졸업 학년인 6학년* 학생들만 참여할 수 있었다. 그 말은 내가, 초빙 작가에게 구애를 하던 소년들이 한 명씩 뽑혀나가 복되고도 복된 문학의 현신 그 자체와 함께 교장이 아끼는 장미꽃 사이를 거닐며 심오한 문제에 관해 토론하고 자문을 받고, 『사랑이 머무르는 계절』이 좋았다고? 말도 안돼. 뭐랄까, 세상에, 커즌스에 대해서 메리 매카시가 한 말을 너도 들어봤으면 좋았을 텐데…… 라고 말하는 모습을 삼 년이라는 긴 시간 동안 넋 놓고 지켜보기만 했다는 뜻이다.

견디기 힘든 일이었다. 우승작을 쓴 사람이 내가 좋아하지 않거나 더 나쁘게는 이 대회에 참여했는지조차 알지 못했던 소년

---

* 미국의 고등학교는 9~12학년 체제이나, 영국 전통을 따르는 몇몇 사립학교는 3~6학년 체제로 운영된다.

일 경우에는 특히 그랬다. 내가 벤치에서 기다리는 동안 실제로 그런 일이 일어난 경우는 허스트라는 명백한 속물 녀석이 라틴어로 연작 풍자시를 써서 에드먼드 윌슨과 면담 기회를 따냈을 때 한 번밖에 없었지만 말이다. 그를 제외한 다른 우승자들은 뻔하게도 같은 웅덩이에서 나왔다. 문학 수업시간에 두각을 드러내고 교내 문학잡지에 작품을 투고하며 책에 파묻혀 지내는 다른 아이들과 어울리던 소년들 말이다.

초빙 작가들은 애초에 우리를 몰랐으므로 누가 누구를 편애한다는 식의 이야기는 나올 수 없었지만 어쨌든 우리는 작가들의 결정을 놓고 논쟁을 멈추지 않았다. 로버트 펜 워런은 어떻게, 죽어가는 할머니 이야기를 다룬 키트 모턴의 평범하기 짝이 없는 소설을 선택할 수 있는가? 사형수가 마지막 담배 한 대를 태우면서, 수백만 명을 살해한 사람은 간과하고 겨우 단 한 번의 살인을 이유로 자신을 처벌하는 세상의 재판에 대해 신성모독적 경멸감을 대범하게 쏟아내는, 의식의 흐름 기법에 따른 독백 형식의 랜스 레빗의 작품을 놔둔 채 말이다. 로버트 펜 워런이 키트 같은 감상주의자와 정원을 거니는 동안 언어의 격식과 부르주아적 도덕에 저항한 랜스가 그 모습을 그냥 지켜봐야만 한다는 건 부당해 보였다(노골적으로 감정을 드러낸 키트의 소설 때문에 나는 남몰래 눈물을 흘려야 했다).

면담이라는 전리품이 우리에게 대단히 중요했다는 이야기는 과장이 아니다. 우리는 정말로 신경을 많이 썼다. 나도 마찬가지였다. 나는 초빙 작가의 작품만이 아니라 그 작가에 대한 글도 읽었으니까. 나는 내가 사랑하는 작품들을 쓴 작가 모파상이 어린 시절 플로베르와 투르게네프에 푹 빠져 있었다는 사실을 알고 있었다. 포크너는 셔우드 앤더슨에게, 헤밍웨이는 피츠제럴드와 파운드와 거트루드 스타인에게 빠져 있었다. 이 작가들은 모두 다른 작가들의 환영을 받았다. 나 자신에게도 그런 환영이 필요하다는 결론이 자연스럽게 따라왔다. 하지만 그러려면 일단 어떤 식으로든, 무슨 수를 써서라도 나를 환영해줄 작가를 만나야 했다. 내가 보기에 이 논리의 작동 원리는 조금도 저열하지 않았고 심지어 실용적이지도 않았다. 나는 결코 인맥을 쌓으려는 게 아니었다. 내 열망은 신비주의적이었다. 내가 원한 것은 살아 있는 소설과 시를 써낸 손, 다른 작가들의 손을 만져보았던 손이 내 어깨를 짚어주는 일이었다. 누군가 내게 향유를 부어주기를 바랐던 것이다.

프로스트가 방문한다는 소식은 10월 초에 공표되었다. 처음 소식을 들었을 때는 정신이 다 아찔했으나 그날 밤이 되자 패배에 대한 두려움으로 침울해졌다. 잠을 이룰 수 없었다. 마침내 나는 자리에서 일어나, 소설을 쓰다 쉴 때 적곤 했던 시가 가득 담긴 노트 두 권을 가지고 책상 앞에 앉았다. 룸메이트가 꿈결에 뭔가를 중얼거리는 동안 나는 페이지 위로 몸을 구부리고 아래와 같은 시들을 한 편 한 편 읽어나갔다.

노래 (#8)
희망 없는 밤 그중에서도 가장 희망 없는 이들에게
나는 노래를 부르고 희망 없이 노래를 끝낸다
그러나 나를 동정하지는 말기를 내게는 희망이 있으니까 그리고
그들을 동정하지도 말기를 그들에게는 희망이 없으니까 그리고

시는 거기에서 끝났다. 그 아래에 내가 적어놓은 건 파편이었다. 나는 노트에 있는 대부분의 시 아래에 파편을 적어두었다. 어느 모로 보나 파편이라는 이름이 정확했다. 중요한 의미를 가지기 전에 나를 떠나버린 정념과 철학의 열기 속에서 작성된 글귀들. 그나마 마무리진 몇 안 되는 시들도 목부분이 돌아가는 전기스탠드의 강하고 둥그런 빛 아래에서 보면 훨씬 실망스러웠다. 파편의 아름다움이란 아직 훌륭하게 완성될 수 있는 여지가 남아 있다는 데서 온다. 그런 파편 몇 개를 이어 붙여 「황무지」 식의 연작으로 만들어볼까 하는 생각도 했지만, 그렇게 해서 파편

22

에 어떤 의미가 생기리라는 희망은 너무 지나치게 느껴졌다.

무언가 새로운 걸 써내야 했다. 제출 기한은 삼 주 후였다. 시 한 편은 쓸 수 있는 기간이었다. 하지만 어떤 시를 써야 할까? 잘 쓴 시만으로는 부족했다. 경쟁자들의 작품 사이에서 단연 돋보이는 시를 써야 했다. 하지만 나는 적어도 경쟁자들—허스트 같은 다크호스를 제외하고—이 누구인지는 알고 있었다.

경쟁자는 세 명이었다.

조지 켈로그는 우리 학교 문학잡지인 〈트루바두르*〉의 편집자였다. 아주 오래된 문학잡지였고 여전히 옛날 방식 그대로, 빳빳하고 무거운 종이에 음각 인쇄로 제작해 모든 시와 소설이 세월의 풍파를 견뎌낸 고전처럼 보이게 했다. 나도 원래는 편집자가 되고 싶었지만, 편집위원회 투표에서 한 표 차로 떨어졌고 따분한 위로용 직함 하나를 받았다. 출판국장. 실망스럽기는 했지만 엄청난 충격을 받지는 않았다. 조지는 편집자 자리를 얻기 위해 지치지도 않고 다른 학생들에게 원고를 청탁했고, 마감 직전이 되면 최후의 작품까지 판에 앉히느라 한밤중까지 등잔불을 켜놓고 기름을 태워댔다. 나는 그런 일을 전혀 하지 않았다. 내게 〈트

---

* troubadour, 중세 남프랑스에서 '음유시인'을 일컫던 말.

루바두르〉는 내 작품을 전시할 유일한 미술관이었고, 경쟁자를 끌어들일 생각은 한 번도 해보지 않았다.

조지가 뽑혔다는 사실 자체만으로도 편집자 자리는 더 부러워할 만한 가치가 없는 것으로 보였다. 내가 추구한 건 A급 시민권이 아니었으니까. 조지가 글을 못 쓴다는 뜻은 아니다. 조지는 잘 교육받은 능숙한 작가로 주 종목은 시였다. 언제나 전통적인 형식으로 썼고, 특히 빌라넬*에 맞추어 쓴 시는 주로 외로움이라는 주제를 다루었다. 장이 파한 다음날 아침 빈 장터를 가로질러 조심스럽게 걸음을 옮기는 노인, 그레이하운드 터미널 바깥에서 오지 않는 버스를 기다리는 어린아이, 비어 있는 집으로 걸어가는 기나긴 길이 두려워 천천히 소지품을 챙기는 늙은 여자 외에 모두가 떠나버린 어두운 극장 등등.

여자는 스카프를 두른다, 털이 빠져가는 목도리를.
여자는 시간을 끌어댄다, 시간이 마침내 자기를 끌어갈 때까지.

조지가 쓴 시를 읽고 있자면 뭘 좀 아는 녀석이라는 생각이 들었다. 조지는 운율을 잘 맞추었고 두운법과 의인법을 활용했다.

---

* 19행 2운체의 전원시.

환유법도. 조지의 시에는 언제나 주제의식이 있었다. 이 세상의 온갖 작은 사람들에 대한 연민이 가득했다. 읽고 있자면 지루해서 몸이 뻣뻣해질 지경이었지만 조지에게는 분명 전문적인 기술이 있었고, 때로는 아껴둔 힘이 있다는 암시가 넌지시 전해지기도 했다.

조지가 우승할 거라는 생각은 별로 들지 않았다. 작가라기보다는 교수에 가까운 녀석이었다. 회중시계를 갖고 다니고 보풀이 잔뜩 인 트위드 모자를 쓴 채 충분히 생각한 다음에야 천천히 말하는 녀석. 이런 조지의 특징은 정성스러운 느낌보다는 답답한 느낌을 주었다. 그게 바로 조지의 문제였다. 지나치게 정성스럽고 지나치게 친절하다는 것. 나는 조지가 누구에 대해서든 독설을 내뱉는 걸 들어본 적이 없었다. 나를 포함한 편집위원회 학생들이 학교 친구들, 그중에서도 특히 〈트루바두르〉에 자기 작품을 싣고 싶어하는 친구들을 조롱할 때면 조지는 눈에 띄게 힘들어했다. 편집회의 때 조지는 투고된 작품 거의 전부를 옹호했다. 실을 수 있는 작품은 한정되어 있다는 걸 알면서도. 미칠 노릇이었다. 조지가 정말 그 작품들이 마음에 드는 건지, 그냥 사람들을 실망시키고 싶지 않아서 그러는 건지 알 수 없었다. 우리는 조지의 태도에 자극을 받아 원래 생각했던 것보다 훨씬 공격적인 판단을 내리게 되었다.

조지의 자비로움은 그의 작품에도 별 도움이 되지 않았다. 유창한 언어로 연민을 보여주긴 했지만 조지의 글에는 이빨이 빠져 있었다. 나는 책상 위에 어니스트 헤밍웨이가 나온 잡지 사진을 몇 장 걸어놓았는데, 그중에는 헤밍웨이가 이를 드러내고 찍은 사진도 있었다. 뭔가를 물어뜯고 찢어발길 수 있는 그의 능력은 의심의 여지가 없어 보였다. 내가 보기에 그 이는 작가로서 헤밍웨이가 발휘하는 힘과 명백하게 연관되어 있었다.

그래도 나는 조지를 무시할 만큼 멍청하지는 않았다. 특유의 예의바른 태도는 잠시 미뤄놓고 강렬한 감정에 주도권을 넘겨준다면 조지는 괜찮은 작품을 얻을 수도 있었다. 우승도 할 수 있었다.

내 룸메이트 빌 화이트도 마찬가지였다. 빌은 이미 소설 한 편을 거의 완성했고 우리는 그 소설의 첫 장을 〈트루바두르〉에 실은 적이 있었다. 눈보라가 치고 남자 둘과 여자 하나가 사냥용 오두막에 고립되어 있다. 서술자는 그 사람들이 누구인지, 어쩌다 그곳에 오게 되었는지, 왜 같이 있는지 전혀 설명하지 않는다. 그러나 소설을 읽다보면 서서히 그림이 그려진다. 남자 중 한 명은 유명 배우이고 여자는 그의 아내다. 다른 남자는 외과의사다. 두 남자는 오랜 친구 사이지만 배우의 아내가 외과의사와 바람을 피우고 있다는 사실이 점점 드러나고, 외과의사가 한때 사파리 여행을 하던 중 즉석에서 기관절개술을 실시해 배우의 목숨을 구해준 적이 있다는 사실도 밝혀진다.

모자를 벗어서 자네에게 경의를 표해야겠군, 몬터규가 말했다. 그때 상황을 생각해보면 보통 까다로운 기술이 필요한 게 아니었을 거야. 몰아치는 폭풍우에 텐트는 무너져가지, 몰이꾼들은 다 술에 절어 있고. 절대 잊지 않을 걸세.

별거 아냐, 별거 아냐. 닥터 코츠가 말했다. 그냥 인턴이라도 그 정도는 해낼 수 있었을 거네―어쩌면 더 잘했을지도 모르고.

절대 잊지 않을 걸세, 몬터규가 다시 말했다. 나는 언제까지나 자네에게 빚을 갚아야 하지. 그가 차갑게 덧붙였다.

우리 모두가 그렇지 않나요. 애슐리가 스카치를 또 한 잔 따르며 말했다. 그녀는 떨어져내리는 눈송이를 뚫어지게 지켜보았다. 솜씨 좋은 의사가 봉사해주지 않는다면 우리가 대체 뭘 할 수 있겠어요?

이런 암캐 같으니, 몬터규가 말했다. 당신은 완벽하게 아름다운 암캐야.

빌은 마지막 윤문 작업에 들어가기 전에 소설 전체를 한 번 정리하는 중이라며 내게 나머지 부분을 보여주지 않았다. 그러나 빌이 세밀하게 묘사한 소총이 자물쇠로 잠긴 총집 안에 오랫동안 그대로 있을 거라는 생각은 들지 않았다.

빌의 등장인물들은 그냥 상류층이기만 한 게 아니라 비유대인 기독교도였다. 그래서 나는 빌도 마찬가지일 거라고 생각했다. 빌의 눈동자는 밝은 초록색이었고 그의 피부는 덥거나 추울 때 쉽게 붉어지는 창백한 빛깔이었다. 빌은 정중하면서도 즐거워하는, 무슨 이유에서 그러는지는 몰라도 특히 나 때문에 즐거워하는 듯한 태도를 보였고, 나는 그것이 좋기도 했고 싫기도 했다. 빌은 우리 학교 스쿼시 대표팀 소속이었다. 작년 봄 빌의 아버지가 학교에 방문하기 전까지만 해도 나는 빌이 유대인일지도 모른다는 생각은 한 번도 해보지 못했다. 빌의 아버지인 화이트 씨는 아내를 여의고 페루에 살고 있었는데, 그곳에 있는 섬유회사의 소유주였다. 화이트 씨는 빌을 통해 나를 마을 여관으로 초대했고 우리는 함께 저녁식사를 했다. 두 사람을 함께 보고 있자니 어떤 충격이 왔다. 두 사람 모두 키가 크고 금발인데다 눈동자는 초록색이었다. 목소리에 브루클린 억양이 섞여 있고 따뜻하다 못해 열정적으로 느껴지는 태도를 제외하면 화이트 씨는 나이가 든 빌의 모습 그대로였다. 화이트 씨가 집안 얘기를 자주 하는 바람에 얼마 지나지 않아 두 사람이 유대인이라는 사실은 분명해졌다. 그 당시 나는 빌과 이 년째 같은 방을 쓰고 있었지만 빌은 자기가 유대인이라는 티를 조금도 내지 않았었다. 나 자신도 심각한 가식을 행하고 있기는 했지만 빌도 그럴 거라고는 한 번도 의심하지 않았는데 말이다. 나는 빌이 냉담해 보이기는 해도 정직한 인물이라고 생각했다. 실제 그는 어땠을까? 함께 보낸 시간이 그렇게 길었지만 나는 빌이 나를 아는 정도로밖에 빌을 모르고 있었다.

그날 밤 화이트 씨가 사준 저녁은 근사했다. 화이트 씨 자체가 친근하고 편안하기도 했다. 하지만 나는 생소한 이야기를 따라가느라 바빴다. 정중한 호기심을 넘어서는 시선으로 화이트 씨를 보았을 게 분명했다. 빌도 눈치를 챘을지 몰랐다. 하지만 눈치를 챘더라도 빌은 전혀 내색하지 않았다. 그날뿐 아니라 그후에도 빌은 자신이 보기와 다르다는 사실을 내가 알게 됐다는 이유로 위축된 티를 낸 적이 없었다. 빌이 일부러 유대인이 아닌 척하려 했던 적은 한 번도 없었을지 모른다는 생각까지 들었다. 내가 놀란 것도 그저 나 자신이 편협하고 불안했기 때문일지도 모른다고.

물론 진심으로 그렇게 생각했다는 말은 아니다. 나는 빌이 나를 기만하려 했다고 생각한다. 정체를 들킨 순간 보인 침착함 역시 순수하게 나온 반응이라기보다 내면의 불안을 가리기 위한, 의도적이었든 아니든 나로 하여금 격한 반응을 삼가게 강요하는 또하나의 장치였을 것이다. 왜 아니겠는가? 나라도 그렇게 했을 텐데. 물론 우리는 이런 이야기를 한 마디도 나누지 않았다. 잠깐 동안은 내가 비밀을 알게 되어 빌이 나를 멀리할지도 모른다고 걱정했지만 빌은 그럴 생각이 없는 듯했다. 어쩌면 아는 사람이 생겨 마음이 놓였는지도 모르겠다. 그랬다면 나로서도 이해가 되는 일이었다, 아주 많이.

졸업 학년을 함께 보낼 룸메이트를 선정할 시기가 왔을 때 우리는 이 문제를 입에도 담지 않았다. 당연히 같은 방을 쓸 테니까. 우리만큼 잘 지내는 경우는 없었다. 진정한 우정이 우리 사이를 미끄러지듯 빠져나간다 할지라도.

빌도 경쟁 상대였다. 등장인물들이 부자연스러웠지만 그러거나 말거나 빌은 자신감이 넘쳤다. 그의 소설은 사건으로 가득차 있었고 세부사항도 잘 갖춰져 있었다. 〈트루바두르〉에 실리는 작품 대부분의 단점은 지나치게 일반적이라는 데 있었다. 일반적이면 일반적일수록 보편적인 것이 된다—다들 그런 신조라도 품고 있는 것 같았다. 빌의 재능은 구체성에 있었다. 아주 춥고 청명한 날 눈을 밟으면 어떻게 끽끽 소리가 나는지, 한데 얽힌 검은 가지들 너머로 보이는 낮게 뜬 백색 태양은 어떤 모습인지. 방금 기름칠해 아직 채 마르지 않은 소총 개머리판의 느낌과 어느 여자가 따분해하며 난로 앞에서 긴 머리를 빗을 때 나는 쥐어뜯기는 듯한 소리는 어떤지. 빌의 작품에서는 등장인물을 제외한 모든 요소가 구체적이고 사실적이었다. 긴 작품을 쓸 때는 단점이 되겠지만 빌이 쓰는 짧고 암시적인 소설, 혹은 그가 가끔씩 쓰는 시에서는 그런 정밀성과 균형 감각이 독자를 완전히 몰입시켰다. 빌 역시 내게는 걱정거리였다.

제프 퍼셀도 마찬가지였다. 우리 반에 그의 사촌인 또다른 제프 퍼셀, 일명 큰 제프가 있었기에 그는 작은 제프라고 불렸다. 사실 작은 제프는 작지 않았고 큰 제프도 크지 않았다. 그저 큰 제프가 작은 제프보다 컸을 뿐이다. 작은 제프는 큰 제프에게 자주 분통을 터뜨리곤 했다. 일부러 그런 것은 아니지만 큰 제프 때문에 그 끔찍한 별명이 붙었다는 게 그가 그토록 분해하는 이유라는 데에는 의심의 여지가 없었다. 나는 작은 제프와 친했다. 그래서 그의 다른 친구들이 그러듯 나도 작은 제프를 퍼셀이라고 불렀다.

퍼셀은 은판사진에 등장하는 남북전쟁 당시의 장군들처럼 습관적으로 팔짱을 끼곤 했다. 그런 호전적인 자세가 어울렸다. 뻣뻣한 머리를 아주 짧게 깎고서 퍼셀은 욕설과 경멸이라는 유독한 재능을 키워나갔다. 〈트루바두르〉에 투고할 거라 예상되는 모든 무고한 사람들을 처죽일 준비가 되어 있었던 퍼셀은 우리 편집회의의 헤롯*이었다. 도덕, 정치, 미美 등 모든 영역에서 퍼셀의

---

* 잔학무도하기로 유명한 고대 유대의 왕(BC 73~BC 4).

기준은 까다로웠다. 심지어 동료 편집자들의 작품에는 감탄하는 시늉을 해야 한다는 만고불변의 의전儀典조차 무시했다. 언젠가 한번은 편집회의에서 내가 쓴 '유서'라는 제목의 소설을 읽더니 꼭 화자가 자기 머리를 총으로 쏜 다음에 쓴 것 같다고 했다.

퍼셀은 부유하고 명망 높은 집안 출신이었지만 소설이나 시에는 그런 티가 전혀 나지 않았다. 아니, 어쩌면 티가 난 건지도 모르겠다. 퍼셀은 상류층과 하류층의 관계에서 오는 부당함을 주로 다루었다. 예컨대 한번은 광산 주인이 사냥개들에게 옹알이를 하며 필레 미뇽*을 직접 손으로 먹이는 사이, 땅속 깊은 곳으로 보내졌다가 갱도가 함몰되는 바람에 죽어버린 광부에 대한 발라드를 쓰기도 했다. 그가 〈트루바두르〉에 마지막으로 실은 작품은 남편과 아들이 도륙당해 슬퍼하고 있는 여인들에게 장군이 축하 편지를 보낸다는 설정의 서간체 소설이었다.

여러분들의 영웅이 영광스러운 대의를 좇다 심장을 관통당했다는 사실을 안다면 그들을 생각하며 기뻐할 수 있을 겁니다. 지금은 사라져버린 그 영웅들의 머리가, 어디에 있든, 자신들이 치른 희생에 대한 자부심으로, 기꺼이 목숨 바쳐 지킨 고국에 대한

---

* 뼈가 없는 쇠고기 부위. 주로 안심이나 등심.

찬란한 기억으로 가득차 있으리라는 점을 확신하면 여러분과 여러분의 자녀 역시 편히 쉴 수 있을 것입니다.

나는 퍼셀이 『무기여 잘 있거라』의 특정 문단을 읽고 영감을 받아 이 소설을 쓴 게 분명하다는 느낌이 들었지만, 그 문제를 진지하게 고려해봐야 할 때가 오면 그냥 입을 닫고 내버려두었다. 나쁘지 않은 소설이었다. 퍼셀의 작품이 전부 그렇듯 분명 만화적이고 충격적이고 작위적이었지만 지독할 만큼 생동감이 있었다. 어쨌거나 헤밍웨이의 영향에 푹, 귀까지 잠겨 있는 건 나도 마찬가지였으니까. 빌도 마찬가지였다. 우리는 심지어 헤밍웨이 소설의 등장인물들처럼 이야기를 나누기도 했다. 우리가 헤밍웨이의 제자라는 정체성을 부인하기라도 하듯 우스꽝스럽게 흉내내긴 했지만 말이다. 그건 네 침대고, 좋은 침대이며, 너는 그 침대를 정리해야 하고, 잘 정리해야 한다, 하는 식으로. 아니면 이런 식이었다. 오늘은 미트로프*의 날이다. 미트로프는 끝내준다. 미트로프는 끝내주지만 미트로프가 사라진 다음에는 미트로프를 먹지 못한다는 것이 비극이 될 테고 미트로프를 주는 자는 더이상 오지 않을 것이다.

---

*다진 고기, 야채 등을 섞어 식빵 모양으로 오븐에 구운 음식.

우리 모두는 누구에게든 영향을 받았다. 헤밍웨이든, 커밍스든, 케루악이든. 아니면 그 작가들 전부, 혹은 그보다 더 많은 작가들로부터. 아무도 인정하려 들지 않았으나 모두 그 사실을 알고 있는 것만은 분명했다. 투고된 원고들을 그토록 잔인하게 조롱하면서도 모방 혐의는 한 번도 제기하지 않았으니까. 그건 아무런 이득이 없는 일이었다. 누군가의 영향을 받았다는 의식이 한번 굳어지고 나면 우리가 쓴 작품은 순전히 우리 것이라는, 집단적이고도 필수적인 환상이 깨지고 말 테니까. 심지어 퍼셀조차도 이 문제에 대해서는 입을 다물었다.

퍼셀은 위협적인 경쟁 상대였다. 그가 작품을 통해 하는 공격은 광범위하고 심지어 엉성하다고까지 할 수 있었지만, 퍼셀이 자기가 태어날 때부터 깔고 앉았던 방석을 불편하게 여기고 있으며 그 방석 때문에 결국 자기도 자신의 소설에 등장하는 얼빠진 흡혈귀처럼 될까봐 두려워한다는 것만은 독자들이 충분히 느낄 수 있었다. 퍼셀이 작중의 공격 대상을 인간적이게 만들고 자기 목소리를 죽인다면, 곤봉 대신 칼을 사용한다면…… 아니, 그중 무엇도 필요하지 않았다. 시체만 즐비한 경기장에서 퍼셀의 만화는 그저 살아 있다는 이유만으로도 우승을 거둘 수 있었다.

그러니까 나와 로버트 프로스트 사이를 이런 소년들이 막고 있었다. 나와 비슷한 형식의 자기 고백적 작가들도 있었지만, 그들이 제출한 문학 수업 과제물과 〈트루바두르〉에 투고한 작품을 읽어본 내가 보기에 그들에겐 강렬한 욕망 외에 두려워할 만한 건 전혀 없었다. 그토록 어마어마한 욕망이라니! 도대체 이 학교에는 작가가 되고 싶어하는 사람이 왜 이렇게 많을까? 대단히 터무니없는 일 같았다. 그러나 나름의 이유는 있었다.

우리 학교의 공기는 성적인 정전기로 타닥거렸다. 미스 콥스 아카데미를 비롯한 몇몇 여학교와 이따금 합동 댄스파티를 열긴 했지만 이런 짤막한 사건들은 그저 정전기의 전압을 한 단계 더 올릴 뿐이었다. 그날그날 선생들의 부인들을 보긴 했으나 우리 소년들의 꿈에 나타날 만한 사람은 로버타 램지밖에 없었다. 경쟁 상대가 될 만한 실제 소녀가 없다는 사실은 다른 모든 포상이 여성화되리라는 뜻이었다. 영예를 얻기 위해 스포츠, 학술, 음악, 작문 등 모든 영역에서 우리는 수컷 산양처럼 서로 머리를 부딪쳤으며, 작가로서 남긴 흔적은 눈부신 계절의 미식축구 경기장을 차지하는 것과 같은 권력의 증표였다.

당시에는 내 야심에 이런 면이 있다는 걸 분명히 알지 못했다. 다만 내가 모호하게나마, 그리고 싶지 않았는데도 알아차릴 수밖에 없었던 또다른 측면이 있었는데, 바로 계급이었다.

우리 학교는 성품과 성과에 따른 계급을 자랑스럽게 여겼다. 이 체제가 바깥에서 작동하는 체제보다 우월하며, 이 체제를 통해 과도한 자긍심이나 존경심을 보이는 습관으로부터도 멀어질 수 있을 거라 믿었다. 괜찮은 꿈이었고 우리는 그 꿈을 실현시키려 노력했다. 우리가 그저 무대에 오른 배우일 뿐이며 막이 내리고 문이 활짝 열리는 순간 저기 극장 밖에는 인정할 수밖에 없는 또다른 세상이 있을 거라는 사실을 모두 알면서도.

계급은 실재했다. 한 소년의 계급은 입은 옷을 통해서만이 아니라 그 옷을 입는 방식, 여름방학을 보내는 방식, 할 줄 아는 스포츠의 종류, 돈 이야기가 나올 때나 야심이 너무 노골적으로 드러날 때 보이는 냉담한 태도를 통해 드러났다. 어떤 소년들에게서는 깊은 태평함에서 계급이 느껴졌다. 이 세상에서 한자리 얻어보겠다고 몸부림칠 필요는 없으며 자기 자리는 이미 마련되어 있다는 타고난, 온화한 확신. 퍼셀을 비롯한 몇몇 학생들에게 그 깊은 태평함이란 자신들을 꼼짝 못하게 둘러싸고 삶이 곤두세운 날을 무디게 만드는 보호막에 대한 뚱한 반감일 수도 있었다. 하지만 퍼셀 같은 부류는 그것을 걷어차는 와중에도 그것으로 정의되고 그것의 보호를 받았으며, 어느 정도까지는 그것이 있다는 걸 의식조차 하지 못했다. 퍼셀만 봐도 광산 하나 값은 나갈 법한 초판본 컬렉션을 가지고 있었으니까.

나는 이런 문제들을 본능적으로 이해했다. 그러나 머릿속 혼자만의 공간에서조차 이러한 이해에 목소리를 실어준 적은 한 번도 없었다. 학교 자체가 자신의 자아상을 입 밖으로 꺼내놓지도 논쟁할 수도 없었기 때문이었다. 학교에 간 첫날부터 나는 학교가 이야기하는 꿈을 덥석 잡아 감사히 그 안으로 발을 들여놓았지만, 동시에 진심으로 그렇게 할 만큼 멍청하지는 않다는 듯 행동했다. 예를 들면 이런 식이었다.

학교에 입학하기 전 여름, 나는 시애틀 외곽에 있는 YMCA 야영장 주방에서 접시 닦는 일을 했다. 주방 사람들 중에서 내가 제일 어렸고 다른 사람들은 나를 꽤나 심하게 다루었다. 그러다가 주방장인 하르트무트가 무슨 일이 벌어지고 있는지 알아채고 그들을 막아주었다. 하르트무트의 방식은 완곡했다. 나를 직접 두둔하는 대신 가장 장난이 심한 이들에게 하수도 기름막이나 커다란 튀김기를 닦는 더러운 일을 맡기는 식이었다. 장난이 덜해지고 우리 모두가 잘 지내게 된 걸 보면 결국 어떤 인과관계가 있다는 생각이 부지불식간에 자리를 잡은 게 분명했다. 저녁식사가 끝나고 주방에 만족스러울 정도로 윤을 내고 나면 하르트무트는 자신의 오래된 휴대용 축음기를 내어주며 우리가 톰 레러 앨범을 틀도록 해주었다. 그는 우리가 주고받는 농담을 알아듣지 못했으나 우리가 재미있어하는 걸 즐겼다. 아! 이 녀석들! 이 말도 안 되는, 정신 나간 녀석들! 하면서.

하르트무트는 오스트리아 출신이었다. 미국에 온 지도 벌써 여러 해가 되었음에도 이상하고 터무니없기까지 한 영어를 썼다. 진짜 주방장 모자를 쓰고 다녔고 하얀 유니폼을 매일 갈아입었다. 그는 핫도그나 좋아할 아이들에게 왕족에게나 대접할 법한 요리를 해주었다. 수플레, 공기처럼 가벼운 패스트리, 키슈*, 여러 겹으로 이루어진 토르테**. 하르트무트는 자부심이 엄청났다. 어린 이교도 녀석들이 에그 베네딕트를 먹고 토하는 소리를 내더라도 그 사실을 눈치채도록 자신을 내버려두지 않았다.

불그레하고 통통하고 힘이 센 하르트무트는 주방을 꼭 함선처럼 운영했다. 모든 것이 제자리에 있었고 모든 명령은 즉시 실행되었다. 가족은 없는 듯했으나 아이들에 대한 그의 사랑은 분명했고 또 절대적으로 자애로웠다. 그는 음악 애호가이기도 했다. 축음기에서 큰 소리로 왈츠나 가벼운 오페라 곡이 울려나오지 않을 때는 휘파람을 불거나 노래를 불렀다. 하르트무트의 멜로디 중 몇 가지는 기억하기가 쉬워 내 머릿속에 그대로 박혀버렸다. 내가 곤란한 상황에 처하게 된 건 바로 그 멜로디 때문이었다.

---

* 달걀이나 크림에 고기, 야채, 치즈 등을 섞어 만든 파이 혹은 타르트.
** 스펀지 시트와 잼, 크림 등을 번갈아가며 여러 번 샌드한 케이크.

입학한 지 겨우 오 주나 육 주쯤 되었을 때의 일이다. 수업 때문에 힘이 들긴 했지만 시계탑 종소리를 듣고 잠에서 깨어 창문으로 가서는 이럴 수가! 정말로 여기에 오다니! 라고 생각할 수 있다는 사실에 매일 아침 기쁜 마음이 솟구쳐올랐다. 하도 기분이 좋아 아침식사를 마치고 기숙사 계단을 오르며 하르트무트의 멜로디 하나를 휘파람으로 불었다. 마침 수위 중 한 사람인 게르손이 좁은 어깨에 세탁물 자루를 짊어지고서 나보다 몇 발짝 앞에서 걷고 있었다. 평지에서도 걸음걸이가 느린 사람이었기에 계단에서는 거의 움직이지 않는 것이나 마찬가지였다. 그를 지나쳐 가려다 그와 부딪칠까봐 나는 몇 발짝 뒤로 물러나 걸었고, 그렇게 걸어가는 내내 휘파람을 불었다. 게르손에게서 퀴퀴한 냄새가 났다. 전에도 비슷한 냄새가 훅 끼쳐온 적은 있었지만 그 좁다란 통로에서처럼 강력하게 느껴진 적은 없었다.

게르손의 걸음걸이가 더욱 느려졌다. 나는 배려를 한답시고 뒤로 처져 계속해서 휘파람을 불었다. 휘파람소리가 계단통 돌벽에 부딪혀 유쾌하게 울렸다. 그때 게르손이 멈추더니 세탁물 자루를 성경 삽화에 나오는 어린 양처럼 어깨에 걸머지고서 기다란 잿빛 얼굴을 내게로 돌렸다. 그의 숨소리가 들렸다. 빠르고 밭은 숨소리였다. 게르손이 영어가 아닌 듯한 언어로 뭐라 뭐라 이야기했다. 나는 게르손이 외국인 비슷한 존재라는 걸 알고 있었다. 게르손이 말을 할 때마다 지나치게 흰 그의 치아가 딱딱 부딪쳤다. 나는 뭐에 홀리기라도 한 듯 꼼짝없이 그 모습을 지켜보았다. 그때 게르손이 말을 멈추었다. 내 대답을 기다리고 있는 것 같았다.

이름! 게르손이 말했다. 너 이름 뭐!

나는 게르손에게 이름을 말해주었다.

그럼 가! 가! 가!

나는 게르손의 옆을 비집고 지나쳐 내 방으로 향했다. 그리고 수업이 시작되었을 때쯤에는 그냥 오해가 있었나보다고 생각해버렸다. 절름발이 영감탱이가, 내가 빨리 가라고 재촉한 줄 알았던 모양이라고. 2교시 라틴어 수업시간에 선도부원이 나를 불러 학생주임실로 보냈을 때에도 나는 나락에 떨어진 성적 때문에 훈계를 들으러 가는 줄로만 알았다. 장학금을 받고 있었던 나로서는 그런 식의 호출이 긴장되고 두려웠다.

그때까지 나는 메이크피스 학생주임을 만난 적이 한 번도 없었다. 하지만 그가 누구인지는 알았다. 그는 어니스트 헤밍웨이의 친구였다. 내가 들어가자 학생주임은 문을 닫고서 인사 한 마디 없이 나를 내려다보더니 내가 앉아야 할 가시방석을 가리켰다. 학생주임도 책상 뒤편에 있는 자기 자리에 앉아 서류철을 한 장 한 장 넘기기 시작했다. 내 서류철일 거라고, 나는 생각했다.

학생주임에게서는 지독한 담배 냄새가 풍겼다. 선생들 대부분이 그랬다. 보통은 기분좋은, 아버지한테서 나는 냄새처럼 느껴졌지만 수심이 가득한 상태에서 맡으니 구역질이 날 것 같았다. 그 순간이 오기 전까지 나는 메이크피스 학생주임을 먼발치에서밖에 보지 못했다. 저녁식사 시간 식당에 앉아 있는 모습이라든지, 지팡이를 짚고서 대개 고학년생들의 에스코트를 받으며 교정을 거니는 모습. 멀리서 본 학생주임은 키와 코의 생김새, 길고 검은 지팡이 때문에 제왕 같으면서도 유순할 것 같아 보였다. 가까이에서 보니 둘 다 아닌 듯했다. 귓구멍과 콧구멍에서는 무성한 흰 털이 뻣뻣하게 삐져나와 있었다. 하얀 콧수염은 담배 연기 때문에 노랗게 물들었고 양복 재킷에는 담뱃재 얼룩이 묻어 있었다. 나는 학생주임이 실제로 서류철을 읽고 있는 게 아니라 단지 몰두할 것이 필요한 게 아닐까 하는 인상을 받았다. 나를 어떻게 썰어줄지 생각하는 동안, 혹은 나의 게으름과 배은망덕함, 내게 기대를 품은 모든 사람들을 완벽하게 실망시켰다는 사실의 무게를 내가 온전히 느낄 시간을 주는 동안 말이다.

의자에 사다리처럼 생긴 높은 등받이가 달려 있어 나는 아주 꼿꼿하게 앉아 있어야 했다. 양옆에는 어두운색에 모두 똑같이 장정된 책들이 바닥에서부터 천장 높이까지 쌓여 있었다. 나도 책을 무척 좋아했지만 그 책들은 어딘지 우호적이지 않은 구석이 있었다. 그해가 다 가기 전 어느 날 메러디스의 시 「별빛 속의 루시퍼」를 우연히 알게 되어 불변의 법칙의 군대라는 구절을 읽었을 때, 나는 별들이 아니라 그 무시무시한 두꺼운 책들이 떠올랐다. 학생주임의 책상 뒤 납을 씌운 창문이 열려 있어 산들바람이 들어왔다. 학교 안뜰에 나와 있던 어느 반 학생들이 웃음을 터뜨리는 소리가 들리다가 갑자기 뚝 멈추었다.

메이크피스 학생주임은 서류철을 책상 위에 펼쳐놓았다. 설명해보렴, 그가 말했다.

어, 선생님, 이 학교에 오기 전부터 전 한참 뒤처져 있었습니다.

뭐라고?

변명을 하는 게 아닙니다. 더 열심히 공부해야 한다는 건 알고 있습니다.

말 돌리지 말고. 그 사람이 어떤 일들을 겪어왔는지 알기나 하는 거냐?

네?

내가 하는 말을 들었을 텐데. 게르손 같은 처지의 사람에게 그런 식으로 행동할 수 있는 사람이 있다는 게 나로서는 이해가 되지 않는구나. 제발 설명 좀 해보렴.

이 모든 말을 하는 메이크피스 학생주임은 충분히 침착했지만 나는 그의 시선에 시들어갔다. 학생주임은 화가 난 게 아니었다.

내가 알기로 분노란 일시적인 것이었고 보통의 경우 최소한 어느 정도는 연극적인 면이 있었다. 나는 분노에 익숙해져 있었고, 그쯤은 쉽게 견딜 수 있었다. 그러나 그때 내 눈에 들어온 것은 반감이었다. 쉽게 떨쳐낼 수 없는, 사라지지 않는 반감.

게르손을 재촉할 생각은 없었습니다, 내가 말했다. 그분이 그렇게 생각하셨다면 죄송합니다.

아, 재촉을 했다 이 말이지? 게르손이 성에 찰 만큼 빨리 움직이지 않아서 행진곡이라도 연주해줘야겠다고 생각했다는 거로구나. 어디 나한테도 그 곡을 연주해주지 그래?

네?

게르손한테 불렀던 노래를 나한테도 불러달란 얘기다.

어, 전 휘파람을 불었는데요. 가사는 잘 모릅니다.

그럼 휘파람을 불어보렴.

입이 너무 말라서 음을 낼 수가 없었다. 몇 번이나 첫 음에서 실패한 끝에 나는 포기하고 말았다.

어서. 어디 들어보자.

못 불겠습니다.

오늘 아침에는 잘 했잖니, 안 그러냐? 좋다―그럼 어디 그 빌어먹을 노래를 흥얼거려봐.

나는 시키는 대로 했다. 휘파람소리와 좀 다르긴 했지만 메이크피스 학생주임이 그 멜로디를 알아들었다는 건 분명했다. 그리고 그게 문제 해결에 도움이 되지 않는다는 사실도 알 수 있었다. 나는 흥얼거리기를 멈추고 물었다. 선생님, 이게 무슨 노랜가요?

모르는 척해봐야 소용없다, 이 녀석.

아닙니다! 모르는 척하는 게 아니에요. 제가 무슨 잘못을 한 건가요? 이 질문을 하는 나 자신이 하도 불쌍해 나는 하마터면 눈물을 쏟을 뻔했다.

이 노래가 무슨 노래인지 모른다는 얘기냐?

나는 격하게 고개를 저었다.

그럼 어디서 그 노래를 배운 거지?

같이 일했던 사람한테서요. 하르트무트라는 사람입니다. 그 사람이 부르던 걸 듣고 익혔어요. 멜로디만요.

다른 노래도 알고 있겠지.

네.

많이 알고 있겠지. 그런데 네가 아는 그 많은 노래 중에서, 우연히 이 노래를 게르손한테 휘파람으로 불어준 거고. 게르손한테, 하고많은 사람 중에서!

저는 그분한테 휘파람을 불었던 게 아닙니다. 그냥 휘파람을 불고 있었습니다. 그리고 게르손이 거기에 있었고요.

이 멜로디가 갑자기 튀어나온 데 무슨 이유라도 있는 게냐?

특별한 건 없었습니다. 그냥 기분이 좋았어요, 그게 다입니다.

메이크피스 학생주임은 의자에 기댔다. 기분이 좋았다고. 왜 기분이 좋았지?

이 학교에 오게 돼서요.

학생주임은 콧수염을 가볍게 두드렸다. 태도를 좀 신중히 할 필요가 있을 것 같구나, 그가 말했다. 솔직히 말해보렴, 게르손에 대해 들은 얘기가 있는 게냐?

아무것도요. 그냥 여기저기 다니다가 본 게 전부입니다.

그러니까 게르손에 대해서는 아무것도 모른다?

네, 선생님.

〈호르스트 베셀의 노래〉에 대해 들어본 적이 있니?

크리스마스캐럴 말씀하시는 건가요?

아니, 아니야. 〈호르스트 베셀의 노래〉는 나치 행진곡이다. 아주 끔찍한 작품이기도 하지. 네가 부른 게, 휘파람으로 분 게 바로 그 노래란다.

그러자 모든 게 이해되었다. 나치보다 우월한 나라, 나치를 혐오하는 나라, 승리를 거둔 나라의 자녀로서 나는 나치라는 단어, 혹은 유대인이라는 단어에 일반적으로 딸려오는 이미지 저장고에 어떤 것들이 들어 있는지 알고 있었다. 메이크피스 학생주임에게서 게르손과 게르손의 가족들이 겪은 일과 그의 가족들 중

살아남은 사람은 지금 프랑스의 정신병원에 있는 딸 한 명뿐이라는 이야기를 듣기 전부터도 게르손의 얼굴에 그 이미지를 갖다붙일 수 있었다. 메이크피스 학생주임이 이야기를 하는 동안 내 눈에 눈물이 차오르는 게 느껴졌다. 어느 정도는 동정심 때문이었지만 한편으로는 나 자신의 곤경을 애도하고 싶었기 때문이기도 했다. 학기가 시작된 지 겨우 몇 주 만에 부당한 비난을 당해 학교의 거물, 언젠가 나의 동료 학자나 어쩌면 친구가 될지도 모르는 사람으로부터 모욕을 당했으니까. 학생주임이 해준 슬픈 이야기가 그 마음을 가릴 평계가 되어주었다.

감당하기 어려운 일이었다. 나는 훌쩍이기 시작했다. 엉엉 울기 시작했다. 통제력을 잃은 내 모습이 당황스러워 나는 의자에 앉은 채 몸을 돌렸다. 학생주임을 등지고 웅크렸다. 울음을 그치려 애썼지만 그럴 수 없었다. 등에 와닿는 학생주임의 손길이 느껴졌다. 메이크피스 학생주임은 잠시 그대로 있다가 내 어깨를 한 차례 꽉 쥔 뒤 방을 나섰다.

학생주임이 돌아왔을 때쯤 나는 기진맥진한 상태였다. 그는 내게 물 한 잔을 권하고 내 의자 옆에서 기다렸다. 물은 차가웠다. 나는 한 모금에 물 한 잔을 거의 다 삼키고 나머지를 마저 마신 뒤 메이크피스 학생주임에게 유리잔을 건넸다. 그는 아무 말도 하지 않았지만 나는 면담이 끝났음을 알 수 있었다. 나는 자리에서 일어나며 말했다. 게르손한테는 미안하다고, 전혀 몰랐다고……

안다. 네가 몰랐다는 걸 알아.

하지만 어떻게 안단 말인가? 상상조차 힘든 그런 우연을 두고 어떻게 내 말을 믿을 수 있는가? 의심은 어느 정도 남아 있을 게 분명했다. 내게는 결백을 입증할 방법이 있었다. 하지만 내가 그 방법을 절대 쓰지 않으리라는 것도 나는 알고 있었다.

메이크피스 학생주임은 나를 문까지 바래다주더니 악수를 하고 이렇게 말했다. 게르손과 말끔히 풀 수 있으면 내 선에서는 문제 삼지 않으마. 화해는 빠를수록 좋다. 오늘밤도 괜찮고. 저녁식사를 마친 다음에 말이다.

그리고 성적에는 신경을 쓰도록 해라.

게르손은 6학년 기숙사인 홈스의 지하실에서, 보일러실 바로 옆에서 살았다. 마침내 학교를 독차지했다는 생각에 벅차 위층에서 고함을 치며 떠들어대는 소년들의 소리가 지하실에서도 들렸다. 게르손은 문을 열어 나를 맞이하기는 했으나 그 이상은 들여보내주지 않았고, 내가 변명을 시작할 때까지 가만히 기다렸다.

방은 후텁지근했고 양파 냄새가 났다. 뭔가를 꿰매는 중이었는지 탁자에는 헝겊조각이 널려 있었다. 책은 한 권도 보이지 않았다. 사진도 없었다. 단열 파이프들이 천장을 가로지르고 있었다.

내가 이야기하는 동안 게르손은 틀니를 끼고 있지 않아 일그러진 입술을 꽉 다문 채 얼굴을 돌리고 있었다. 내게 무슨 말을 하지도 않았고 내 말을 듣고 있다는 내색도 하지 않았다. 내가 이곳에 들른 것은 이미 저지른 추악한 짓의 짜증나는 연장선상일 뿐이라고 생각하는 게 분명했다. 내 방문에 동의한 건 그저 선택의 여지가 없었기 때문일 뿐이라는 것도. 나는 가급적 짧게, 천천히 설명하려고 애썼다. 게르손이 내 말을 알아듣는지 확신이 들지 않았다. 내 말을 알아듣기는 하되 한 마디도 믿지는 않는 것 같은 느낌이긴 했지만.

내게도 그 말은 믿을 수 없는 이야기처럼 들렸다. 모든 노래 중에서 하필 그 노래를, 하고많은 사람 중에서 하필 게르손 앞에서 불렀다는 기괴하고 도저히 불가능할 것만 같은 우연이 내 목소리에서 확신을 빼앗아갔고 일리조차 없게 만들었다. 나는 그 노래를 하르트무트에게서 배웠다는 이야기로 시작했다가, 하르트무트가 아주 괜찮은 사람이고 그 노래가 어떤 노래인지 알았을 리 없다고, 아니면 그 노래가 뭐였는지 잊어버린 채 그냥 멜로디만 떠올렸는지도 모른다고…… 이야기하다 방향을 잃고 말았다. 게르손은 구석만 뚫어지게 바라보았다. 두 뺨이 홀쭉해지도록 공기를 빨아들이며, 나를 견뎌내며, 이 거짓말이 멈추고 내가 자기를 가만히 내버려두는 순간이 오기만을 기다리면서. 그래도 나는 계속 밀어붙였다. 게르손이 내 말을 믿어주었으면 했다. 물론 나 자신을 위해서였다. 하지만 그를 위한 것이기도 했다. 내 말을 믿으면 게르손도 이 학교에 나치가 없다는 걸 알게 될 테니까.

이번에도 내 말을 증명할 수 있는 방법이 떠올랐다. 우리 아버지가 바로 유대인이라는 말을 하면 되었다. 아버지가 직접 이야기해준 적은 없었다. 외아들인 내게조차도. 하지만 어쨌든 사실이었다. 불과 일 년 전, 어머니가 돌아가시기 얼마 전에야 이야기를 해주었다. 나는 그걸 어떤 의미로 받아들여야 할지 알 수 없었다. 나는 가톨릭교도로 자랐다. 지금까지 나를 가르쳐준 선생들은 대체로 수녀였고 가끔 신부들도 있었다. 내가 속한 사회는 어느 모로 보나 비유대인 기독교도의 사회였다. 최근의 역사를 제외하면 나는 유대인들에 대해 아무것도 몰랐다. 아버지가 남부 침례교도의 후손이라는 걸 알게 되면 나도 남부 침례교 신자가되는 건가? 그렇지 않다. 그 사실을 알기 바로 전날의 내 모습과 조금도 달라지지 않을 것이다. 아버지의 조상이 유대인이라는 것도 마찬가지였다. 사실이었지만 내 본질을 정의할 수 있는 사실은 아니었다. 억지로 받아들일 것도, 구태여 거부할 것도 아닌 사실.

하지만 그 사실은 그날 두 번이나 일종의 질문처럼 찾아왔고,

나는 두 번 모두 그걸 부정하는 편을 택했다. 메이크피스 학생주임이나 게르손에게 우리 아버지 이야기를 한다고 해서 완전히 혐의가 벗겨지는 건 아닐지도 몰랐다. 유대인들도 얼마든지 야만적인 유대인 박해자가 될 수 있으니까. 하지만 모두가 그 사실을 안다 해도 나만은 몰랐다. 나는 내게 비장의 카드가 있다고 생각했다. 그 카드를 쓰지 않기로 한 건 기만에 가까웠다.

게르손과의 일을 이야기로 만들 수 있었을지도 모른다. 새내기 남자아이가 짜증을 잘 내는 수위에게 자기도 모르게 모욕을 주었다가 실수를 바로잡으러 찾아가서는 자기도 유대인 혈통을 이어받았다는 사실을 털어놓고, 이에 수위의 마음이 녹아내려 두 사람이 우정을 가꾸게 되는 그런 이야기. 친아들을 모두 잃은 수위는 이윽고 소년의 거짓말쟁이 아버지가 인정하지 않았던 유대의 전통 속에 소년을 끌어안음으로써 그의 진정한 아버지가 되어준다. 대단한 아이러니 아닌가. 상류층이 되고자 노력하던 야심찬 소년이, 위층의 속물 공장에서는 가르쳐주지 않는 지혜를 지하실로 내려와서야 비로소 배우다니.

퍽이나. 나는 그저 그 자리를 피하고 싶었다. 아무것도 고백할 생각이 없었다. 게르손이 나를 아무리 나쁘게 생각한다 해도 상관없었다. 그와 나 사이에 어떤 연결고리가 있다거나, 게르손을 이 방까지 떠밀려오게 만든 운명에 나 역시 연관되어 있다는 주장을 할 생각은 들지 않았다. 굳이 입을 열어 게르손이 속한 불운한 족속의 일원이 되어야 할 이유가 뭐란 말인가? 이 모든 것이 점점 더 숨막힐 듯한 느낌으로 나를 덮쳐왔다. 마지막으로 나는 웅얼거리듯 한 마디 사과를 남기고 그 방을 떠났다. 등뒤에서 문이 철컥 닫히는 소리가 나자마자 달리듯 계단을 올라가고 말았다.

그날 아침 메이크피스 학생주임을 만났을 때와는 달랐다. 더 침착하고 선명했다. 나는 나 역시 유대인이라는 변명을 써먹지 않겠다고 간단히 결심해버렸다. 이런 식으로 비밀스럽게 구는 데에는 별다른 이유가 없었다. 아직 학교에서 보낸 시간이 짧기는 했지만 그동안 유대인이라는 이유로 누가 누구를 괴롭히거나 눈에 띄게 멸시하는 모습은 한 번도 본 적이 없었다. 그후로도 마찬가지였다. 그런데도 내가 보기에 유대인 소년들은 인기 있는 아이들이나 운동선수들조차 주변에 미묘하게 충전된 듯한 자장磁場을, 동떨어진 듯한 기류를 달고 다니는 것 같았다. 그리고 어쩐지 그 기류가 그 소년들 자신과 그들의 자질이나 소망에서가 아니라 학교로부터 나오는 것이라는 느낌이 내 안에 자리잡았다. 아이들의 개인적 가치에는 아무 관심도 없는 학교의 수호신 같은 것이 운동장과 통로와 닳아빠진 돌 속에서 솟아나, 그 동떨어진 기류를 유대인 소년들에게 불어넣는다고 말이다.

불안한 떨림 그 이상도 이하도 아니었다. 그 불안에 따라 행동하기는 했지만 그것이 내 생각을 온통 사로잡도록 내버려두지는 않았다. 그러나 불안은 나를 완전히 떠난 적이 한 번도 없었다. 학교에 대한 내 신뢰에 그 불안이 그림자를 드리웠다. 학교가 제시한 평등이라는 환상을 나도 믿고 싶었지만, 감히 그 믿음을 시험대에 올릴 수는 없었다.

다른 소년들도 같은 낌새를 챈 게 틀림없었다. 어쩌면 작가가 되고 싶다는 학생들이 그렇게 많았던 것도 그래서인지 모르겠다. 내가 그랬듯 다른 소년들도 작가가 된다는 건 혈연과 계급의 문제에서 탈출하는 것이라고 생각했을지 모른다. 작가들은 일상의 위계 서열 바깥에서 그들만의 사회를 이루고 있었으니까. 그렇게 그들은 특권으로는 얻을 수 없는 권력을 얻었다. 체제와는 한 발거리를 둔 채 그 체제에 대한 이미지를 창조해내고, 그럼으로써 체제를 재단할 권력.

작가들이 권력을 가졌다는 얘기는 한 번도 들어본 적이 없었다. 진실이라면 가지고 있을지도 모른다. 재치나 이해력, 심지어 용기도 있을 수 있다. 그러나 권력은 아니었다. 수업시간에는 파스테르나크와 그가 겪은 곤경을, 당이 원하는 방향의 작품을 쓰지 않았다는 이유로 감금되고 살해당했던 러시아 작가들의 기나긴 역사를 다루었다. 아우구스투스 황제는 우리 라틴어 선생이 사랑하는 오비디우스를 추방했다. 영국 출신 수재인 진보주의자 램지 선생은 우리 미국인들이 결국 우후죽순 튀어나온 벼락부자 같은 존재일 뿐이라는 걸 알려주고자, 미국인들이 『롤리타』를 향해 보여준 냉담한 반응을 학생들에게 상기시켰다. 자신은 『롤리타』가 『율리시스』 이후 우리 세기에 나온 최고의 걸작이라고 생각한다면서, 미국의 촌스러운 검열 제도가 또 한번 희생양을 만든 거라고 말이다!

하지만 이 모든 이야기를 듣고 나서 나는 황제의 권력이 아니라, 오비디우스에 대한 황제의 두려움을 느끼게 되었다. 황제는 왜 오비디우스를 두려워했을까? 신의 뜻을 받은 자신도, 그 모든 군대도 잘 쓴 시 한 줄의 공격은 결코 막아낼 수 없다는 사실을 알았던 게 아니라면 말이다.

불이
붙다

프로스트 시 경연 제출 마감일 하루 전, 학교에 불이 났다. 화재는 끔찍했다. 이번 세기 초에 기숙사 한 동이 그 안에 남학생 열세 명이 있던 채로 완전히 불에 타버린 일이 있었는데, 그들의 죽음이 남긴 충격이 내가 학교에 다니던 시절까지도 여전히 남아 있었다. 그 학생들은 기숙사의 이름을 따 '블레인의 소년들'이라고 불렸다. 졸업앨범에 들어 있던 것이긴 하지만, 소년들 자신은 한 번도 보지 못한 단체사진이 블레인 기념회관에 걸려 있었다. 우리 6학년생들이 저녁식사를 한 다음 모여 이야기도 하고 노래도 하는 곳이었다. 나는 그 사진에 끌렸다. 소년들의 심각한 표정과(그 시절에는 카메라 앞에서 광대 짓을 하는 일이 없었으니까) 서로에게 팔다리를 뻗치고 있는 모습, 등과 등을 맞대고 있는 모습, 한 소년이 다른 소년의 어깨에 머리를 기대고 있는 모습을 자세히 살폈다. 내가 느낀 상실감은 그 소년들의 목숨 때문이 아니었다. 함께 있는 모습이 어찌나 꾸밈없이 다정하고 얼마나 편안해 보이는가 하는 생각 때문이었다.

기숙사 사감은 일이 터졌을 때 마을에서 술을 마시고 있었다. 이듬해에는 다른 남학교로 떠났고, 전해지는 이야기에 따르면 거기에서 또다른 학교로, 또다른 학교로 떠돌며 결코 안식을 찾지 못했다고 한다.

화재의 원인은 담뱃불이라고들 했다. 누가 어떻게 그 사실을 알아냈는지 우리는 따져 묻지 않았다. 그건 공공연한 진실이었다. 그리고 그 진실로부터 하나의 계율이 나왔다. 담배를 피우지 말지어다. 걸리면 퇴학일지니. 반론의 여지도, 예외도 없었다. 물러터진 선생들조차도 이 점에서는 자비를 보이지 않았다. 담배를 피우다 쫓겨나는 학생이 일 년에 두세 명은 됐는데 그 학생들에게는 짐을 싸고 부모님에게 전화를 걸 정도의 시간만 주어졌다. 수영 연습을 하러 갔다 돌아와보면 룸메이트는 없이 텅 빈 옷장에 옷걸이만 달랑거리고 룸메이트의 매트리스는 덮개가 벗겨진 채 한쪽에 치워져 있는 일이 가능했다는 얘기다. 퇴학 사실은 일절 공표되지 않았고 훈계도 없었다. 학교의 신속하고도 조용한 흡연자 제거는 남아 있는 우리에게 암울한 경고만 남겼다. 흡연자들의 운명은 학교 명예헌장을 위반한 학생들이나 도둑들이 겪는 운명과 같았다. 흡연은 바로 그렇게, 우리 모두에 대한 배반 행위로 간주되었다.

그만하면 사전경고는 충분했다. 하지만 그러거나 말거나, 나를 포함해 반항아 무리의 골수 간부들은 계속해서 담배를 피웠다. 가끔씩 싸구려 궐련을 몰래 가져다 피우기 시작한 건 중학교 마지막 학년부터였지만 흡연에 집착하기 시작한 건 이 학교에 들어오면서였다. 담배 자체에도 미쳐 있었지만 그보다는 포기를 모르는 공식 감시자들의 면전에서 절박하게, 전부 아니면 전무라는 식으로 옛 습관 하나를 지켜내고자 하는 투쟁에 더 중독되었다. 담배를 피울 수 있는 장소를 늘 정탐하고 다니며 냉동고와 옷 창고, 보일러관이 지나가는 터널 안에서 담배를 피웠다. 클래식 음악 동아리가 방문하는 콘서트홀 화장실에서 담배를 피울 수 있다기에 그 동아리에도 가입했고, 숲속을 달리는 도중에 담배를 피울 수 있어서 크로스컨트리도 나갔다. 숨결에서 풍기는 냄새를 숨기려고 스피어민트향이 나는 라이프 세이버스 사탕을 한 팩씩 챙겨놓았고 손가락에 얼룩이 지지 않도록 파이프를 사용했다. 언제나 마음을 졸여야 하는 수고스러운 일이었지만 첫 한 모금을 깊이 빨아들일 때의 쾌감, 특히 이번에도 잡히지 않고 빠져나가는 데 성공했다는 쾌감은 현기증이 날 정도였다.

그러다가 하마터면 잡힐 뻔한 적도 있다. 예배당 지하에서 다른 소년 한 명과 같이 담배를 피웠는데, 내가 떠나고 몇 분 되지 않아 그 소년은 목사의 눈에 띄고 말았다. 그 둘이 위층으로 올라와 복도를 따라 걸어갈 때 나는 성가대석에 악보를 놓는 중이었다. 그 주에 내게 맡겨진 잡일이기도 했고 예배당에 있을 핑계이기도 했다. 목사는 슬프지만 단호한 모습으로 소년의 팔꿈치를 잡고 있었고 그 소년은…… 나는 그애를 잠깐 곁눈질로 보았을 뿐 곧 눈을 돌릴 수밖에 없었다. 하지만 그것으로도 충분했다. 그후 오후 시간 내내 선생이 가까이 올 때마다 누가 내 뱃속을 쥐어짜는 것만 같았다. 그 소년이 선생들에게 나를 팔아버렸을까 두려웠다. 자신을 구해내기 위해서가 아니라—어차피 그럴 수도 없었겠지만—모든 걸 털어놓던 중에, 혹은 내가 빠져나간 것에 대한 분노 때문에 말이다. 하지만 그는 그러지 않았다. 그는 혼자 학교 정문을 나섰다.

난 그 소년의 얼굴을 봤다. 그에게 무슨 일이 일어나고 있는지 알 수 있었다. 소년은 아무 안전장치 없이 추락하면서도 그저 추락하는 꿈을 꾸고 있을 뿐이라고 믿으려 애쓰는 중이었다. 집은 뉴욕이라고 했다. 혼자 기차를 타고 가는 그날 밤은 길게만 느껴질 터였다. 같은 기차에 몸을 실은 내 모습을 쉽게 그려볼 수 있었다. 다만 내 여행은 뉴욕에서 끝나지 않을 것이다. 뉴욕에 도착하면 나는 모래먼지가 낀 센추리선으로 갈아타고 시카고까지 간다음, 거기서 그레이트 노던선으로 갈아타야 할 테니까. 며칠 동안 공장과 들판, 사막과 산맥을 빠른 속도로 지나면서도 그중 어느 것도 눈에 담지 못한 채, 바퀴가 한 번 구를 때마다 한 뼘씩 학교로부터 멀어지며 유리창에 비친 나 자신의 얼빠진 얼굴을 뚫어지게 바라볼 것이다. 잠을 이루지 못하고 침대에 누워 있던 나는 불 꺼진 찻간에 앉아 도저히 불가능한 거리에서 우리 학교를 바라본다. 평원 저 너머, 아버지와 함께하는 삶이라는 진창과 우울함을 향해 가면서. 나는 사람들 목소리로 시끄럽고 검은 서까래가 그대로 드러난 식당을 떠올렸다. 겨울 오후가 되면 햇살을 받아 빨갛게 달아오르는 예배당 창문도. 동료애로 가득한 합창단 연습 소리, 실외 스케이트장에서 나는 스케이트 스치는 소리, 도서관에서 나는 의자 소리와 도서관의 깊은 평화, 친구들의 얼굴들. 영영 이곳을 떠나버린 사람처럼 학교를 바라보자 가슴 깊숙한 곳이 아파왔다. 나는 자리에서 일어나 숨겨둔 담배와 라이터, 파이프 등 자살용 도구 모음이라 할 만한 것들을 꺼낸 다음, 복도 끝 화장실로 가 전부 쓰레기통에 쑤셔넣었다. 그후로는 단 한 번도 학교에서 담배를 피우지 않았다.

하지만 유혹은 끝이 없었다. 옛 동료들이 지하실이나 다락방에서 삐끔대는 환청이 가끔 들릴 지경이었다. 그래서 문제의 일요일 오후, 진입로에서 사이렌 소리가 울려왔을 때 처음 떠오른 생각은 그 불쌍한 녀석들 중 한 명이 어디에선가 불을 냈으며 즉각 대가를 치르게 될 거라는 것이었다. 과연 누구일까?

그때 나는 도서관에서 나오는 중이었는데, 현관 계단에 발을 딛자마자 짙은 연기 다발이 낡은 운동장 부속건물에서 구불구불 올라오는 게 보였다. 흥분거리에 굶주렸던 소년들이 기숙사와 복도에서 쏟아져나왔다. 아무 소용도 없긴 했지만 그 소년들을 몇 개의 무리로 나누거나 최소한 속도라도 늦춰보려고 노력하는 선생 몇 명도 함께였다. 나는 노트를 팔에 끼고 그 뒤를 따랐다.

나는 경연대회에 제출할 시를 완성하려 애쓰느라 주말 내내 도서관에 틀어박혀 있었다. 어느 사냥꾼이 며칠 동안 엘크 한 마리를 추적하며 산맥을 헤매고 다니다 결국 그 엘크를 죽인 뒤 시체를 놓고 부르는 명상적 애가였다. 보통 내가 쓰는 추상적이고 서사가 없는 시와는 경향이 달랐다. 오히려 내가 쓴 연작소설과 비슷했다. 샘이라는 젊은이가 자신을 길들이려는 사교계 명사 어머니와 대규모 벌목사업가 아버지에게 저항하며 태평양 북동부 연안의 숲으로 도망치는 내용이었는데, 그 숲에서 샘은 사냥과 낚시뿐 아니라 오솔길에서 만난 자유로운 영혼의 여인과 짧지만 강렬한 로맨스까지 즐긴다. 이 연작소설을 쓴 내 의도는 순수했다. 닉 애덤스* 이야기에 대한 무의식적 경의의 표현이랄까. 하지만 시간이 지남에 따라 내 소설은 점점 덜 정직한 무언가로 변해 갔다. 나는 동료 학생들이 나를 샘으로 생각해주기를, 시애틀에서의 내 인생에 대해서는 아무것도 모르기를 원했다.

그러나 이 시를 생각하자니 골치가 아파왔다. 여러 가지 이유가 있겠지만 그중 한 가지만 예를 들어보자면, 그렇게 먼 곳까지 엘크를 추적해온 사냥꾼은 다시 숲을 빠져나갈 방법이 생각나지 않았다. 그건 그렇다 처도 그놈의 엘크는 대체 얼마나 큰 걸까? 엄청 크겠지, 아마. 결국 사냥꾼은 이렇게 많은 고기를 줘서 고맙다며 엘크의 영혼에게 감사를 표한 뒤, 이가 들끓는 짐승의 엉덩이 부위를 어깨에 걸치고 우스꽝스러운 걸음으로 돌아가게 될 것이다. 엘크보다는 그냥 평범한 사슴으로 했어야 하나. 하지만 사슴한테는 엘크의 위엄이 없었다. 다음날 아침까지 시를 제출해야 했지만 여전히 고칠 게 많았다.

날이 차가워졌다. 며칠 전 밤에 폭풍이 몰아쳐 마지막 남은 잎사귀들까지 모조리 쓸어가버렸고, 빌거벗은 거무축축한 나무들 때문에 날씨는 더욱 춥게만 보였다. 화재 현장을 향해 가던 중 나는 우연히 나보다 어린 소년을 만났다. 얼마 전 〈트루바두르〉에 작품을 투고한 4학년생이었다. 아직 결정이 난 것은 아니지만 아

---

* 헤밍웨이의 연작 단편소설의 주인공이자 헤밍웨이의 분신.

마 우리는 그의 작품을 반려하게 될 터였다. 나는 녀석이 원고에 대해 묻기만을 기다렸지만, 불이 난 곳을 향해 가느라 너무 흥분 한 나머지 그는 원고 얘기를 한 마디도 꺼내지 않고 앞질러 뛰어 가버렸다.

축구장 가장자리쯤에 낡은 운동장 부속건물이 하나 있었는데 사람들은 거기 모여 있었다. 소방관들은 소방차 근처에 서서 커 피를 마시면서 번갈아가며 호스를 잡는 중이었다. 물이 지붕에 떨어질 때 끓어오르는 소리가 들리긴 했지만 불꽃은 보이지 않 았다. 어디라고 할 것도 없이 지붕널이 모조리 타버려 잔뜩 그을 린 지붕 아래 구조물이 드러나 있었는데, 소방관들이 장난치듯 그 구조물에 호스를 드리우면 기름진 쉭 소리와 함께 연기가 피 어올랐다.

옆에 서 있던 소년에게 화재가 어떻게 시작되었는지 묻자 그 아이는 운동장 부속건물에서 눈길을 떼지 않은 채 제프 퍼셀이 어쩌고 하며 웅얼거렸다.

퍼셀이라니. 나는 마음이 덜컹 내려앉았다. 퍼셀은 내 친구였 기 때문이다. 추수감사절을 함께 보내자며 가족들이 있는 보스턴 으로 나를 초대한 친구. 퍼셀이 퇴학을 당한다면 나는 재미없는 외할아버지, 재미없는 외할머니와 함께 볼티모어 외곽의 주택단 지에서 또 한번 옥살이를 하는 것 외에는 아무것도 기대할 수 없게 된다.

　기우였다! 불을 낸 건 내 친구 퍼셀, 그러니까 작은 제프가 아니라 그의 사촌인 큰 제프였다. 큰 제프는 우리 반에서 유일한 채식주의자였다. 동물을 너무 사랑한 나머지 어떻게 하는진 몰라도 못생긴 검은 쥐 한 마리를 자기 방에 숨겨놓고 밤마다 실내복 주머니에 넣어서 데리고 다닐 정도였다. 특유의 엄청난 호의를 베풀지 않았더라면, 모든 사람의 선의를 그렇게까지 믿지 않았더라면, 제프는 우리 사이에서 놀림거리가 되었을 만한 인물이었다. 그는 누가 자기를 놀려도 알아차리지 못했다. 내 꼬리에 깡통을 묶은 이유가 도대체 뭘까 의아해하는 강아지처럼 바라보기만 했다. 큰 제프는 퍼셀에게도 헌신적이었다. 귀신처럼 퍼셀의 방에 붙어 떨어지지 않았다. 퍼셀이 면도를 하거나 팔굽혀펴기를 하거나 저녁식사를 하려고 옷을 갈아입는 모습을 구석에서 지켜보게만 해주면, 퍼셀이 의견이나 욕설을 쏟아내는 걸 듣게만 해주면, 아무리 괴롭혀도 참을성 있게 견뎌냈다. 그렇다고 큰 제프가 멍청이는 아니었다. 그는 과학 성적이 좋았고 관심 있는 분야에 대해서는 제대로 알고 있었다. 동물의 사육과 도살에 관한 전문가를 자처하면서, 우리가 구운 쇠고기를 욱여넣는 와중에도 그 고기가 목장에서부터 접시 위까지 올라온 과정을 속속들이 이야기해주었다.

큰 제프가 열정을 갖고 덤벼드는 일이 또 한 가지 있었는데, 옛
운동장 부속건물을 초토화시킬 뻔한 사태도 그 일을 하려다 벌
어진 것이었다. 큰 제프는 지구를 떠나 다른 행성들을 식민지로
삼는 것이 우리 모두의 숙명이라 생각했다. 우리가 5학년이었을
때 제프는 로켓 동아리를 만들었다. 이 행성에서 뜯어낸 몫을 핥
아대는 것만으로도 정신없이 바빴던 우리 반 아이들 중에선 회
원을 한 명도 구하지 못했으나 공상과학소설 동아리에서 활동하
던 저학년생 몇 명을 섭외하는 데는 성공했다. 일요일 오후마다
로켓 동아리는 축구장에 모여, 화학 선생이 지켜보는 가운데 그
주에 실험실에서 만들어낸 것을 뭐든 쏘아올렸다. 큰 제프가 실
험하던 것은 2단 로켓이었다. 그의 미사일은 위로 똑바로 발사되
지 않고 몇 차례 원을 그리며 돌더니 운동장 부속건물 지붕을 들
이받고서 박살났다. 폭약이 장착된 추진 장치가 오래된 솔잎이며
낙엽 더미를 폭발시켜버린 것이다. 휘리릭!

좀 쫓아냈으면 좋겠다. 그날 밤 퍼셀이 내게 말했다.

나는 웃었다. 퍼셀이 농담을 하는 거라고 생각했다.

우리는 편집회의를 마치고 기숙사로 돌아가는 중이었다. 벽돌
로 포장된 오솔길을 내버려두고 잔디밭을 가로질렀다. 서리가 앉
아 뻣뻣해진 잔디는 밟을 때마다 버석거리는 소리를 냈다.

끔찍한 소리라는 거 알아, 퍼셀이 말했다. 하지만 진심이야. 정말로 쫓아냈으면 좋겠어.

쫓아낼 리 없잖아. 무슨 규칙을 어긴 것도 아닌데.

오늘 저녁시간 때 봤지? 절만 안 받았다 뿐이지 난리도 아니더라. 자기가 무슨 유명인사라고.

실제로 유명인사 비슷한 거 맞잖아.

큰 제프, 큰 제프. 실제로 아기 때부터 나를 그 녀석하고 같은 요람에 처박아놨다니까. 농담 아니야. 그렇게 오래전 일은 기억이 나지 않는다고들 하지만, 난 기억나. 어찌나 뚫어지게 바라보던지, 그 사냥개 같은 얼굴을 어떻게 잊어버리겠어? 유치원 때도 내 바로 앞자리에 앉았다니까. 안절부절못하면서 매일 뭘 그렇게 찾는지. 시도 때도 없이 손을 번쩍번쩍 들고 말이야. 지금까지도 그 녀석 귓구멍에서 불빛이 뿜어져나오는 게 보일 지경이야. 초등학교 때도, 캠프를 가서도, 방학 때도…… 넌 진짜 모를 거다, 그게 어떤 기분인지. 큰 제프, 작은 제프. 내가 어떤 대학교에 가게 될지는 모르지만 그 자식도 아마 같은 대학교에 갈 거야. 내 방에서 기다리고 있겠지. 아마 죽어서도 같은 관에 묻히게 될걸. 나랑 큰 제프. 큰 제프랑 작은 제프, 씨발 아드 아이테르눔*.

---

* ad aeternum, 라틴어로 '영원까지'.

그날 밤 나는 새로운 시를 쓰기 시작했다. 화재 덕분이었다. 그리고 방화복 재킷은 앞섶도 잠그지 않은 채 윗부분이 벌어진 장화를 신고 있던 소방관들, 그들이 우리와 선생들과 학교를 힐긋거리던 눈길, 시선이 스쳤을 뿐인 척하긴 하지만 실은 그 모든 것을 눈여겨보던 그 눈길 때문이었다. 소방관들의 호기심을 보고 나도 주변을 둘러보았다. 학교가 잠시나마 처음 보았을 때와 같은 모습으로 다가왔다. 얼마나 아름답고도 이상한 공간이던가. 학교가 고립된 장소라는 게 새삼 느껴지자 그 고립 속에서 우리가 서로를 얼마나 닮게 되었는지 감이 왔다. 우리는 모두 굉장히 비슷하게 옷을 입었다. 바람둥이들은 술이 달린 단화를 신고 반항아들은 검은색 터틀넥을 입는 등 우리가 스스로에게 허락했던 변형이 아마 외부인에게는 보이지 않았을 것이다. 복장은 물론이고 머리 손질법, 입 모양 등 모든 것들이 부족의 문신이라도 되는 양 우리에게 새겨져 있었다.

소방관들은 우리를, 우리는 소방관들을 살펴보았다. 방문객의 등장에 우리는 잽싸게 차렷 자세를 취했다. 소방관 중 한 명이 우연히 내 눈길을 끌었다. 지쳐 보이는 두 눈에 일부러 다른 사람들과 조금 거리를 두고 있는 사람이었다. 우리를 평가하고 있다는 걸 다른 사람들만큼 감추지도 않았다. 일을 마친 소방관들이 차를 몰고 떠난 뒤에도 나는 그에 대해 생각했다.

그러다가 새로운 시를 쓰게 되었다. 나는 큰 화제가 있었던 다음날 아침의 소방관을 서사적인 방식으로 묘사했다. 전날 밤만해도 그는 화염 장벽을 뚫고 어린 소녀를 구출해낸 영웅이었다. 집으로 돌아가보니 토요일 아침이고, 그의 아들은 TV를 보고 있다. 소방관은 자기가 먹을 달걀을 몇 개 부치지만 먹지 않는다. 주방 식탁의 빵 부스러기와 더러운 시리얼 그릇, 토스트의 탄내와 지난밤에 먹은 생선 냄새 때문에 그만 질려버린다. TV 소리가 너무 크다. 그는 자기도 모르게 벌떡 일어나 거실에서 무언가를 소리쳐버린다. 무슨 말을 했는지도 모르겠는데 아들이 냉담하고 경멸어린 시선으로 그를 바라보고 있다.

나는 글쓰기란 마땅히 즐거워야 한다고 생각한다. 보통은 그랬다. 하지만 이 시를 쓰는 건 즐겁지 않았다. 거의 한이 맺혀서 써낸 시였다. 아직도 그 열기가 남아 있었다. 좋을 수도, 나쁠 수도 있었다. 어쩌면 시라고 할 수도 없는, 그저 부서진 문장으로 이루어진 소설의 파편일지도 몰랐다. 알 수 없었다. 이 시는 우리 집과 지나치게 비슷했다. 이 자체가 우리집이었다. 어머니는 돌아가셨고 나는 아버지한테 필요한 그 많은 것들에 지친 나머지 그만 아버지를 외면해버렸다. 소방관은 아니지만, 아버지는 그런 나 때문에 상처를 받았다. 난장판, 소음, 냄새, 그 모든 게 토요일 아침의 우리집과 똑같았다. 한 방울 한 방울씩 시간이 죽어가는 듯한 느낌. 목표가 지연되다 그대로 종결되어버린 듯한 느낌. 속박과 반복, 그 수족관 같은 분위기. 포마이카 식탁보의 무늬 하나하나까지, 내게는 그 아파트의 모든 것이 보이고 들렸다. 나 자신이 거기에 서 있는 모습이 보였다. 하지만 보고 싶지 않았다. 더 나아가 누구도 그 모습을 보지 못했으면 했다.

결국 나는 엘크 사냥꾼이 나오는 시를 제출했다. 제목은 '붉은 눈雪'이라고 붙였다.

프로스트

존 F. 케네디가 대통령직을 따낸 다음날 조지 켈로그는 로버트 프로스트와의 면담 기회를 따냈다. 우리 문학잡지는 켈로그의 시를 전면 박스 기사로 실어주었다. 가을 날씨가 막 추워지기 시작한 첫날, 늙은 농부가 죽음의 입질을 느끼고 토해낸 극적 독백이었다. 조지는 여러 어조를 독특하게 혼합해 사용했다. 어느 대목에서는 농부가 날품팔이 소녀가 소젖을 짜는 모습을 바보처럼 좋아하며 서정적인 어조로 노래한다.

늙은 수탉이 서까래 위를 뽐내듯 걷고 헛간의 고양이*는

_____

* 속어로 '술에 취해 남자를 꾀어 하룻밤 자보려는 여자'를 뜻한다.

그애 발밑에서 야옹 소리를 내고 그 외양간에는 플로시가 서서

부드럽고 흰 두 손을 빠르고 단단하게 움직여

거품이 인 우유를 두 다리 사이의 양동이에 짜넣는다.

이런 식으로 몇 연이 이어진 다음 농부는 퉁명스러운 운명론자가 된다.

옥수수는 지하 저장고에 높이 쌓여 있고 건초는 고미다락에 쟁여놓았고

장작 다발은 지붕까지 닿을 듯하고 문틈은 진흙으로 막아두었네.

그러니 무엇이든 올 테면 와보라, 거친 땅이든 짧은 날이든

할 수 있는 일은 모두 해두었으니, 그리고 어쨌거나 내리는 눈은 부드러우니.

시의 제목은 뻔뻔스럽게도, '첫 서리First Frost'였다.*

로버트 프로스트는 전화 인터뷰에서 다른 모든 시를 제치고

---

* '서리(frost)'와 시인 프로스트의 이름은 발음이 같다.

이 시를 선택한 이유에 대해 우리 쪽 기자에게 이렇게 말했다. 켈로그라는 어린 친구가 이 늙은이를 팔아 재미를 좀 봤더군요. 그 값이 너무 비싸지만 않다면 이 늙은이는 참아줄 수 있습니다. 프로스트는 우유 짜는 여자의 손을 부드럽다고 한 농담이 마음에 들었다고 했다. 지금까지 내가 어쩔 수 없이 알고 지낸 모든 우유 짜는 여자들은 맨손으로 맞붙어도 짐 코빗한테서 생돈을 뜯어낼 수 있을 법했습니다. 프로스트는 켈로그라는 젊은 시인이 농장에서 겨울을 몇 차례 나는 것도 나쁘지 않을 거라고 제안했다. 그러다보면 눈은 결코 은유로 쓸 수 없다는 걸 알게 될 테니까요. 하긴 저도 한두 차례 그 안에 양동이를 드리워보았던 것 같긴 합니다. 여러분의 친구 켈로그가 이번에도 멋지게, 제대로 나한테 한 방을 먹인 거죠.

프로스트가 조지의 시에서 알랑거리는 노예근성 외의 무언가를 읽어낼 수 있었다니 경악할 노릇이었다. 세상에, 프로스트는 조지가 일종의 풍자시를 써냈다고 생각하는 모양이었다. 프로스트만의 형식과 소재, 심지어 이름을 활용해 따끔한 자극을 주려했다고 말이다. 프로스트는 조롱에 한 방 쏘인 사람처럼, 자신은 그런 조롱을 받아들일 수 있고 나름대로 농담을 되돌려줄 수 있는 사람이라는 걸 보여주려는 듯이 이야기했다. 그리고 조지의 시를 우승작으로 선택해 최고의 찬사를 보냈다. 도대체 얼마나 상처를 받았기에!

나는 조지의 시를 몇 차례 읽어본 후 그게 정말로 풍자시일 수도 있다고, 따라서 처음에 내가 생각했던 것보다 좋은 시일지도 모른다고 상상하기 시작했다. 하지만 그날 오후 축하 인사를 하러 조지의 방에 갔을 때 조지가 그 생각을 바로잡아주었다.

그 시, 어떻게 생각해? 조지가 물었다.

좋던데? 잘 썼더라! 조지, 이제 넌 로버트 프로스트를 만나게 된다고!

너도 내가…… 프로스트 선생님이 뭐라고 하셨더라? 내가 그분을 팔아서 재미를 좀 봤다고 했지. 너도 그렇게 생각해?

뭐, 그렇게 읽을 수도 있겠지.

그래?

가능하긴 하잖아.

아, 이런. 조지는 괴로운 마음을 감추려 하지도 않고 꼭두각시 인형처럼 축 늘어졌다. 조지는 여전히 뜨개질해 만든, 끝부분이 네모진 넥타이를 매고 있었다. 레이스 컵받침처럼, 코바늘로 떠낸 물건처럼 보였다. 생물학 선생도 비슷한 넥타이를 매긴 했지만 학생 중에서 그런 치욕을 감수할 사람은 조지뿐이었다. 조지는 우리 중 가장 늙은 존재이면서 가장 어린 존재였고, 가장 고루하면서도 가장 순수한 사람이었다. 바로 그런 식의 순수가 풍자 의도에 대한 의문으로까지 이어졌다는 걸 나는 알 수 있었다. 조지는, 이럴 수가, 대단히 진지하게 그 시를 썼던 것이다.

굳이 패러디로만 읽을 필요는 없지, 내가 말했다. 헌시로 읽는 것도 가능해. 뭐, 농장이라는 소재나 민속적인 어조도 그렇고 눈도 그렇고. 프로스트에 대한 존경심을 표현한 것 같아. 말하자면, 경의를 표했다고 할 수도 있는 거고.

바로 그거야! 조지는 내 맞은편, 자기 룸메이트의 침대에 앉아 있었다. 내 의도가 바로 그거였어. 오마주였다고. 조지가 하도 고맙다는 눈길로 바라보아서 나는 난롯불에 장작을 던져넣지 않을 수 없었다.

제목도 그렇고. 내가 말했다.

제목 마음에 들었어?

의미가 여러 겹 들어 있잖아. '첫 서리'라면 문자 그대로 그해 처음 내린 서리라는 뜻도 있고, 겨울이, 그러니까 죽음이 찾아오지만 동시에 휴식도 찾아온다는 상징적인 의미도 있고, 그치? 어쨌거나 눈은 부드럽다고 했으니까, 평생 힘든 일을 해온 화자가 맞는 눈은 소녀의 두 손처럼 부드럽고 하얀 거지. 어쨌거나 그 사람은 자기가 원하던 걸 갖게 될 거고. 그냥 나 혼자 너무 많은 의미를 읽어낸 걸지도 모르겠다.

아냐! 아냐, 원래 다 들어 있던 의미야.

그리고 나는 최후의 한 방을 먹였다. 거기다 '첫 서리'를 첫째가는 프로스트라고 볼 수도 있잖아. 프로스트가 제일이다, 프로스트가 최고다, 프로스트가 일등이다.

맞아! 바로 그거야. 그렇다고 이 시가 그냥 오마주이기만 한 건 아니지만.

당연히 아니지. 프로스트의 시에는 네 시처럼 여자와 관련된 부분이 전혀 없잖아. 거품이 인 우유라니. 여자가 두 다리 사이에 끼고 있는 양동이도 그렇고. 이런 부분은 프로스트 작품 같지 않아. 솔직히 말하면 평소 네 작품하고도 좀 다른 것 같고.

나름대로 새로운 방향을 시도해본 거야. 조지는 미소를 참으려 애쓰며 눈길을 아래쪽으로 향했다. 이거 하나는 인정해야겠어. 어쩌다 그랬는지 모르지만, 이 여자 캐릭터가 내 손에서 빠져나가더라고. 그런 경험 해본 적 있어? 네가 창조해낸 어떤 등장인물이 갑자기 진짜 사람처럼 변해버리는 경험 말이야.

가끔 있지.

나한테는 이 여자가 아주 진짜처럼 다가오더라. 이상하게 들리겠지, 그런데 꼭 아는 사람 같은 거야. 그냥 형이상학적으로 하는 얘기가 아니라 신체적으로 느껴지더라고. 사실 이 여자가 나오는 부분을 쓰다보니까 내가, 너도 알겠지만…… 발기를 하고 있더라고. 너도 그런 적 있어?

아니. 나는 그만 자리를 뜨려고 일어섰다. 방금 한 얘기는 너

혼자만 알고 있는 게 좋겠다, 조지. 너도 알겠지만 여기 학생들 중에도 성숙하지 못한 애들이 좀 있잖아.

6학년 문학 상급 세미나 수강생들은 일주일에 한 번 교장과의 저녁식사 자리에 초대받았다. 한때 문학을 가르쳤던 교장은 우리 동아리와 함께 있는 걸 즐겼다. 편애한다는 의심을 받을 정도였다. 그가 화학 상급 세미나 수강생을 초대하는 모습은 한 번도 볼 수 없었으니까. 교장은 우리에게 문학적 대화를 요구했다. 우리 중 교장이 읽어본 적 없는 책 이야기를 꺼내는 사람이 있으면, 교장은 책 제목을 적어두었다가 직접 읽은 뒤 우리의 기량을 시험해보곤 했다. 어떤 학생이 그로서는 이해할 수 없는 특정 작품을 좋아하면 교장은 왜 그 작품을 그렇게까지 좋아하는지 설명해보라며 억지를 부렸고, 그러는 동안 나머지 학생들은 컵과 냅킨, 반쯤 먹은 롤 등 산처럼 쌓여 있는 쓰레깃더미에 팔꿈치를 꽂아넣은 채 저마다의 생각과 이견으로 추임새를 넣었으며, 그러느라 저녁식사는 자주 늦게까지 이어졌다. 교장은 계급장을 떼고 전투에 뛰어들었고 우리에게도 그러라고 했다. 떠날 시간이 되어 자리에서 일어서며 다시 계급장을 차는 것으로 우리는 그런 특전을 잃지 않고 지켜냈다. 나는 그런 밤이면 나타나던, 몰아의 지경에 이르는 열정을 사랑했다. 식당 직원들이 나머지 테이블을 전

부 정리해 아침식사 준비를 마쳐놓고서 우리가 제발 그만 닥쳐
주기를, 그래서 부디 퇴근을 할 수 있기만을 지친 모습으로 기다
리던 게 눈에 들어와 부풀었던 가슴이 쪼그라드는 기분을 여러
차례 느끼긴 했지만 말이다.

프로스트에게 우리 학교를 방문해달라고 설득한 사람도 교장
이었다. 교장은 언제나 옛 스승을 프로스트 선생님이라고 불렀다.
우리 중 몇 명도 한두 번 흉내를 내봤지만 교장이 움찔하는 걸
보고는 곧 그만두었다. 우리는 프로스트나 로버트 프로스트 같은
호칭은 써도 괜찮지만, 명백히 훨씬 공손한 호칭인 프로스트 선생
님은 그를 직접 아는 사람만 쓸 수 있다는 걸 그때에야 이해했다.

우리 모두가 이해했다는 말은 바꾸어 얘기하면 조지 켈로그
는 이해하지 못했다는 뜻이다. 조지는 프로스트 선생님이라는 호
칭을 한 번 물고는 절대 놓지 않으려 들었다. 언제라 할 것 없이
그 호칭을 말할 기회가 있으면 무조건 달려들었다. 조지는 교장
이 불편해한다는 것도, 그 실수가 반복될 때마다 교장이 한 번도
빼놓지 않고, 도저히 참지 못해 움찔거리거나 몸을 떤다는 사실
도 전혀 알지 못했다. 딱히 마음을 내어 조지의 실수를 고쳐주는
사람은 없었다. 당연한 얘기지만, 나는 프로스트 선생님이라고 해
도 너는 안 돼! 같은 우스꽝스러운 소리를 할 수는 없었으므로 교
장도 어쩌지 못했다. 이건 농담만큼이나 설명이 불가능한 미묘한

에티켓이었는데 조지에게는 그 미묘함을 포착해낼 만한 속물근성이 없었다. 그런데 이제, 무슨 기가 막힌 운명인지, 바로 그 조지가 로버트 프로스트를 직접 만나게 된 것이다. 전에는 주제넘었던 일이 이제는 나무랄 데 없는 일이 되게 생겼다. 정작 조지 자신은 무슨 일이 벌어진 건지 눈치도 채지 못했는데 말이다!

식당 밖에서 나와 마주치자 퍼셀은 조지의 시가 선정된 사태에 대해 자신이 느끼는 경악을 분명히 밝혔다. 프로스트의 지성을 향한 존경심에 도저히 복구할 수 없을 만큼 금이 갔다고 했다.

조지의 시가 그렇게까지 형편없었던 건 아니잖아, 내가 말했다. 특정한 방식으로 읽는다면 말이야.

패러디로?

그래, 패러디로.

근데 패러디가 아니잖아.

패러디일 수도 있지. 프로스트는 그렇게 읽었고.

하지만 패러디가 아니라고. 너도 알잖아.

내가 알고 말고는 중요한 문제가 아냐.

헛소리.

진짜라니까. 누가 유리병 속 종이에 적혀 있던 그 시를 발견했다고 해봐. 해변을 걸어가다가, 조지의 시가 들어 있는 유리병을 발견했다고 말이야. 시를 쓴 사람에 대해서는 아무것도 모른 채

시만 알게 된 거지. 그럼 아마 패러디로 읽게 될걸.

프로스트라니. 뭐라도 내보겠다고 고생한 내가 바보다. 그딴 글이나 쓰는 양반인데. 프로스트는 아직도 운율에 맞춰서 시를 쓰잖아.

그렇지, 그게 뭐 어때서?

운율 자체가 헛소리야. 운율은 결국 모든 게 제대로 돌아갈 거라는 메시지를 전달해. 모든 게 조화롭고 질서 있게 된다는 거지. 운율이 갖춰져 있는 것만 봐도 나는 그 시가 거짓이라는 걸 단박에 알 수 있어. 그래, 웃을 테면 웃어! 내 말이 진실이니까. 운율이라는 장치는 넝마가 된 지 오래야. 부질없는 기대라고. 향수병 같은 거지.

널 비웃은 게 아냐. 나는 그렇게 말했다. 진심이었다. 내가 비웃은 건 그런 시를 써놓고 발기를 했다던 조지 켈로그가 생각났기 때문이었다. 하지만 나 때문에 불쾌해진 퍼셀은 몸을 돌려버렸다. 차라리 잘된 일이었다. 퍼셀을 비웃은 게 아니라는 걸 증명하자면 조지 이야기를 할 수밖에 없었을 테니까. 그러면 퍼셀이 모두에게 그 얘기를 퍼뜨릴 테고 조지는 끝없는 슬픔에 잠길 것이며 나는 나 자신을 경멸하게 되었을 테니 말이다.

의리는 며칠 만에 판가름나는 문제라고 했던 탈레랑*의 말이 사실이라면, 덕성 그 자체는 몇 초 안에 판가름나는 문제다.

로버트 프로스트는 저녁식사 중에 도착했다. 그가 식당에 등장하자, 그러니까 교장과 함께 천천히 옆문으로 들어와 두 단짜리 계단을 조심스럽게 올라 상석으로 가자, 평소 식당에 울리던 시끄러운 소음이 적막에 가까울 만큼 잦아들었다. 우리는 계속 식사를 하며 프로스트 쪽을 뚫어지게 보지 않으려 노력했으나 어쩔 도리가 없었다.

프로스트는 교장 오른쪽 의자에 자리를 잡고 식당을 굽어보았다. 커다랗고 하얀 머리를 숙인 채 서두르는 기색 없이 냅킨을 정돈했다. 냅킨이라는 문제에 몰두하고 있는 것 같은 모습이었다. 교장이 무슨 말을 하자 프로스트는 눈을 들고 고개를 끄덕이며 근엄하게 식당을 살폈다. 주방으로 연결된 문이 활짝 열리더니 프라이팬 부딪치는 소리와 누군가 고함치는 소리가 났고, 다시 문이 닫히자 침묵이 재개되었다. 바로 그때 메이크피스 학생주임이 앉아 있던 자리에서 일어나 프로스트 쪽을 바라보며 손뼉을 치기 시작했다. 그의 두 손이 알리는 소식은 하나하나 총성처럼 날카로웠으나 모두 숙고의 결과물이었고 품위가 있었다. 우리는 모두 시끄럽게 의자로 바닥을 긁어대며 튀어오르듯 자리에서 일

---

* 프랑스 정치가 샤를모리스 드 탈레랑페리고르(1754~1838).

어났다. 박수갈채와 오크나무 마룻바닥을 굴러대는 리드미컬한 소리로 식당이 떠나갈 듯했다. 프로스트는 머리를 살짝 숙였지만 우리가 계속해서 소란을 피우자 결국 더이상 모르는 척할 수 없게 되었다. 그는 소년처럼 미소를 짓더니 의자에서 반쯤 몸을 일으켜, 항복의 깃발이라도 되는 양 냅킨을 흔들어댔다.

나는 식사시간 내내 프로스트를 의식하며 프로스트도 나를 의식하는 듯 행동했다. 나와 같은 식탁에 앉아 있던 다른 소년들 중에도 품위 있어 보이고 싶은 마음이 발작처럼 도져 고생하는 이들이 몇 있었다. 식당의 분위기는 연극적으로 변해갔다. 모두 프로스트 때문이었다. 프로스트의 태도에는 어딘지 연기를 하는 것 같은 느낌이 배어 있었다. 어색해 보이던, 냅킨을 흔든 일조차 미리 계산된 것인 듯했다. 그런 연극적인 느낌이 식당을 가득 채워 우리는 안절부절못했다. 딱히 불쾌한 일은 아니었다. 매혹적인 여자가 식당에 등장했을 때와 비슷한 느낌이랄까.

그날 밤 프로스트는 예배당에서 우리에게 글을 읽어주었다. 다른 초빙 작가들이 모두 강당에서 연설을 했다는 걸 생각해보면 이건 우리 학창시절에 거의 없던, 아주 독특한 일이었다. 교장이 특별히 신경을 썼다는 표시일지도 몰랐고, 프로스트가 직접 예배당에서 글을 읽게 해달라고 요청한 걸지도 몰랐다. 예배당은 두말할 것 없이 우리 학교에서 가장 아름다운 건물이었다. 사람들이 자주 하는 얘기로는 어떤 영리한 졸업생이 프랑스에서 약탈해온 스테인드글라스 창문 때문에 유명하다고 했다. 밤에도 약한 조명이 들어오면 붉은 창유리가 루비처럼 빛났다. 우리는 삐걱대는 소리를 내며 긴 의자에 자리를 잡고 앉았다. 우중충한 모습으로 각자의 자리에서 앞쪽을 응시하거나, 아치형 천장이 어둠 속으로 사라지는 저 위쪽을 멍하니 올려다보았다. 철제 상들리에는 중세스러운 기다란 그림자를 드리우며 청동 기념패와 수많은 목공품, 제단에 걸린 아무 장식 없는 황금 십자가를 겨우 밝힐 정도로만 빛을 냈다.

프로스트는 교장과 함께 제단 앞에 앉았다. 두 손은 조각이 새겨진 의자 팔걸이에 얹은 채 명상 혹은 기도라도 하는 것처럼 머리를 숙이고 있었다. 그러나 앞자리 근처에 앉아 있었던 내게는 프로스트의 두터운 흰색 눈썹 아래로 두 눈이 반짝이는 게 보였다. 그는 자기를 지켜보는 우리를 지켜보는 중이었다. 마침내 교장이 프로스트를 소개하려고 자리에서 일어나자 프로스트는 깜짝 놀라며 마치 딴 세상에 가 있었던 사람처럼 주위를 둘러보았다. 자기가 왜 여기 있는지 정말 모르겠다는 듯.

교장은 계단을 올라 연단으로 향했다. 삐삐 마르고 얼굴이 길쭉한 교장은 오른쪽 눈썹 위에 커다란 혹이 있었다. 꼭 물집처럼 보이는 흑인데, 교장을 처음 만나면 그 혹 외에 무엇도 눈에 들어오지 않는다. 하지만 머지않아 교장은 날카롭고도 정중한 눈길로 상대방의 두 눈을 붙든다. 그렇게 상대방은 혹에서 주의를 돌리게 된다. 이목을 집중시키는 교장의 목소리도 한몫한다. 아주 깊고, 자갈로 가득찬 듯 꺼끌꺼끌한 베이스 음조의 그 목소리로 교장은 다른 사람들에게 영향을 끼치기도 하고 혼자 만족감을 느끼기도 했다. 뒤에서 교장을 놀려댈 때도 우리는 혹은 잊어버린 채 느릿느릿 이어지는 그의 우르릉대는 목소리를 흉내냈다. 퍼셀, 너는 완전히 우둔한 아이는 아니니 아마도 페요테 솔리디티, 그러니까 무성無性 수소水素가 무슨 뜻인지 설명할 수 있을 거라 믿는다…… 네가 늘어놓은 말이 무슨 뜻인지 이해하려 애쓰는 중이다만 쉽지 않구나, 퍼셀. 쉽지 않아.

　나는 교장이 이 순간을 긴즈버그-펄링게티*파 조직폭력배들을 쓸어버리는 데 사용할 거라고 예상했다. 교장이 걱정한 만큼 수가 많지는 않았으나 우리 중에는 분명 긴즈버그-펄링게티파 전사들이 더러 있었다. 그 전사들이 쓴 작품을 읽을 때면 교장은 「울부짖음」과 「정신의 코니아일랜드」 사이에 아무런 차이를 발견하지 못하겠다는 듯 굴었다. 당연히 거짓말이었다. 솔직히 펄

---

* 미국 현대시인 앨런 긴즈버그(1926~1997)와 로런스 펄링게티(1919~　).

링게티에게는 교장도 별 관심이 없었을 것이다. 하지만 긴즈버그는 달랐다. 교장은 긴즈버그를 증오했다. 조잡하고 일관성이 없다는 미학적 용어를 동원해가며 긴즈버그를 폄하하기는 했지만, 사실 교장이 정말로 경멸한 건 미국을 영혼의 도살자로 보는 긴즈버그의 시각이었다. 교장은 민주주의자이자 사회개선론자였다. 그는 장학금을 받는 학생들의 수를 꾸준히 늘려왔다. 흑인 학생 입학금지 조항을 해제해달라고 이사회를 졸라대고 있다는 소문도 끊임없이 들려왔다. 아마 교장은 사회개선론을 점점 더 미쳐 날뛰게 만들 뿐인 아래로만 치닫는 분노, 불완전한 공화국의 죽음 외에는 그 무엇으로도 만족하지 못하는 분노의 전조를 긴즈버그에게서 본 건지도 몰랐다. 바로 그 불완전한 공화국이 했던 약속을 교장은 소중히 여길 뿐 아니라 지키려고 노력했다. 교장은 히죽히죽 지독한 비웃음을 날리며 긴즈버그의 시를 인용했고, 그렇게 긴즈버그에 대한 혐오감을 조롱으로 감추었다. 몰록* 속에 나는 고독하게 앉아 있다! 몰록 속에서 나는 천사들을 꿈꾼다!** 하는 식으로. 그래서 나는 오랜 세월이 지난 다음에야 비로소 「울부짖음」이 위대한 시라는 걸 알게 되었다.

---

* 아이를 제물로 받는 신. 큰 희생을 요구하는 무언가를 뜻한다.
** 「울부짖음」의 한 구절.

이유야 어쨌든 교장은 우리가 긴즈버그에게 영향을 받고 그를 존경하게 될까봐 두려워했다. 그런 교장에게 프로스트는 긴즈버그를 후려칠 수 있는 완벽한 몽둥이가 되어줄 터였다. 나는 빌 화이트와 눈을 마주쳤다. 우리 둘 다 앞으로 무슨 일이 벌어질지 알고 있었던 것이다.

　　하지만 아니었다. 우리의 예상과 달리 교장은 시에 대해 전혀 모른 채 시골 농장에서 살던 어린 시절, 선생님이 들고 다니던 『보스턴의 북쪽』을 별 뜻 없이 들춰보다가 「사과 따기를 마치고」라는 시를 읽게 되었다는 이야기를 해주었다. 처음 그 제목을 봤을 때는 부루퉁한 기분이 들었다고 했다. 사과 따기를 한두 번 해본 게 아니었기에, 시가 사과 따기를 공상적이고 낭만적인 모습으로 완전히 잘못 그려낼 거라는 확신이 들었다는 것이다. 하지만 막상 시를 읽었을 때 교장은 무엇보다도 먼저 그 시가 얼마나 물리적으로 진실한가에 충격을 받고 말았다. 하루종일 사다리를 딛고 서 있느라 발등이 아치처럼 굽어서 느껴지는 통증은 물론, 사다리에서 내려온 뒤에도 계속 가로대를 밟고 있는 듯이 남아 있는 압박감까지 모든 게 사실적이었다. 그렇게 일단 시의 세부적 내용에 수긍하고 나자 교장은 이윽고 시가 담은 좀더 신비로운 사색에 빠져들었다. 얼음 낀 유리창이라니 대체 뭘까? 이 시의 어느 부분이 꿈이고, 어느 부분이 기억일까? 선생님에게 시집을 빌릴 때만 해도 교장은 그 행위가 어떤 결과를 낳을지 전혀 몰랐다고 했다. 그가 말했다. 실수하지 마십시오. 진실이 담긴 글은 위험한 물건입니다. 한 사람의 인생을 송두리째 바꾸어놓을 수도 있으니까요.

그게 전부였다. 교장은 연단에서 내려왔다. 프로스트가 얼마나 유명한지, 얼마나 많은 상을 받았는지 읊어대지도 않았고 매사추세츠주립대 시절을 재치 있게 윤색해가며 회상하지도 않았다. 교장이 구체적인 과거 이야기를 하는 건 전에 들어본 적 없었고 그건 이후로도 마찬가지였다. 교장은 오직 책이나 이념에 관한 이야기, 즉 그가 제인 오스틴의 말을 빌려 "합리적 이의 제기라는 칭찬"이라 부르던 이야기만 했었다. 교장은 기혼자였지만 그가 아내의 품에 안겨 있는 모습을 상상하는 건 어려웠다. 육욕에 한 뼘도 양보하지 않는 세상과 관계 맺는 데만 헌신하는 사람처럼 보였으니까. 내가 생각할 때 육욕의 끊임없는 만족이야말로 결혼의 요점이었는데 말이다. 우리에게 교장은 위대한 장군이나 여자 배우처럼 신비로운 존재였으며, 교장은 그 신비가 권력이라도 되는 양 지켜냈다.

교장은 프로스트가 나선형 계단을 오르도록 도와준 뒤 자기 자리로 돌아가는 대신 우리와 함께 기다란 의자에 앉았다. 덕분에 프로스트가 예배당의 앞자리, 높은 연단을 혼자 차지하게 되었다. 프로스트는 철하지 않은 종이 몇 장과 책을 어떤 순서에 따라 정리했다가 한번 더 정리했다. 마이크 때문에 종이 바스락대는 소리가 크게 들렸다. 프로스트는 그 소리를 듣고 잠시 멈추더니 처음 보는 물건이라도 되는 듯 마이크를 살폈다. 그는 의심스러운 듯 마이크를 톡톡 두드려보았다. 두드리는 소리가 메아리치자 약간 움찔하며 물러났다. 그는 책을 한 권 집어들더니 책장을 몇 장 뒤적이고 다시 책을 내려놓은 뒤에야 우리를 응시했다.

잘 들립니까? 뒤에 있는 학생들도 잘 들려요? 자, 그럼. 좋습니다. 좋아요. 제가 여러분에게 시를 한 편 읽어줄 차례로군요. 하지만 그전에, 셸리가 했던 말이 생각납니다…… 다들 셸리를 알지요? 「오지만디아스」를 쓴 친구 말입니다. 여러분 교과서에도 나올 거예요. 바이런의 친구이자 키츠의 친구이기도 하고, 아내는 『프랑켄슈타인』을 썼죠. 어쨌거나, 셸리는 우리 시인들을 인류의 비공인 입법가라고 부르고 싶어했습니다. 그 시절에는 다들 그런 식으로 말했어요. 영국식으로 말입니다. 인류의 비공인 입법가. 정말 그런지 궁금해져요. 대체 무슨 뜻인지도 궁금하죠. 여러분의 교장 선생님이 방금 말한 것처럼 우리 시인들이 위험한 존재라는 뜻일까요? 여러분의 친구 켈로그 군은 뭐라고 생각할지? 켈로그 군도 와 있습니까?

프로스트는 우리를 뚫어지게 바라보며 기다렸다. 마침내 내

오른쪽으로 몇 자리 떨어진 곳에서 조지가 일어섰다. 사람들의 눈길을 피하는 듯한, 잔뜩 가라앉은 모습이었다. 최후의 심판을 그린 그림에서 곧 죗값을 치르게 될 죄인 같았다.

반면 프로스트는, 연단에 올라선 프로스트는 꼭 신 같아 보였다. 그의 머리 위에는 샹들리에가 하나 걸려 있었는데, 거기서 비롯한 겨울 특유의 빛이 그의 머리카락을 은빛으로 물들이고 세월을 입은 그의 얼굴에 그림자를 드리웠다. 프로스트는 늙어 보이지 않았다. 영원해 보였다.

프로스트가 조지를 끌어들이며 말했다. 자, 켈로그 군. 시인이 입법가라면 켈로그 군이 쓴 건 꽤 괜찮은 법안이었어요. 분명 그 법안을 초안하면서 재미도 좀 봤겠지. 이 늙은이의 두 발을 불구덩이 위에 올려놓고서 말입니다. 켈로그 군한테는 잘된 일이죠, 잘된 일입니다. 늙은이들은 마땅히 불구덩이 위에 올려놓아야 하는 법이에요. 그래야 정신을 차리고 깨어 있으니.

자, 여러분, 이놈의 학교에서는 시를 몇 편 읊어줘야 저녁밥을 주겠다니 이제 시를 좀 읊도록 해야겠습니다. 여기 여러분에게 들려줄 시가 한 편 있어요. 켈로그 군, 이 시에는 눈이 나오지 않지만 켈로그 군이 좋아할 만한, 눈이 등장하는 시도 차차 찾아볼 수 있을 겁니다. 이 시는 몇 해 전, 영국에 있는 집이 그리워졌을 때 쓴 거예요. 여러분도 향수가 무엇인지는 알고 있겠지요. 「담장

고치기」라는 시입니다.

프로스트는 시를 읽으려 시선을 내렸고, 조지는 시들듯 의자에 주저앉았다.

담장을 사랑하지 않는 무언가가 있어
얼어버린 땅을 그 아래에서 부풀게 하는데
그러고는 햇빛을 받으며 위쪽의 돌들을 무너져내리게 하는데……

프로스트는 지금 막 시구가 떠오른다는 듯 첫번째 행을 천천히 읊어나갔다. 그러더니 건조하던 그의 목소리가 마치 돛처럼 잔뜩 부풀어올라 유쾌하고 자연스럽고 젊게 변했다. 시에 등장하는 농부가 봄은 내게 장난스러운 계절이라고 말했을 때 나는 미소를 지었다. 따뜻한 계절을 맞아 돌을 옮겨서 담장을 쌓으며, 똑같이 담장을 쌓는 이웃을 지켜보며, 이 노동에 아무런 의미가 없다는 생각이 든 나머지 이웃을 놀려대고 싶어 어쩔 줄 모르는 농부의 장난기가 프로스트 안에서 꿈틀대는 게 느껴졌던 것이다. 나는 전에도 이 시를 읽어보았고 제대로 이해했다고 생각했다. 모든 담장은 무너져내려야 한다는 식으로 말이다. 하지만 프로스트의 목소리를 통해 시는 새로운 생기를 얻었고 나는 그간 놓쳐왔던 무언가를 포착해냈다. 화자의 역설적인 우월감에도 불구하고 그것과 별개로 이웃에게는 그 나름의 진실이 있다. 구석기시대의 야만인처럼 무장을 하고 그림자 속에서 움직이는 이미지. 그의 존재 자체가 담장을 쌓을 이유, 담장이 튼튼해야 이웃 사이가 좋아진다는 주장의 살아 있는 근거였다. 무언가가 담장을 마음에 들어하지 않는 데에도 나름 이유는 있겠으나 그렇다고 담장을 무너뜨리면 그에 따른 위험은 모두 농부의 책임이 된다.

프로스트는 축 늘어진 눈썹으로 능숙하게 두 눈을 가렸지만, 내게는 이따금 그가 단어 하나도 놓치지 않으면서 종잇장에서 눈을 떼어 우리를 응시하는 모습이 보였다. 프로스트는 시를 읽고 있는 게 아니었다. 암송하는 중이었다. 이미 외우고 있었으면서 계속 시를 읽는 척한 것이다. 읽고 있던 부분을 놓쳤다거나 조명 때문에 글씨가 잘 안 보인다는 시늉까지 할 정도였다.

그런 어색함이 시에게서 앗아간 것은 아무것도 없었다. 오히려 시를 종잇장에서 떼어낸 목소리에, 사색적이고 때로는 교활하며 또 때로는 더듬거리는 그 목소리에 얹어놓았다. 프로스트라는 위대한 이름 아래 인쇄되어 있을 때 그 시는 필연적이게만 보였다. 그러나 목소리로, 그 시를 존재하게 하려고 골똘히 생각에 잠겼던 한 남자의 목소리로 들으니 시구 뒤에 어린 망설임과 혼란이 들려왔다.

프로스트는 계속해서 시를 한 편 한 편 읽어내려가다가 저학년생들이 헛기침을 하고 의자를 밀며 신음소리를 내기 시작하자 비로소 멈추었다. 그리고 고개를 들고 우리를 뚫어져라 바라보았다. 앉아 있기 대회를 하면 여러분 모두 챔피언이 되겠군요, 그가 말했다. 여러분한테는 지츠플라이시*가 있어요, 우리가 새로 사귄 위대한 친구, 독일인들의 말을 빌리자면 말입니다. 하룻밤에 듣기에 시는 이 정도면 충분하겠지요? 아니면 딱 한 편만 더 읽도록 합시다. 어떤가요, 여러분의 친구 켈로그 군을 위해서 말입니다. 괜찮습니까? 그럼 좋습니다. 여기 그 시를 가져왔어요. 켈로그 군도 아는 시일 거라 생각합니다.

우리에게서 눈을 떼지 않은 채 프로스트는 「눈 내리는 저녁 숲가에 서서」를 암송했다. 이어 그는 우리의 갈채를 받으며 책과 종이를 한데 모았다. 교장이 연단에 올라 프로스트와 뭔가 이야기를 나누고는 다시 내려와 손을 들어 모두에게 정숙하라는 신호를 보냈다. 교장이 말했다. 프로스트 선생님께서 몇 가지 질문을 받아주시기로 했습니다, 질문이 있다면요.

나도 하고 싶은 질문이 몇 가지 있었다. 오랫동안 아무도 알아주지 않았는데 선생님은 어떻게 본인이 좋은 작가라는 걸 알 수

---

* Sitzfleisch, 독일어로 '볼기'. 엉덩이가 무겁다는 의미에서 '끈기'라는 뜻으로 주로 쓰인다.

있었습니까? 정말로 위대한 글을 써내면 기분이 어떤가요? 어째서 조지의 시를 고르신 거죠?

저, 괜찮으시다면······

나는 주변을 둘러보았다. 램지 선생이었다. 그는 기다란 의자에서 일어나 서 있었다. 예배당이 그렇게 어두운데도 램지 선생의 통통한 두 볼에서는 영국인 특유의 활력 넘치는 혈색이 두드러졌다. 선생의 아내는 소매에서 뭔가를 뜯어내고 있었다. 램지 선생은 옥스퍼드대학교를 졸업한 뒤 남부의 어떤 여자 대학교에서 교편을 잡았는데, 지금으로부터 사 년 전 그 학교에 다니던 그녀와 바로 결혼해버렸다. 당시 램지 선생의 아내는 겨우 1학년생이었다. 그 일로 직업을 잃은 램지 선생은 아내를 퍼트니로, 그다음에는 우리 학교가 있는 북부로 데려왔다. 램지 부인은 도서관에서 일했다. 기꺼운 마음으로 그녀를 도와주겠다는 남학생이 언제나 넘쳐났다. 벌꿀 색깔의 머리카락을 길고 여성스럽게 땋아내린 램지 부인에게서는 좋은 향기가 났다. 목소리는 낮고 억양은 거슬리지 않는 정도의 남부 억양이었다. 태도는 왠지 장난을 걸어오는 듯했으며 우리를 볼 때면 꼭 우리 속마음을 다 알고 있다는 듯한 표정을 지었다.

지금으로부터 이 년 전, 학교에 도착했을 때만 해도 램지 부인은 아직 램지 선생을 사랑하고 있었다. 보기만 해도 알 수 있었다. 그녀는 램지 선생의 목소리에 매달렸고 램지 선생 특유의 발음을 따라했다. 그러다가 최근에는 사정이 달라졌다. 10월부터 나는 램지 부부와 같은 식탁을 쓰도록 저녁식사 자리를 배정받았는데, 램지 부인은 램지 선생이 뭐라고 떠들어대는 동안 지루한 표정을 짓고 있었다. 가끔씩은 램지 선생이 말을 하는 중에도 눈을 돌려 옆자리 남학생과 수다를 떨곤 했다. 그녀는 이야기하기 쉬운 상대였다.

램지 선생이 말했다. 선생님의 작품은 특정한 전통을 따르고 있습니다. 가장 미국적인 시인이라는 휘트먼의 전통이 아니라 좀더 억제된, 형식적이라고 할 만한 전통 말입니다. 마지막으로 읽어주신 「숲가에 서서」를 예로 들 수 있겠죠. 제가 궁금한 건……

「눈 내리는 저녁 숲가에 서서」입니다. 프로스트가 말했다. 그는 두 손을 모두 연단에 올려놓고 램지 선생을 응시했다.

네. 아무튼, 그 시는 연을 나누어놓고 단장격 시구를 운율로 연결하는 형식을 취하고 있습니다. 선생님이 쓰신 다른 시들과도 다르지 않죠.

잘 아시는군요, 프로스트가 말했다. 이 학교에서 학생들한테 뭘 제대로 가르치고 있긴 한가보네요.

커다란 웃음이 터져나왔다. 즐거운 웃음이라기보다는 비꼬는 웃음이었다. 램지 선생은 웃음이 잦아들기를 기다렸고 그동안 프로스트는 악정惡政의 군주 같은 모습으로 음흉하게 예배당을 둘러보았다. 자기 말실수가 불러일으킨 위기에 조금도 개의치 않는다는 게 눈에 보일 정도였다. 정말 실수인지조차 의아해질 수밖에 없었다. 마침내 프로스트가 입을 열었다. 질문이 있다고 하셨는데?

네. 제 질문은 언어를 그처럼 경직되고 형식적으로 배치했을 때에도 현대적 의식을 충분히 표현할 수 있느냐 하는 겁니다. 그러니까, 어느 정도 질서를 희생하는 한이 있더라도 형식에서 한발 물러나 좀더 자연스러운 표현을 추구해야 하는 건 아닐까요?

현대적 의식이라, 프로스트가 말했다. 그게 뭡니까?

아! 좋은 질문입니다, 선생님. 음…… 아주 거칠게 말하자면, 제 생각에 현대적 의식이란 산업화, 정부 및 광고업자들에 의한 프로파간다의 범람, 두 차례의 세계대전, 강제수용소, 과학으로 인한 신앙의 암전, 또 물론 핵무기로 인한 인류 절멸의 가능성이라는 지속적 위협 등에 대한 정신의 반응입니다. 이런 것들이 우리에게 영향을 주었다는 것에는 논란의 여지가 없으니까요. 이런 요소들은 틀림없이 우리의 사유 체계를 바꾸어놓았습니다.

틀림없이, 바뀐 건 아무것도 없소. 프로스트는 램지 선생을 빤히 내려다보았다.

이게 바로 최후의 심판이라면, 램지 선생이나 선생이 말한 현대적 의식은 뜨거운 정죄를 당한 셈이었다. 서 있는 램지 선생의 모습이 그보다 외로워 보일 수 없었다.

내게 과학에 대해서는 이야기하지 마시오, 프로스트가 말했다. 나부터가 과학자라면 과학자니까. 장담하는데 그건 몰랐을 겁니다. 난 식물학자입니다. 여러분은 식물의 향성이 무엇인지 알고 있습니까? 향성이란 식물이 빛을 향해 자라도록 만드는 속성입니다. 만물은 빛을 열망해요. 날벌레를 굳이 따라다니며 쫓아낼 필요가 없습니다. 그냥 방을 어둡게 한 다음, 빛이 들어올 만큼 창문을 조금 열어두면 되지요. 그러면 날벌레가 그리로 나갑니다. 틀림없이 통하는 방법입니다. 우리 모두에게 그런 본능, 그런 열망이 있어요. 아까 뭐라고 하셨던가, 암전이라고 하셨나요? 그건 과학이 할 수 있는 일이 아닙니다. 과학은 우리 본능에 어둠을 드리울 수 없어요. 과학이 할 수 있는 건 거짓된 조명을 끔으로써 우리가 진실한 빛을 따라 집으로 돌아가게 하는 것뿐입니다.

램지 선생이 무언가 말을 하려 했지만 프로스트는 계속 이야기를 이어갔다.

그러니까 나한테 과학 얘기는 하지 마시오, 전쟁 얘기도 하지 말고. 나는 사람들이 제1차세계대전이라 부르는 전쟁에서 가장 가까운 친구를 잃었소. 아킬레우스도 전쟁에서 친구를 잃었지요. 호메로스가 장단단 6보격으로 아킬레우스의 슬픔을 노래한 게 아킬레우스를 모욕한 건 아닙니다. 전쟁은 언제나 있었소. 그 모든 전쟁이 항상 고약했고요. 우리 인간이 그렇게 만들었으니까. 우리가 인류 역사에서 가장 학대당하고 있는 사람들이라고 생각하는 건 대단히 그럴싸하고 유쾌한 일이지만…… 태초부터 모든 시대, 모든 사람들이 그렇게 생각해왔습니다. 그러면 온갖 나태함을 정당화할 수 있는 위대한 변명거리가 생기니까요. 다시 내 친구 얘기로 돌아오도록 합시다. 난 그 친구를 기리려고 시를 한 편 썼습니다. 지금까지도 여러 편을 계속 쓰고 있지요. 선생이라면 그냥 떠오르는 대로 아무렇게나 단어를 적어내리는 방법으로 친구를 기리겠습니까? 그 단어들이 어떤 소리를 만들어내는지, 그 소리의 의미는 무엇인지, 그 의미가 내는 소리는 어떤지 생각해보지 않고서요? 그런 식으로 상실을 진실되게 진술할 수 있을까요?

말하는 내내 램지 선생을 똑바로 바라보던 프로스트는 그제야 고개를 들어, 눈길이 예배당 이곳저곳을 헤매고 다니게 내버려두었다.

아킬레우스의 비탄이 생각나는군요, 프로스트가 말했다. 유명하고도 끔찍한 비탄이지요. 여러분에게 해주고 싶은 말이 있는데, 그런 비탄은 오직 형식을 통해서만 전달될 수 있습니다. 어쩌면 오직 형태로서 존재할 때에만 진정으로 존재하는 걸지도 모르고요. 형식이 전부입니다. 형식이 없으면 그저 여기저기 발가락을 찧고 울부짖는 일밖에는 못하게 돼요. 그것도 나름대로 진정성 있고 가치 있는 행동일지 모르겠습니다. 허나 거기에는 어떤 깊이도, 울림도 없습니다. 아무 반향이 없어요. 불만은 있을지 몰라도 비탄은 없습니다. 불만은 탄원을 통해 해결할 일이지 시를 쓸 일은 아니지요. 질문에 대한 답이 됐습니까?

잘 모르겠지만—설명해주셔서 감사합니다.

램지 선생은 미소를 지으며 다시 자리에 앉았다. 그 모습만으로는 그가 방금 전교생이 보는 앞에서 로버트 프로스트에게 짓밟혔다는 사실을 조금도 추측할 수 없었다. 나는 5학년 때 램지 선생에게서 문학을 배웠다. 그를 좋아하진 않았지만 흥미로운 사람이라고는 확실히 생각했다. 그가 프로스트에게 던진 질문도 흥미로웠다. 하지만 램지 선생이 고급 영어를 쓰는데다, 복잡한 글을 쓰는 유럽 작가들을 열정적으로 사랑한 탓에 그의 제자들 중에는 램지 선생을 아는 체하는 허풍쟁이라 생각하는 사람이 꽤 많았다. 그 학생들은 분명 방금 전의 짧은 쇼를 즐겼을 것이다.

교장의 유도에 따라 우리는 마지막으로 폭풍 같은 박수갈채를 보낸 뒤 줄지어 예배당 밖의 가혹한, 살을 얼려버릴 듯한 바람 속으로 향했다. 프로스트가 블레인 홀에 들러 문학 동아리 학생들과 함께 멀드 사이다*를 마실지도 모른다는 얘기가 돌았던 터라, 나는 조지에게 그리 갈 거냐고 물었다. 조지가 말했다. 아니, 난 그냥 방으로 가려고.

왜? 프로스트가 널 혼내기라도 할까봐? 그냥 널 놀리느라 그러는 거야, 조지.

조지는 고개를 저었다. 프로스트 선생님은 진심으로 내가 선생님 시를 조롱하는 시를 썼다고 생각하셔.

그분이 네 시를 뽑았잖아. 신경에 거슬렸으면 그랬겠어?

왜 뽑으셨는지야 모르지, 조지가 말했다. 하지만 그 시 때문에 기분이 언짢으신 건 분명해.

무슨 헛소리야. 내일 면담 때 오해를 풀면 돼.

면담을 한다면 말이지.

뭐야, 프로스트가 너를 바람맞히기라도 할까봐?

그렇게 말 안 했어.

조지, 정신 차려. 정신 차리라고!

우리는 길 한가운데에서 멈춰 섰다. 소년들이 줄지어 우리를 지나쳤다. 누군가 버려둔 연이 나무에 걸려 미친듯이 퍼덕였다. 조지는 내게서 눈을 돌려 다시 바람이 부는 쪽을 바라보았다. 트

---

* 설탕, 향료 등을 넣고 데운 사과주스.

위드 모자를 머리에 납작하게 눌러쓰고 있었다. 감기에 걸렸다든
지 뭐 그렇게 말할까 생각중이야. 조지가 말했다.

조지, 로버트 프로스트를 바람맞히다니 말도 안 돼.

양호실에 가 있으면 바람맞혔다는 생각은 안 하시겠지.

너 겁쟁이구나. 덩치만 컸지 애같아.

조지는 두 손을 주머니에 쑤셔넣은 채 코트 안쪽으로 몸을 더
구부렸다.

이럴 수는 없어, 내가 말했다. 이건 특별한 일이야. 나중에 자
식을 낳으면 그애들한테도 얘기해줄 수 있는 일이라고. 손자들한
테도!

프로스트 선생님은 신경쓰지 않으실 거야. 오히려 좋아하실걸.

조지. 조지. 이거 진짜 멍청한 짓이야. 아무튼, 어디서 만나기로
했는데?

교장 선생님 응접실에서.

언제?

아침 먹고 나서. 조지가 말하더니 눈을 돌려 나를 보았다. 왜?

그냥 궁금해서. 정말 이대로 물러설 거야?

모르겠어.

이게 무슨 낭비야.

우리는 길이 두 갈래로 나뉘는 지점까지 함께 걸었다. 블레인

홀로 와, 내가 말했다. 거기서 좀더 얘기해보자.

조지는 고개를 저었다.

이대로 물러서다니 그런 낭비도 없을 거야. 내 말은, 프로스트가 여기 왔잖아, 조지. 로버트 프로스트가! 평생 있을까 말까 한 기회야. 뭐, 여든여섯 살이던가? 여든일곱 살? 지금 아니면 다시 만날 기회가 없어.

그건 나도 알아.

그런데도 진짜 그냥 물러나겠다는 거야? 아니, 정말 물러선다면, 이런 기회를 그냥 날려버리기 아까워서 그래.

그제야 조지가 내 말을 알아듣기 시작하는 게 보였다. 너하고는 아무 상관도 없는 일이잖아. 조지가 말했다.

내 말은 그냥, 이런 기회를 아무렇게나 날려버릴 이유는 없다는 거야. 안 그래? 프로스트가 우리 중 한 사람과 기꺼이 시간을 보내주겠다잖아. 네가 만나지 않겠다면, 다른 사람한테라도 기회를 주라고.

다른 사람 누구? 너?

당연하지. 안 될 게 뭐야.

기꺼이 나를 대신해주시겠다?

그래.

하지만 프로스트 선생님이 네 시를 고르신 건 아니잖아. 그분은 내 시를 선택하셨다고.

그래서? 어차피 너는 안 만난다며. 그런데 나는 안 되는 이유가 뭐야?

네가 우승한 게 아니니까. 우승한 건 나야. 그게 안 되는 이유지. 네 손으로 얻지도 못한 영예를 정말 누리겠다는 거야?

아, 그러는 너는 네 시로 영예를 얻어냈어? 왜 이래? 네가 쓴 게 『실낙원』이라도 되는 건 아니잖아.

조지는 의구심이 담긴 차가운 눈으로 나를 바라보았다. 불안해지기는 했으나 나도 이미 혈기가 올라 자제할 수 없었다. 로버트 프로스트와의 면담 기회를 받아들이겠냐고 물었지? 내가 말했다. 스스로 얻어낸 너의 면담과는 달리, 스스로 얻어내지 못한 면담을 말이야. 빌어먹을, 똑똑히 들어둬. 나라면 당연히 받아들일 거야.

조지는 몸을 돌려 안뜰을 건너가기 시작했다.

나는 그 뒤를 따랐다. 그래서 포기한다는 거야, 안 한다는 거야?

조지는 대답하지 않았다.

계속 그러다가 혼자 있을 때 프로스트한테 잡혀버려라! 덩치만 큰 어린애 같으니라고. 프로스트가 너를 아주 조각조각 썰어버릴 거다.

나는 그 자리에 가만히 서서, 조지가 몸을 구부린 채 바람 속으로 나아가는 모습을 바라보았다. 조지의 코트 자락이 휘날리고 있었다.

프로스트는 그날 밤 블레인 홀에 나타나지 않았지만 램지 부인은 달랐다. 혼자 나타난 그녀는 모두에게 경종을 울렸다. 배경 음악이 갑자기 한 옥타브 높아진 것 같았다. 원래 선생들의 아내는 남편과 함께가 아니면 이런 모임에 참석하지 않았다. 그리고 그날의 모임은 문학 동아리 자문 교사로서 램지 선생이 주최할 예정이었다. 램지 부인은 독감 기운이 있는 램지 선생 대신 자기가 나왔다고 했다. 램지 선생한테서 로버트 프로스트가 오면 대신 존경하는 마음을 전해달라는 부탁을 받았다고도 했다. 램지 부인이 쿠키 한 접시를 들고 사람이 버글버글한 방안을 돌아다니며 선생들과 그 아내들에게 이 이야기를 하는 소리가 들렸다. 이윽고 램지 부인은 빌 화이트와 내게도 똑같은 얘기를 했다. 똑같은 단어로, 어쩔 수 없다는 듯 어깨를 으쓱하는 똑같은 동작을 곁들여가며, 앓고 있는 남편에 대한 연민을 보여주려는 듯 입을 삐죽이면서.

빌과 나는 벽난로 옆에 서 있었다. 우리는 각자 쿠키를 하나씩 집어들었다. 빌은 램지 부인이 귀엽고 용감하게 거짓말을 늘어놓는 동안 손을 뻗어 쿠키 접시를 받아들더니, 그 접시를 벽난로 선반 위, '블레인의 소년들' 사진 아래에 올려놓았다. 램지 부인은 긴장을 풀었고 아무데도 가지 않을 것 같았다. 빌의 자신감 있는 모습이 대단히 인상적이었다. 왠지 마음에 들지는 않았지만, 어쨌든 램지 부인이 우리 곁에 머물렀으니 결과는 나쁘지 않은 셈이었다.

램지 부인은 폭스크로프트에 다니던 시절에도 프로스트의 시 낭송을 한 번 들어봤다면서, 당시 프로스트는 낭송이 끝나면 여학생들을 만나 함께 햇볕을 쬐며 온갖 것들에 관한 이야기를 나누었다고 말했다. 프로스트는 매우 재미있는 사람이었고, 절대 그럴 것 같지 않은 사람이라 깜짝 놀랐다는 얘기도 했다. 게다가 그는 엄청난 바람둥이라고 했다. 주변에서 부추기는 사람들이 많기도 했지만.

벽난로 열기로 램지 부인의 얼굴이 발그레해졌다. 향수 냄새도 더욱 짙고 자극적으로 풍겨왔다. 그녀는 문학 선생이자 자신과 마찬가지로 남부 출신인 라이스 선생에게로 몸을 돌렸다. 라이스 선생은 파이프의 재를 난로에 떨어내는 중이었다. 오늘 오실까요? 램지 부인이 물었다.

프로스트요? 아닐걸요. 아까 행사 끝날 때쯤 보니까 아주 기진맥진한 것 같더라고요.

저런. 램지 부인이 그렇게 말하더니, 한 무리의 소년들이 들어

106

오는 것을 힐긋 보고는 다시 라이스 선생을 향해 돌아섰다. 남편 말로는, 선생님께서 아인 랜드라는 여자를 데려오기로 하셨다던데.

제가, 아인 랜드를 데려온다고요? 그럼 라이스 부인께서 뭐라고 하겠어요?

무슨 얘긴지 알면서 왜 이러세요.

빌과 나는 서로를 쳐다보았다.

그런 소문이 떠도나보군요. 라이스 선생이 말했다.

아, 왜 이러세요. 소문이 아니라 사실이잖아요. 아시면서.

로버타.

알았어요, 알았어요. 램지 부인이 말했다. 얘들아, 너희는 한 마디도 못 들은 거야. 하지만 그래도…… 아인 랜드라니요!

자, 솔직히 말해봅시다, 로버타. 랜드의 작품을 한 편이라도 읽어봤습니까?

그럼요, 당연하죠! 전부 읽은 건 아니지만. 조금은요. 드러그스토어에 들렀다가 한두 페이지 읽어봤어요. 뭐, 읽어본 적이 없다고 해야 맞을 것 같네요.

나도 마찬가집니다, 라이스 선생이 말했다. 그러니까 읽어볼 때까진 여기 있는 순진한 학생들을 오염시켜 아인 랜드에 대해 적대적 편견을 갖게 만드는 일은 삼갈 겁니다.

저 읽어봤는데요. 빌이 말했다.

모두가 빌을 바라보았다.

화이트 선생님 안목이 참 뛰어나시네요! 깜짝 놀랐어요. 램지 부인은 그렇게 말하긴 했으나 빌이 모호한 입장을 자처할 때의 무심한 태도에 자못 즐거워하는 눈치였다.

재미있는 생각도 좀 하는 작가던데요. 빌이 말했다.

그때 선생과 그 아내들의 부드러운 눈길을 받으며 몇몇 소년이 노래를 부르기 시작했고 다른 아이들도 합창을 하듯 끼어들었다. 처음 입학했을 때 나는 운동경기를 보고 돌아오는 버스에서나 돌로 된 벽 때문에 소리가 더욱 크게 울리는 복도에서 소년들이 무리를 지어 이런 식으로 갑자기 목청을 높이더라도 입을 떡 벌리지 않으려고 노력했었다. 그도 그럴 것이 꼭 호텔 로비에 있던 모든 사람들이 갑자기 노래를 부르기 시작하면 육군 원수의 것 같은 코트를 입은 도어맨이 우스꽝스러운 솔로를 부르며 합창에 끼어드는, 빈의 오페레타 영화 속 한 장면에 들어온 것만 같았기 때문이다. 이제는 나도 그 노래들을 알았고, 서로 몸을 기댄 채 큐 사인을 기다리는 그 순간을 재빨리 눈치채 우리들의 목소리에 끼어들었다.

노래 부르는 소년들이 벽난로 주위에 모여들기 시작했다. 라이스 선생은 자리를 내주고 다른 선생들 쪽으로 옮겨갔지만 램지 부인은 우리와 함께 남았고 곧 우리까지 합세한 합창단에 둘러싸였다. 그녀는 음악에 맞추어 몸을 흔들며 재치 있는 가사가 나오면 부드럽게 웃고 낭만적인 노랫말에는 눈을 감았다. 노래를 듣는다기보다는 그대로 받아들이는 듯했다. 마치 우리가 세레나데라도 불러주고 있다는 듯. 하긴 틀린 말도 아니었다. 램지 부인은 그 자리의 유일한 여성이었던데다 두 눈은 밝게 빛나고 피부색은 밝았다. 원래도 예뻤지만 우리 노래 덕분에 아름다운 모습으로 거듭난 여인. 우리 눈에는 우리의 힘이 램지 부인을 매료하고 그녀를 더욱 아름답게 만드는 게 보였다. 그래서 우리 목소리는 더욱 대담해졌다. 그날 밤 낭송된 모든 시와 가까이에 젊은 여자가 있다는 데에서 오는 동요, 정향이 풍기는 방의 열기와 모두 알고 있는 바깥의 추위—이 모든 것들이 그녀에게 불러준 우리의 노래 속에 조금씩 스며들었다. 흥미진진했지만 그다지 적절한 일은 아니었다. 마음을 뒤흔드는, 어떤 면에서는 불법적이기도 한 일. 뭐랄까, 황홀했다. 몇 곡을 부르고 나자 선생 하나가 그만 멈추라고 소리를 쳤다. 그러고는 뒤늦게야 시간이 늦었다는 핑계를 댔다. 우리는 최면 상태에서 깨어나듯 흩어졌다. 우리가 어디 있는지조차 알 수 없을 정도였다.

램지 부인도 좀 멍해 보였다. 그리고 들떠 보였다. 그녀는 더러워진 컵을 몇 개 모아들고 사이다가 담긴 볼이 있는 곳으로 헤매

듯 돌아갔다. 거기 서서 그리스어 선생의 나이든 아내와 대화를 하는 모습이 보였다. 내가 다시 봤을 때 그녀는 이미 사라지고 없었다.

프로스트가 나타나지 않으리라는 건 분명했지만 나는 끝까지 남아 청소까지 돕겠노라 자청했다. 그러나 선생 부인들은 내 주머니에 쿠키를 잔뜩 넣어주며 나를 쫓아냈다.

원래 내가 담당하는 잡일은 따뜻한 실내에서 그날그날 아침에 도착한 우편물을 분류하는 편한 일이었다. 그러나 우연히 아침식사 후 벌점을 받는 바람에 3학년생들과 함께 교장의 정원이 내려다보이는 클레이 테니스장을 평평하게 고르고 새로 금을 긋는 일을 하게 되었다. 3학년생들은 의아하다는 듯 나를 곁눈질하면서도 아무 말 하지 않았다. 좀더 자라야 맞을 법한 큰 코트 속에 깊이 묻혀 있던 3학년생들의 창백한 얼굴이 그렇게 한 번씩 우울하게 삐죽 솟아나왔다. 나는 잠깐 돕는 시늉을 하고 빠져나와 울타리 근처에 서서 정원을 지켜보았다. 약 삼십 분 동안 계속 경계했으나 아무도 오지 않았다. 결국 겁쟁이 조지가 도망쳐버린 거였다. 덩치만 큰 어린애 같으니.

하지만 내 생각이 틀렸다. 그날 밤 나와 함께 저녁식사를 하고 기숙사로 돌아가던 조지는—조지는 원래 양심을 품지 못하는 성격이었다―교장의 응접실에서 프로스트와 단둘이, 한 시간 넘게 이야기를 나누었다고 말해주었다. 일단 프로스트와 대화를 시작하자 도저히 자리를 뜰 수가 없었다고 했다. 프로스트는 조지가 쓴 시에 대해서는 별말을 하지 않았다. 어쨌든 길게 얘기하지는 않았다고 했다. 대신 프로스트는 자기가 쓴 시를 몇 편 읊어주고 조지에게 이것저것 가르쳐주고 자필 서명한 『프로스트 시 전집』을 주기도 했다. 언제든 자기가 사는 동네에 들르게 되면 꼭 찾아오라는 말도 했다고 한다.

아, 내가 말했다. 잘됐네.

우리는 함께 걸었다. 그때 조지는 프로스트가 몇 가지 충고를 남겨주었다는 얘기를 했다.

무슨 충고?

캄차카가 어디 있는지 알아?

정확히는 몰라. 알래스카인가? 저 위 어디겠지.

프로스트 선생님은 학교에 다니는 게 나한테는 시간 낭비라고 하셨어. 캄차카에 가야 한다고 하시더라고. 아니면 브라질이나.

캄차카에? 왜 캄차카야? 왜 브라질이고?

그건 설명 안 해주셨어. 설명을 하려고 하셨는데, 그만 떠나야 할 시간이 됐거든.

세상에. 캄차카라니. 캄차카라니.

그날 밤 늦게 나는 도서관으로 가 캄차카를 찾아보았다. 소련의 머나먼 극동, 베링해에 접해 있는 반도. 사람이 거의 살지 않는 곳으로 일 년 중 반은 어둠에 잠겨 있었다. 그곳 사람들은 소금에 절인 연어를 먹고 살았다. 곰고기도 소금에 절여 먹는다는데 곰의 수가 사람의 수를 훨씬 상회했다. 조심성 없는 사람들에게는 슬픈 일이었다. 침엽수림 타이가는 얼어붙어 있지 않을 때 흡혈 곤충으로 끓어넘쳤다. 화산도 많았고 지금까지 활동하는 화산들이었다. 캄차카 항목에 유일하게 들어 있는 사진은 산 정상 부분이 주먹처럼 치솟는 불길에 실려 하늘로 솟아오르는 모습을 지켜보는 파카 차림의 인물 두 명을 찍은 사진뿐이었다.

나는 백과사전을 덮고 가만히 앉아 있었다. 바람이 등뒤의 중간설주가 달린 창을 흔드는 소리가 들려왔다. 대체 캄차카에 뭐가 있기에, 젊은 작가가 학교를 포기하고 거기 가야 한단 말인가? 인상적인 풍경이 있겠지, 아마도. 이상한 방식으로 살아가는 이상한 사람들의 드라마도 있고 위험도 있을 것이다. 그 모든 게 소설이나 시의 좋은 소재가 될 수 있었다. 그러나 정작 프로스트는 평생 뉴잉글랜드에 살면서도 예술적 성취를 조금도 양보하지 않았다. 과연 그가 캄차카에 가본 적이나 있는지 의심스러웠다. 아마 아닐 것이다. 그래도 프로스트에게는 캄차카에 관한 뭔가, 작가로서의 삶과 관련된 뭔가가 있었을 것이다. 그렇다고 해도 캄차카에 고생 말고 어떤 의미가 있을 수 있단 말인가? 고독, 어둠, 그리고 고생. 하지만 프로스트는 브라질도 언급했다. 푹 꺼진 의자에서 일어난 나는 책을 편 채 졸고 있는 학생들을 지나서 백과사전의 K권을 B권으로 바꾸어 왔다.

위버
멘쉬

소문, 그러니까 아인 랜드가 다음번 초빙 작가라는 소문은 사실이었다. 선생 중에는 그 결정에 마음이 상한 나머지 자기들은 막아보려 했으나 실패했다는 얘기를 3등선실의 우리에게까지 흘러들게 만든 이들도 있었다. 이사회 회장이자 랜드 소설의 팬인 하이럼 뒤프렌이 이번 초빙을 강행한 모양이었다. 뒤프렌 씨는 우리 학교에 돈을 쏟아붓는 엄청난 부자였다. 최근에는 새로운 과학연구동과 워델 메모리얼 하키 링크를 지어주었다. 워델이라는 이름은 뒤프렌 씨가 이 학교를 다니던 시절 룸메이트였다는 어느 전사자의 이름을 딴 것이었다. 뒤프렌 씨는 학교에 자주 들렀는데 식사 전 기도를 할 때면 상당량의 "하나니" "하오나" "하소서"를 우리에게 대접하곤 했다. 그런 다음에는 블레인 홀로 와 우리들 틈에 끼어서는 놀랍도록 높은 목소리를 우리 노래에 보태주었다. 선명한 주황색 부분가발에 빛나는 둥그런 얼굴, 아기처럼 네모난 치아에 덩치가 크고 행복해 보이는 남자였다. 한번은 안뜰에 있던 나를 불러 세워 고향은 어디인지, 학교는 마음에 드는지 묻더니 내가 정신없이 대답을 늘어놓는 사이 미소 띤 얼굴로 기분좋게 가르랑거리는 고양이처럼 눈을 감고 있기도 했다.

떠도는 얘기긴 하지만, 어쨌든 교장이 아인 랜드를 초청한 건 장학기금 모금에 나서려던 차에 뒤프렌 씨의 지지가 필요했기 때문이라고들 했다. 반대하는 선생이 몇 명 있었는데 그중에서도 램지 선생은 참을성 없이 무슨 비유를 사용했다고 한다. 그 순간 교장이 끝내 성질을 터뜨리며 램지 선생과 그의 편을 들었던 메이크피스 학생주임에게 반감을 품은 채 선생들을 모두 집으로 돌려보냈다는 것이다. 이 분란에 관한 이야기가 우리 학생들 사이에까지 돌고 있다는 사실 자체가 선생들이 느끼는 분노의 정도를 헤아려볼 수 있는 척도였다.

아인 랜드는 2월 초에 방문할 예정이었다. 크리스마스 방학 직전에 일정이 공표되었는데, 당시 나는 그와 관련된 뒷얘기를 듣고 어느 편이 이기는 중인지 알아내려 애쓰고 있었다. 교장이 변절한 걸까? 아니면 선생들이 앞뒤 재지 않고 고위층 특유의 속물근성을 마음껏 발휘하는 중일까? 나는 장학생이었다. 원리원

칙에만 집착하는 인간들이 예민한 취향을 뽐내는 꼴을 봐주느라 내 몫을 포기할 생각은 전혀 없었다. 그러나 한편으로는 아인 랜드가 로버트 프로스트나 캐서린 앤 포터, 에드먼드 윌슨, 에드나 세인트 빈센트 밀레이 등 블레인 홀 현관에 사진이 걸려 있는 다른 초빙 작가들 사이에 끼는 것도 말이 안 된다는 선생들의 신념에도 영향을 받았다. 그러니까 그 선생들 얘기는 아인 랜드를 초청하면 자그마치 우리 학교의 영혼이 손상된다는 거였다. 하필 돈 문제가 걸려 있어 일이 더 꼬였다. 램지 선생은 이교의 신들을 좇아 창녀 짓을 하는 것이라는 비유를 들었다고 했다.

그리하여 나는 아인 랜드가 인기만큼이나 나쁜 인간이라고 생각할 만큼 건방진 상태가 되었다. 정말이지 랜드는 대단히 인기가 좋았다. 크리스마스 방학이 시작되어 학교를 잠시 떠나면서 나는 괜히 깐죽대고 싶은 마음에 기차역 서가에서 『파운틴헤드』 한 권을 꺼내 재미삼아 몇 페이지를 읽었다. 마음껏 웃어주겠다는 생각은 곧 사라졌다. 너무 몰입한 나머지 아예 책을 사기로 한 것이다. 곧 출발한다며 차장이 마지막으로 승객들을 불러댈 때 계산대에는 내 앞에 한 사람이 더 있었다. 점원은 나이가 많고 손도 느렸다. 빌어먹을 눈도 안 보이는 모양이었다. 서 있는데 식은땀이 다 났다. 머리로는 이만 포기하고 떠나야 한다는 사실을 알고 있었지만 소설을 내려놓을 수 없었다. 결국 나는 전속

력으로 달려 겨우 기차를 탔다. 여행가방을 올리다 두 팔이 어깨에서 빠져버리는 줄 알았다. 그래도 책은 손에 넣었다. 옷자락이 흔들릴 때마다 우비 주머니에 든 두꺼운 책이 허벅지에 세게 부딪쳐왔다.

나는 외할아버지, 외할머니가 살고 있는 볼티모어에서 휴일을 보낼 예정이었다. 비좁은 완행열차는 학생들로 가득했다. 다른 때라면 나머지 아이들과 함께 법석을 떠느라 바빴겠지만 이번에는 인적이 드문 칸을 찾아 소설을 펴들고 틀어박혔다. 선로를 따라가다 다음 정거장에 멈춘 기차에 콥스 아카데미 여학생들이 여러 명 탔다. 그애들이 기차에 오르려고 승강장을 서성거리는 모습을 바라보던 중 콥스 아카데미의 핼러윈 파티에서 만났던 소녀가 눈에 들어왔다. 로레인이라는 아이였다. 레인이라고, 그녀는 스스로를 그렇게 불렀다. 느린 춤곡에 맞춰 세번째 춤을 추었을 때쯤 우리는 서로 가까이 붙어 있었다. 너무 가까워서 무도회장을 돌아다니던 감시 선생이 지시봉으로 내 어깨를 두드리기까지 했다. 둘 다 무도회장 반대편 끝으로 물러나 다시는 서로 춤을 추지 말라는 뜻이었다. 이후 나는 그녀가 우리 반 친구인 잭 브룸과 키스하는 모습을 보았다. 아랑곳하지 않고 나는 며칠 뒤 아이러니가 섞인 익살스러운 편지를 그녀에게 보냈다. 그녀는 단 한 번도 답장을 보내지 않았다. 문득 그 편지 생각이 나곤 했는데, 그럴 때마다 모든 문구가 멍청함으로 번뜩이는 것 같았다. 편지 수령인의 묵묵부답이 그 멍청함을 더 휘황찬란하게 빛내는 듯했다.

레인이 다른 여학생과 팔짱을 끼고 내가 있던 칸에 들어왔다. 담배 연기가 그녀의 콧구멍에서 구불구불 피어올랐다. 둘은 문간에 멈춰 서서 안을 훑어보았다. 레인의 친구가 무슨 말을 하자 레인이 웃었다. 그런 다음 레인은 나를 보고 그대로 멈춰 섰다. 매우 혼란스러운 듯했다. 나도 마찬가지였다. 나는 눈길을 돌리지 않기 위해 애를 써야 했다. 겨우 몇 주 전에 나는 흥분한 물건으로 그녀를 쿡 찔렀고 그녀는 뭐랄까, 나를 되찔러왔었다. 생일파티에서 두 사람이 사과를 가운데에 놓고 껴안는 게임을 하듯 우리 사이에도 뭔가가 있었다. 그런데 그녀가 나를 배신하고 모욕한 것이다. 이제 어쩐다?

레인은 아무 잘못 없다는 듯 뻔뻔하게 대처하기로 한 눈치였다. 다른 여학생에게 뭐라고 말하더니 복도를 따라 내려와 의자 등받이에 기대섰다. 기차가 좌우로 리드미컬하게 덜컥거릴 때마다 낙타털 오버코트가 따라 흔들렸다. 아름답게 굽은 눈썹, 뾰로 통해 보이는 입술의 빨간 머리 소녀 레인의 창백한 이마에는 여드름자국이 희미하게 점점이 남아 있었다. 누군가에게 말을 걸때면 그녀는 몸을 뒤로 젖히고 상대방을 가늠해보겠다는 듯 눈을 가늘게 떴다. 레인은 내 옆에 멈추어 어디로 가느냐고 물었다. 내가 볼티모어라고 대답하자 거기 사는 자기 친구가 있는데 혹시 아느냐며 궁금해했다.

나는 곰곰이 생각해보는 척 로레인이 말한 이름을 따라 말해본 다음 아니, 모르는 것 같아, 라고 말했다.

음, 알아두면 좋을 텐데. 레인이 말했다. 되게 재미있는 애거든. 걔한테 연락해서 널 한번 찾아보라고 할게.

나야 고맙지.

레인은 담배를 바닥에 버리고 발로 밟아 껐다. 치마 주름 사이로 그녀의 다리가 휙 뻗어나왔다. 검은 스타킹을 신고 있었다. 그러더니 레인은 다시 자기 친구를 힐긋 보았다. 그럼, 그녀가 말했다. 어머, 이거! 그녀는 내 무릎에 놓여 있던 소설을 집어들었다. 이 책을 읽고 있었단 말이야?

아니라고 해봐야 아무 소용이 없을 것 같았다.

레인은 펄럭펄럭 페이지를 몇 장 넘기다 멈추고 책을 읽기 시작했다. 와, 이럴 수가. 레인은 그렇게 말하더니 친구가 조바심난다는 표정을 지을 때까지 한참을 계속 읽었다. 나는 멍청이처럼 미소를 지으며 기다렸다. 도미니크는 내 영혼의 멘토야, 레인이 말했다. 무슨 뜻인지 알지?

아, 그럼. 내가 말했다. 당연히 알지.

로크도 그렇고. 레인이 말했지만 이번에는 말투가 좀 달랐다. 로크한테는 완전히 다른 뭔가가 느껴져. 뭐라 묘사해야 할지 엄두도 나지 않지만.

무슨 말인지 알 것 같아. 나는 그렇게 말하고 덧붙였다. 아마 내가 도미니크한테서 받는 느낌이랑 비슷하겠지.

레인의 친구가 소리를 치며 다음 열차간 쪽으로 휙 고갯짓을 했다. 레인은 책을 넘겨줄 듯하다가 다시 가져갔다. 좀 빌려줄래? 읽을거리를 하나도 안 가져왔거든.

미안, 그건 어렵겠다.

정말 안 돼? 레인은 목소리를 낮추더니 덧붙였다. 이렇게 부탁할게.

안 돼. 미안.

그녀는 특유의 사람을 재는 듯한 눈으로 나를 바라보았다. 어쩔 수 없는 상황이 되면 내가 힘을 써서라도 억지로 책을 빼앗아 갈지 궁금해하는 듯했다. 그녀는 곧 정답을 떠올렸다. 알았어. 레인은 그렇게 말하고 책을 건네주었다.

책을 덮어주는 정도의 수고도 하지 않았다. 나는 레인이 읽던 페이지를 힐긋 보았다. 도미니크와 로크가 나누는 대화가 눈에 띄었다. 나는 소유당하고 싶어. 연인이 아니라 연인 이상의, 나의 승리를 파괴하는 적에게 말이야. 명예로운 공격을 통해서가 아니라 내 몸 위에 닿는 그의 몸을 통해 소유당하고 싶어. 내가 당신한테 원하는 건 바로 그런 거야, 로크. 그게 나라고. 당신이 듣고 싶어하던 말 아냐? 들으니까 어때? 하고 싶은 말 있어?

옷 벗어.

나는 기차가 서서히 뉴욕에 정차할 때까지 한시도 쉬지 않고 책을 읽었다. 뉴욕 역사에서도 빈 벤치를 하나 차지하고 앉아 학교 친구들이야 바보짓을 하든 말든 다시 책 속에 빠져들었다. 기차에서 술을 진탕 마시고 취한 어떤 녀석이 재떨이에 구토를 하는 중이었고, 다른 소년 두엇이 술에 취한 흉내를 내고 있었다. 쓸데없이 몰려다니는 멍청이들!

볼티모어행 기차로 갈아탔을 때는 이미 날이 어두워져 있었다. 가끔씩 나는 책 읽기를 멈추고 창문에 비친 내 모습을 찬찬히 살폈다. 로크의 얼굴은 의문을 제기하거나 바꾸거나 애원의 대상으로 삼을 수 없는 어떤 것, 꼭 자연의 법칙 같았다. 홀쭉한 광대뼈가 텅 빈 듯한 양볼 위로 높게 솟아 있고 차가운 회색 두 눈은 흔들리지 않았다. 상대를 경멸하는 듯한 입은 꽉 다물려 있었다. 사형집행인, 혹은 성자의 입처럼.

나는 뺨이 홀쭉하지 않았고 눈도 회색이 아니었다. 하지만 다음 몇 주 동안 『파운틴헤드』를 계속 읽으면서 이 세상이 강하고 위대한 사람을 강하고 위대하다는 바로 그 이유만으로 얼마나 부당하게 대하는지 생각하는 내내, 경멸감에 입을 꽉 다물고 있었다. 출세를 하겠다는 이유로는 자기가 설계한 각도를 한 치도 바꾸지 않으려 들고, 자신의 가장 훌륭한 작품인 저소득층을 위한 주택단지가 건설 도중 비밀리에 수정되자 현장을 찾아가 직접 모든 것을 다이너마이트로 폭파해버리는 인물, 그런 잡종 똥개 같은 집에 사람들을 살게 하느니 차라리 모든 것을 산산조각내고 말겠다는 건축가, 하워드 로크. 그의 천재성은 파는 물건이 아니었다. 주변에는 온통 그를 싫어하고 가난과 외면으로 그를 처벌하려는 기생충이 득실거렸지만 로크는 그들로부터 자유로운 인간이었다. 그리고 그는 도미니크와 섹스를 했다.

　도미니크는 앞길을 가로막는 모든 남자들을 뭉개고 굴러가는, 전형적인 빙하 같은 여자였다. 차갑고 고요한 분위기와 아름답게도 잔인한 입으로, 그녀는 로크를 마치 먼지처럼 취급한다. 말도 거칠게 하고 심지어 나뭇가지로 얼굴을 후려치기도 하면서. 그러나 이면에서 도미니크는 로크를 죽도록 원하고 있고 로크도 그 사실을 알고 있다. 어느 날 밤 로크는 도미니크의 방으로 찾아가, 도미니크가 내내 저항하는 가운데 그녀가 원하던 바로 그것을 준다. 도미니크가 원하는 것 중 하나는 바로 로크의 손에 망가지는 것이다. 그에게 빼앗기는 것.

　내게는 이 모든 이야기가, 여자의 냉담한 태도나 경멸까지도 진도를 좀 빼보자는 초대장일 수 있다고 해석하는 게 새롭고 흥미로웠다. 나는 꼭 모자란 놈이 된 듯한 기분이었다. 내가 평소에 보인 정중함과 배려가 내게 나약한 존재라는, 노예라는 낙인을 찍은 것만 같았다.

나는 내 의지가 가진 힘을 깨달아갔다. 『파운틴헤드』를 읽는다는 건 새장 속에 갇혀 있는 그 힘을, 언젠가 댐 속에 갇혀 있는 강물처럼 풀려나 자유로운 질주를 가로막는 모든 장애물을 짓밟아버리고자 안간힘을 쓰는 그 힘을 느끼는 것이었다. 나는 나 자신의 의지를 의심하고 온건함과 편의와 전통적인 도덕의 조언 앞에 고개를 조아리라는 유혹, 쪼그라들어 세상 사람들에게 존경을 받는 길고도 느린 죽음을 맞이하라는 유혹 외에는 나 자신과 나의 가장 위대한 욕망 사이를 가로막는 것이 아무것도 없다는 사실을, 아니, 심지어 나 자신과 위대함 그 자체 사이를 가로막는 것조차 존재하지 않는다는 사실을 알게 되었다.

경멸은 바로 그 지점에 끼어들었다. 외할아버지, 외할머니와 함께 방학을 보낸 건 이번이 처음이 아니었다. 그분들이 친절하기는 하지만 따분한 사람들이라는 것 또한 익히 알았다. 존 할아버지는 퇴역한 공군 대령으로 현역 시절 주특기는 사진 분석이었다. 전쟁 당시 독일군 기차를 찍은 사진을 자세히 살펴보던 존 할아버지는 중요한 폭격 항정을 의미하는 표식을 발견했다. 내게 이 이야기를 해준 사람은 어머니였다. 존 할아버지는 이야기를 늘어놓는 사람이 아니었다. 전쟁이 끝난 뒤에는 국방성의 어느 사무실에서 일했고 은퇴를 할 수밖에 없는 때가 되어 은퇴했다. 처음에 나는 존 할아버지의 무미건조한 태도가 기밀 업무를 하다 생긴 직업적 습관일 거라고 생각했다. 단조로움을 위장 도구로 사용하다니, 낭만적으로 느껴졌다.

하지만 이번에는 존 할아버지와 패티 할머니를 차가운 눈길로 바라보게 되었다. 공군에 그토록 오래 복무했으면서 비행하는 방법을 배우지 않다니, 어떻게 그럴 수 있는가? 무스탕과 톰캣, 세이버 제트 전투기에 둘러싸여 삼십 년을 보냈으면서도 존 할아버지는 탁상의 파일럿으로 남아 은퇴 파티로 향하는 길을 걸어가는 데 만족한 것 같았다.

패티 할머니는 존 할아버지의 두번째 아내였다. 마지 할머니의 친구로, 할머니가 돌아가신 뒤 존 할아버지와 결혼했다. 패티 할머니도 지루하기는 마찬가지였다. 패티 할머니는 존 할아버지가 반달 모양 안경 너머로 크로스워드 퍼즐을 뚫어지게 바라보는 동안 할아버지에게 그날의 신문을 읽어주었다. 애들을 전부 태우고 가다가 차가 뒤집어졌던 길 있잖아요. 그 길을 좀더 넓히기로 했대요. 패티 할머니는 바닥 전체를 두꺼운 흰색 카펫으로 덮어 공기 자체를 죽이다시피 했다. 모직물로 뒤덮인 그 고요함 속에서는 무슨 말을 하든 습도 높은 날 까마귀가 갑자기 까악 우는 소리처럼 들렸다.

두 사람의 친절이 일종의 공격처럼 느껴지기 시작했다. 패티 할머니는 무자비할 정도로 걱정이 많았다. 불은 충분히 밝은지, 의자는 편안한지 들들 볶이지 않으면 책에 손도 댈 수 없었다. 따뜻하니? 등에다 베개 하나 대줄까? 네가 들를 때를 대비해 마련해둔 콜라 오천 캔 중 한 캔을 가져다줄까? 존 할아버지는 내가 어머니의 눈을 그대로 닮은 게 얼마나 운 좋은 일인지, 내 모습을 봤다면 어머니가 얼마나 자랑스러워했겠는지 계속 이야기해댔다. 가끔 나는 화장실로 가서 소리 없는 비명을 지르며, 머리를 뒤로 젖히고 이를 드러낸 채 고릴라처럼 그 안을 이리저리 움직여야만 했다.

이건, 이 가학적인 따분함은, 다른 사람을 기쁘게 해주겠다는 이 고문에 가까운 강박은 복종을 가르치는 학교에서 평생 A만 받은 사람의 최후라는 생각이 들었다. 로크는 고분고분 건축 일을 떠맡느니 차라리 채석장에서 정으로 화강암 덩어리를 잘라내는 편을 택했다. 그는 다른 사람들이 시키는 대로 생각하기를 거부했다. 존 할아버지는 맡겨진 것 외에 다른 일을 한 번이라도 해본 적이 있을까? 패티 할머니는 생각이라는 걸 한 번이라도 해본 적이 있을까? 제기랄! 그 둘은 서로 목을 베어버리지 않고 어떻게 이런 식으로 한 시간이라도 살 수 있을까?

　나는 기회가 있을 때마다 그 집에서 도망쳐, 외할아버지 외할머니가 사는 주택단지 월턴 오크스에서 15킬로미터쯤 떨어진 볼티모어로 가는 버스를 탔다. 크리스마스부터 새해가 밝을 때까지 끊임없이 비가 내렸다. 나는 조롱이라는 형태의 분노를 품고 잔뜩 젖어 추운 몸으로 빗물에 번들거리는 거리를 돌아다녔다. 주정뱅이와 부랑자를 제외한 모두를 비웃었다. 그들은 최소한 이 엉터리 사기극에 넘어가지 않았으니까. 획일성의 조그만 징후까지 경멸하고 나자 사방에서 획일성이 눈에 띄었다. 군인이나 경찰은 물론이고 여자 고등학생이나 장을 보러 나온 주부들에게서도. 특히 정장에 중절모를 쓰고 런던 포그 코트를 걸친 채 목에는 개성을 나타내는 웃기지도 않은 깃발을 늘어뜨리고 다니는 직장인들은 충격적일 만큼 딱해 보였다.

　『파운틴헤드』를 읽고 나자 나는 조금이라도 의지를 꺾는 사람들을 경계하게 되었다. 신발가게를 지나는데 고객의 발 위로 몸을 구부리고 있는 젊은 판매원이 눈에 들어왔다. 나는 창가에 멈춰 서서 그를 뚫어지게 바라보았다. 나의 격노와 혐오를 그가 느끼길 바랐다. 당신, 이게 당신 꿈이야? 생전 처음 보는 사람들 앞에서 굽실대면서, 티눈과 무지외반증이 있는 발을 허시퍼피에 쑤셔넣는 게? 그렇게 해서 얻는 게 뭔데? 머리를 가려줄 지붕과 하루 세 끼 식사? 겁쟁이! 멍청이! 인간은 날아오르기 위해 태어난 존재야. 그런데도 당신은 무릎 꿇기를 선택하다니!

하지만 판매원은 내 쪽을 한 번도 보지 않았다. 그 대신 계속해서 자기 고객에게, 작업복을 입은 반백의 남자에게 말을 걸었다. 그러는 내내 한 손으로는 그 남자의 양말 신은 발을 끌어안고 그 발이 흥미롭고 가치 있는 대상이기라도 한 듯 바라보았다. 그 영감탱이가 한 말을 듣고 웃음을 터뜨리더니 그의 발을 치수 재는 틀에 부드럽게 내려놓았다. 판매원은 자리에서 일어나 가게 뒤쪽으로 걸어갔다. 늙은이는 두 손을 깍지 껴 배 위에 올려놓고 혼자 미소 지으며 내가 보이지 않는 듯 내 뒤쪽 거리를 바라보았다.

나는 방학이 끝나기 사나흘 전에 일찌감치 학교로 돌아갔다. 망친 시험을 다시 봐야 하는 불운한 학생들과 눈이 벌게져 다음 시즌을 대비하는 수영 선수들이 몇 명 있을 뿐 학교는 텅 비어 있었다. 내가 방학을 짧게 끊어버린 건 존 할아버지와 패티 할머니에게서 벗어나기 위해서만이 아니었다. 아인 랜드 경연대회의 작품 제출 마감일이 1월 셋째 주로 정해져 있었기에 학기가 시작되기 전에 미리 소설 쓰는 작업에 뛰어들고 싶었다. 하지만 아무것도 쓰지 않았다. 나는 눈 덮인 숲과 들판으로 오랜 시간 산책을 다니며 그렇게 산책을 다니는 나 자신을 지켜보았다. 저 높은 곳에서 내려다보듯 나 자신의 고독을 감탄하며 바라보았다. 이만하면 학교에서 멀리 나왔다 싶은 순간부터이긴 하지만, 나는 하워드 로크가 그랬듯 사형집행인의 입술 같은 입술 사이에 담배를 꽉 물고 다녔다. 이렇게 열정적으로 성큼성큼 걸어다니지 않을 때는 체중 조절을 위해 급식을 받는 운동선수들 틈에 끼어 마구 음식을 쑤셔넣었고, 침대에 누워 세번째로 『파운틴헤드』를 읽었다.

나는 아무것도 쓰지 않았으나 그렇다고 골치가 아프지도 않았다. 적당한 때가 되면 나만의 이야기를 전할 수 있으리라는 확신이 있었다. 지금은 자신감을 가득 채우고 로크의 오만하고도 강철 같은 영혼을 내 영혼에 전이시키는 중이었다. 『파운틴헤드』를 읽을 때면 바로 그런 일이 일어나는 게 느껴졌다. 경멸감으로 입이 꽉 다물리고 그에 따라 나의 창의적 감각과 힘이 부풀어올랐던 것이다.

이번만큼은 나도 나름 세상에 대한 완벽한 그림을 마음속에 그릴 수 있었다. 한쪽에는 경멸감을 품은 로크 몇 명과 오직 로크만이 녹일 수 있는 얼음장 같은 도미니크들이 있었다. 그리고 반대편에는 자신의 잠재력으로부터 달아나는 겁쟁이들, 아무것도 아닌 인간들의 무리가 있었다. 가끔씩 랜드의 소설에서 정치적, 철학적 이념들이 짧게나마 엿보이긴 했지만 나는 그 문제들을 깊이 생각해보지 않았다. 내가 그 소설에 매혹된 것은 개인적인 의미, 내가 하고 싶은 바로 그것을 하기만 하면 남들보다 우월해질 수 있다는 그 약속 때문이었다.

학기가 시작됐을 때도 나는 소설 쓰기에 착수하지 않았다. 글을 쓰지 않고 보낸 시간이 길어지면 길어질수록 내가 완성하게 될 소설의 필연적인 우월성을 점점 더 확신하게 되었다. 그때쯤 나는 『파운틴헤드』를 네번째로 읽고 있었다. 숙제를 하지 않거나 예배에 빠지거나 맡겨진 잡일을 하지 않아 벌점을 받을수록 자신감이 끓어올랐다. 빌이 결국 견디지 못하고 기숙사 방에서 내가 쓰는 쪽을 좀 청소하라고 옆구리를 쿡쿡 찔러댔다. 어느 날 오후에는 빌이 『파운틴헤드』를 빼앗더니, 엉망진창이 된 침대 주변을 치우지 않으면 돌려주지 않겠다고 했다. 너, 아주 여기에 미쳐 있구나?

랜드는 훌륭한 작가야. 내가 말했다. 제기랄, 아주 훌륭해.

그럭저럭 괜찮은 작가지.

괜찮다고? 왜 이래, 랜드가 아주 흥미로운 작가라고 네가 말했던 게 똑똑히 기억나는데.

재미있는 생각도 좀 하는 작가라고 했지. 다른 책도 읽어봤어? 『아틀라스』라든지.

아직. 읽어볼 거야.

나쁘진 않아, 내 생각이지만. 연설문이 좀더 많이 나오긴 해도 『파운틴헤드』랑 비슷해. 연설문 길이도 좀더 길어. 뭐랄까, 솔직히 나한테는 좀 신경에 거슬렸어. 그놈의 위버멘쉬 타령하며.

독일어로 된 그 단어에 나는 입을 다물었다. 우리 역사 선생이 자주, 솔직히 좀 지나칠 만큼 많이 사용하는 단어였다. 역사 선생은 나치 이데올로기를 설명할 때마다 과하게 기쁜 말투로 그 단어를 입에 올렸다. 이런 식의 연상 때문에 빌이 그 단어를 획 내보이자 나는 그가 유대인이라는 사실을 곧바로 의식하게 되었다. 빌이 그 비밀을 혼자서만 간직했기에 더욱 그랬다. 자신만의 생각을 가지고 있고 그 생각을 뒷받침할 불알 두 쪽을 가지고 태어났다고 해서 모두가 나치인 건 아니라고 반박할 수도 있었다. 하지만 물론 빌은 그렇게 말하지 않았다. 꼭 그런 이유가 아니더라도 나는 입을 다물 수밖에 없었다. 빌은 자기가 유대인이라는 사실을 내가 안다는 것만 알았을 뿐, 나도 처음부터 유대인이었다는 건 모르고 있었다. 그래서 나는 그토록 예민한 신경을 건드리고 싶지 않았다. 나부터가 괴롭게 여기고 있었기 때문에 빌 역시 마찬가지일 거라고 생각한 그 예민한 신경을 말이다. 나는 반유대주의적이라고 해석될 수 있는 이야기를 듣거나 읽을 때마다 남몰래 발끈하곤 했다. 더 정확히 말하면 내 몸속에 흐르는 유대인의 피는 오직 유대인 혈통이 은근히 무시나 조롱을 당할 것 같은 순간에만 진정한 나 자신의 일부로 느껴졌다. 나는 빌도 비슷하게 느낄 거라 생각했다. 그가 독일의 살인자들과 아인 랜드의 소설을 동일시했다는 주장을 더 밀어붙여 괜히 감정을 자극하고 싶지 않았다. 그러잖아도 야망과 시기와 가식이 뒤얽혀 우리 사이의 균형은 취약해진 상태였다.

더없는 아이러니는 빌 자신이 포스터에 등장할 법한 아리아인처럼 보였다는 것이다. 전형적인 금발에 전형적인 흰 피부, 전형적으로 잘생긴 얼굴. 아니, 잘생긴 것 이상이었다. 지난 몇 달 동안 그는 아름다워졌다. 도대체 무슨 일이 있었던 걸까? 대체 뭐가 바뀌었을까? 이 의문에 답할 때도 내가 알고 있는 빌의 비밀이 그림자를 드리웠다. 빌이 아름다워 보인 건 그의 우울한 성질이 빤히 바라보는 듯한 시선과 다물린 입매를 부드럽게 만들어준 덕분이었고, 나는 그 우울한 성질이 빌이 유대인이기 때문에 나온 거라 생각했다. 내가 보기에는 우리 학교의 다른 유대인 학생들도 그 비슷한 가슴 아픈 표정을 피할 수 없는 것 같았다. 물론 그런 표정이 드러난다고 해봐야 잠깐씩일 뿐이었고 모두가 같은 정도로 그런 표정을 짓는 것도 아니었지만, 어느 정도 비슷한 부분이 있었다. 그런 표정 역시 유대인 학생들이 한 발 떨어진 곳에 존재한다는 증표 중 하나였다.

마감일이 거의 다 되었을 때쯤 나는 아인 랜드가 이미 내 소설을 선택하기라도 한 듯 득의양양한 열기에 들떴다. 문자 그대로 식은땀이 났고, 이마는 뜨겁고 축축했다. 내 소설에 등장하는 인물들의 목소리가 들리고 얼굴이 보이기 시작했다. 그 모든 게 한데 합쳐져 위대한 소설을, 걸작을 만들어내고 있었다!

마감 하루 전, 아직 한 단어도 종이에 옮겨놓지 못한 상태에서 나는 프랑스어 수업을 듣고 있었다. 자리에서 일어나 『이방인』의 한 문단을 읽는데 머리가 계속 둥둥 떠오르다가 완전한 침묵의 공간에 다다르는 느낌이 들었다. 눈을 돌려 나를 바라보는 얼굴들은 넙데데하게 펼쳐놓은 밀가루 반죽만큼이나 이목구비가 흐리게 보였다. 그러더니 무릎이 물처럼 출렁거렸다. 균형을 잡으려고 팔을 뻗쳤지만 아무 소용이 없었다. 나는 책상을 넘어뜨리며 그 자리에 쓰러졌다. 책상과 온통 뒤얽혀버린 나는 몸을 일으켜 앉아보려 했지만 다시 넘어졌고 그 자리에 누워 꼼짝도 하지 못하고 가만히 기다렸다.

나는 양호실에 거의 이 주 동안 갇혀 있었다. 내 열병은 천재성이 일으킨 거품이 아니었다. 보행성 폐렴* 때문에 치료하기가 좀더 까다로워진 독감 증상이었다. 시간이 좀 지나 어쨌든 내가 죽

---

* 경증의 폐렴을 가리키는 비의학적 용어.

지는 않겠다는 생각이 들자, 학교 주치의는 이 병으로 수많은 사람들이 목숨을 잃었는데 죽지 않은 것만으로도 나는 행운아라고 이야기했다.

처음 며칠 동안은 꿈이 너무 생생해서 생시와 분간하기가 어려웠다. 한 가지 분명한 건 존 할아버지와 패티 할머니가 계속해서 곁을 지켜주었다는 것뿐이었다. 두 분은 교장의 전화를 받자마자 볼티모어에서 달려왔다. 번갈아가며 내 병상을 지켰고 스펀지로 내 얼굴을 닦아주었으며 간호사를 도와 내게 음식을 먹여주었고 내가 현기증을 느끼며 휘청휘청 화장실로 걸어갈 때마다 나를 부축해 그 짧은 여행길의 동반자가 되어주었다. 잠에서 깨보면 둘 중 한 사람은 꼭 내 곁에 있었다. 처음에는 의자를 놓고 앉아 있는 패티 할머니나 존 할아버지를 보자 감사하는 마음에 눈물이 날 것 같았지만 머리가 좀 맑아지자 지겨워졌다. 내게 안부를 전하러 오는 선생들이나 학생들에게까지 특유의 지루함을 퍼뜨리고 있는 건 아닌지, 내가 알리고 싶지 않은 부분까지 소문을 내고 있는 건 아닌지 걱정됐다.

그러던 어느 날 아침, 간호사가 패티 할머니가 쓴 다정한 작별 인사 쪽지와 초콜릿 한 상자, 존 할아버지가 이제 막 피어나려는 작가에게라고 적어넣은 『조언과 동의』* 한 권을 가져다주었다. 대령님이 주고 가셨어, 간호사가 말했다. 깨우고 싶지 않다고 하시더라. 좋은 분이시던데, 대령님 말이야. 남자로도 아주 괜찮은 분이고.

나는 내 아침식사를 준비하는 간호사를 지켜보았다. 활기차고 두 손은 힘이 세고 불그레하며, 껌을 씹어대는 금발머리 여자였다. 간호사가 콧노래를 부르며 손잡이를 돌려 침대를 바로 세울 때 그녀의 어깨가 내 어깨를 스쳤고, 그 바람에 나는 그녀 역시 여자라는 걸 알게 되었다. 나는 존 할아버지가 지금까지도 패티 할머니와 사랑을 나눈다는 걸 알고 있었다. 누워서 책을 읽을 때면 두 사람의 침대 머리판이 벽에 쾅쾅 부딪히는 소리가 들리곤 했으니까. 나로서는 당황스러운 일이었는데, 대개 패티 할머니 때문이었다. 패티 할머니는 그런 일을 하기에는 너무 나이가 많아 보였다. 나는 두 사람의 거래 관계에서 패티 할머니가 희생자가 되고 있다고 생각했다. 하지만 간호사도 말했듯, 존 할아버지는 여전히 남자로서 아주 괜찮은 사람이었다. 키가 크고 힘이 셌으며 아래턱이 불쑥 나와 있었고, 여자들과 함께 있을 때면 할아버지가 즐거워하는 게 느껴졌다. 간호사도 나름대로 즐겁게 반응한 게 분명했다. 간호사와 대령이라니. 나는 두 사람이 모든 침대

* 앨런 드루리의 1959년 작품으로, 102주 연속 〈뉴욕 타임스〉 베스트셀러를 기록했다. 이를 원작으로 한 영화가 국내에는 '워싱턴 정가'라는 제목으로 소개되었다.

가 비어 있는 이곳에서 단둘이 시간을 보냈을 거라 생각하지 않을 수 없었다. 참으로 비인격적이고 진부할 정도로 포르노적인 생각이었다. 나는 수상쩍은 시기심에 마음이 쓰라렸다. 간호사도 내 얼굴에서 그런 낌새를 읽어냈는지 재미있다는 듯 곁눈질을 한 번 하고는, 냅킨으로 내 어깨를 탁 친 뒤 내 무릎에 올려주었다.

그날 오후 막 양호실에 입원한 3학년생이 한 명 있었는데, 그가 내게 퍼셀이 아인 랜드와의 면담 기회를 따냈다는 소식을 전해주었다. 우리는 일광욕실에서 체스를 두고 있었다. 나는 체스판 위로 몸을 숙여서 표정을 감추었다.

내가 소설을 제출했던 건 아니다. 사실 그즈음에는 그토록 자신만만하게 여겼던 소설도 거의 생각이 나지 않았다. 열이 내리면서 소설 대부분도 함께 사라져 줄거리의 흔적만 컬러링북의 윤곽선처럼 남았다. 내가 우승을 할 수 없으니 다른 누군가가 우승을 하게 되리라는 건 자연스러운 일이었다. 그런 마당에 퍼셀이, 재능 있고 진중한 우리의 퍼셀이 우승하지 못할 이유는 뭐란 말인가? 다음 며칠 동안 나는 있는 아량, 없는 아량을 모두 긁어내 퍼셀이 우승해서 기쁘다는 걸 내게 간신히 설득할 수 있었다. 퇴원하자마자 가장 먼저 한 일도 퍼셀의 방으로 가 그와 악수를 한 것이었다.

무슨 소리야? 퍼셀이 말했다. 우승한 건 내가 아니야.

우승한 게 네가 아니야? 네가 우승했다고 들었는데.

음, 아냐. 큰 제프가 우승했어.

큰 제프? 큰 제프가 우승했다고?

퍼셀의 룸메이트는 발톱을 깎느라 의자에 앉아 거의 온몸을 프레즐처럼 꼬다시피 하고 있었다. 그가 고개를 들고 말했다. 그 자식들이 아니꼬와도 받아들여야지 어쩌겠어? 큰 제프님께서 수상 작가가 되셨는데!

퍼셀이 룸메이트를 바라보며 웃었다. 그는 다시 발톱 깎기에 열중했다. 둘은 늘 서로를 증오하는 것처럼 굴다가도 매년 룸메이트 신청 시기가 오면 다시 서로를 선택했다.

말도 안 돼, 내가 말했다.

퍼셀은 침대에 누워 있었는데, 읽고 있던 책을 내려놓더니 천장을 뚫어지게 바라보았다.

세상에, 내가 말했다. 큰 제프라니. 너는 안 냈어?

아니, 안 냈다고는 못하지. 아인 랜드한테 심사를 받는 궁지에 나 자신을 빠뜨리고 말았어.

아, 왜 이래. 랜드 소설 읽어본 적 있어?

퍼셀은 대답하지 않았다.

큰 제프가 낸 소설은 본 적 없고? 룸메이트가 내게 물었다.

못 봤지. 뭐랄까, 작업 불능 상태였거든.

룸메이트가 퍼셀을 보며 미소를 지었다. 아주 명작이야. 미래 세대들은 학교에서 큰 제프가 쓴 작품의 미묘함을 구문별로 분석하게 될 거야.

퍼셀은 눈을 감았다.

그러니까 큰 제프가 우승했단 말이지. 내가 말했다. 이건 너무 하잖아! 난 큰 제프가 글을 쓸 줄 아는지도 몰랐어.

못 써. 퍼셀이 말했다.

그런데 랜드는 왜 큰 제프를 선택한 거야?

퍼셀은 눈을 감은 채 그냥 고개만 저었다.

이유라면 내가 알지. 룸메이트가 말했다. 그건 예술가의 피가 큰 제프의 혈관에 흐르고 있기 때문이야. 그 녀석은 두 주먹을 불끈 쥔 전설적인 수상 작가니까. 대문자 쓰기를 거부해서 다른 모든 사람들을 지겨워서 돌아버리게 만들고 거기에서 오르가슴을 느끼니까. 너희 같은 동네 예술가가 아니란 말이지. 그게 이유야.

룸메이트는 책상 쪽으로 몸을 숙여 교지 한 부를 집어들었다. 여기 큰 제프의 작품이 있으니까 읽고 올 준비나 하라고.

큰 제프가 쓴 소설의 제목은 '젖소들이 집으로 돌아온 날'이었다. 우주여행에 대한 그의 관심과 채식주의를 결합하는 데 성공

한 작품이었다.

줄거리는 이렇다. 비행접시 하나가 보스턴 외곽의 들판에 착륙한다. 경찰을 비롯한 다양한 무장단체들이 그 접시를 파괴하려 노력하지만 누구도 성공하지 못한다. 그때 비행접시가 광선을 발사해 근처에 있던 트럭을 통째로 원자화해버린다. 다행히 트럭은 비어 있었지만 당분간은 모두가 물러선다. 그리고 읽기 힘들 정도로 상세히 묘사된 로봇이 비행접시에서 내리더니 세계 각국의 지도자들에게 비행접시의 사령관 앞에 출두하라고 요구한다. 내일 당장. 안 그러면 무슨 일이 벌어질지 알 수 없다고.

여기까지는 진부하지만 이제부턴 아니다. 다음날, 들판에 모인 미국 대통령과 소련 총리, 영국 여왕이 로봇의 안내를 받아 지휘본부로 들어간다. 거기서 그들이 마주친 존재, 계기반 앞에 앉아 동족들에게 둘러싸여 있던 존재는 다름 아닌 엄청나게 큰 황소다! 그는 평범한 황소가 아니라 제왕의 행동거지를 갖춘, 뿔이 달린 모험가로서 두 눈은 초자연적인 지성으로 번뜩인다. 지구의 소들과 닮은 점이라곤 북극의 영토를 다스리는 대담한 통치자인 자유로운 영혼의 늑대가 파마머리에 모조 다이아몬드가 달린 스웨터를 입은 푸들과 닮은 정도밖에 되지 않았다.

세계 지도자들은 내막을 듣게 된다. 오래전, 엔진에 문제가 생긴 그 외계 종족의 비행선은 영양가 높은 식물을 섭취하기 위해 우리 행성으로 방향을 돌리게 되었다. 그들이 살던 은하계는 몇 광년이나 떨어져 있었으므로, 지금쯤이면 그 비행선에 타고 있던 승무원들이 죽은 지도 이미 수백 년이 지났을 것이다. 하지만 이 탐험대는 그 용맹한 승무원단의 후손을 모아 고향으로 데려가고자 지구를 찾아왔다. 분명 후손을 남겼을 거 아니오?

질문에 사실대로 답했다가 어떤 위험이 닥칠지는 모를 수가 없었다. 대표단은 그런 생물을 모른다고 우긴다. 그러나 그것도 잠시, 비행접시의 사령관은 들판에 있는 젖소들의 사진을 제시한다. 그 순간, 여성의 다감한 영혼으로 사령관의 단호한 눈길에 대적할 수 없었던 영국 여왕이 무너지며 진실을 누설하고 만다. 여왕 주위에 몰려든 여행자들은 동족의 현재 상태와 그들이 어떤 용도로 쓰이고 있는지를 알게 되자 별로 유쾌하지 않다. 솔직히, 들은 얘기를 믿을 수 없을 정도다. 이에 사령관은 여행을 통해 사실을 확인해봐야겠다고 강력히 주장한다.

사령관은 위스콘신의 낙농장을 방문해, 암소들이 바짝 마를 때까지 기계로 젖을 짜이고 한 번도 만나본 적 없는 황소의 정액을 주사당하는 모습을 목격한다. 텍사스에서는 송아지들이 거세당하고 낙인 찍히는 모습을, 일본의 한 농장에서는 살코기를 달콤하게 만들겠다며 동물들에게 맥주를 몇 리터씩이나 강제로 먹이는 모습을 본다. 멕시코에서는 너절한 투우장으로, 와이오밍에서는 로데오 경기장으로, 시카고에서는 가축 수용소 내 도축장으로 안내된다.

사령관은 이외에도 많은 것들을 보았고, 불길하게도 점점 말이 없어진다. 비행선으로 돌아와 동지들과 이야기를 나눈 사령관은 온 세상의 모든 목장과 농장을 방문하는 장대한 여행길에 오른다. 고향 행성에 돌아오라는 자신의 초대를 받아들이지 않을 경우 어떤 운명을 겪게 되는지 다른 소들에게 이야기해주려는 것이다. 옛 언어를 조금 기억하고 있는 지구의 소들은 사령관의 경고를 간신히 이해하지만 대부분 그냥 어깨를 으쓱하고 만다. 오히려 자기들과 함께 지내자며 사령관을 초대한다. 자기들은 모든 것을 이루어냈다는 것이다. 일체의 식량, 포식동물로부터의 보호, 의료조치 등 모든 것을. 사령관은 괜한 말썽꾼으로 매도당한다. 몬태나에서는 거세당한 수소들이 우르르 몰려와 그를 쫓아낸다. 결국 가장 용감하고 똑똑한, 한 줌밖에 되지 않는 소들만이 지구를 떠나기로 결정한다. 비행선으로 이어지는 기다란 경사로를 보고 용기를 잃어 떠나는 소들 때문에 행렬의 규모는 그나마 더 작아진다.

해질 무렵, 승무원 및 새롭게 찾은 친척들을 실은 비행접시가 날아오른다. 하지만 곧바로 고향을 향해 가는 것은 아니다. 아직은 아니다. 그들은 잠시 공중에 머물며 광선을 쏠 준비를 한다.

살육은 효과적이고 비가역적이며 전적으로 인간에게 적대적이다. 최후까지 살아남은 인간은 한 명도 없다. 자기 젖을 짜던 어린 소년을 생각하며 슬피 우는 젖소에게 승무원 중 하나가 이렇게 말하는 것으로 소설은 막을 내린다. 우리에게 잡아먹히지 않은 것만으로도 그 아이에게는 다행한 일이오.

교지 전면에 실린 인터뷰에서 아인 랜드는 위대한 작가가 될 싹이 보인다며 큰 제프를 칭찬했다. 퍼셀 군 또래의 젊은이 중에도 이 나라의 지적 생활을 억누르고 있는 집산주의적 정통성에 도전하는 사람이 있다니 대단히 기쁜 일입니다. 다른 곳도 아닌 미국의 학교에 말이죠. 퍼셀 군은 채찍질을 당하면서도 도리어 그 채찍에 입을 맞추는 피해자들의 모습을 매우 훌륭하게 묘사해냅니다. 소떼는 자신들이 예속되어 있다는 진실을 부정하고, 진실을 말하는 영웅을 공격합니다. 뻔한 일이죠. 소위 자유롭다는 미국의 언론에서도 같은 원칙이 작동하고 있다는 건 『아틀라스』에 쏟아지는 혹평만 읽어봐도 알 수 있습니다. 이 나라의 언론은 평등주의를 가장한 속임수에 완전히 세뇌당한 자들에게나 자유롭게 보이니까요. 하지만 존 골트처럼 우월한 인간들이 더이상 자기 힘을 발휘하지 않으려 든다면 어떤 일이 벌어질까요? 온 세상 전체가 멈추게 됩니다!

아인 랜드는 존 골트라는 인물에 대해 이야기하느라 인터뷰

대부분을 써버렸는데, 존 골트가 누군지 몰랐던 나는 기사를 그냥 훑어보는 수밖에 없었다. 마지막 부분에서야 랜드는 큰 제프 이야기로 돌아와 그가 복지국가에 대한 은유로 농장과 가축 수용소를 활용한 점을 칭찬했다. 복지국가는 사이렌처럼 유혹의 노래를 부르며 우리를 강제적 평범함 쪽으로 유인합니다. 그곳에는 해야 할 일 대신 이미 끝나버린 일만 있습니다. 그곳에서의 자유란 자기를 둘러싸고 있는 울타리를 보고도 눈을 감아버릴 때에만 성취되는 환상이죠. 소떼는 결국 도살될 텐데도 그 과정에서 살이 찌워진다는 걸 다행스럽게 여깁니다. 퍼셀 군은 여기에서 위대하고도 가장 인기 없는 진실을 폭로했습니다. 보편적 평등이라는 꿈은 천국이 아니라 아우슈비츠로 이어진다는 진실 말입니다!

나는 독감을 떨쳐낼 수가 없었다. 손쓸 도리 없이 토해대는 통에 코가 빨갛게 부어오르고 눈에는 눈물이 고였으며 윗입술은 다 터버렸다. 계속 꾸벅꾸벅 졸았다. 아인 랜드가 오기 이틀 전에는 라틴어 선생이 옆구리를 쿡 찌르는 바람에 잠을 깨기도 했다. 선생은 딱히 불친절하다고는 할 수 없는 목소리로, 눈을 뜨고 수업을 들을 수 있을 만큼 몸이 나아질 때까지는 다시 양호실에 있는 게 좋겠다고 말했다.

아인 랜드는 오후에 대담을 진행했다. 양호실에서 몰래 빠져나가 그 대담을 들을까도 생각해봤지만 그러지 못했다. 간호사가 계속 내 병실에서 부산을 떨어대는 와중에 내가 곯아떨어지고 만 것이다. 나는 대담이 끝난 후 빌 화이트가 잠시 양호실에 들를 때까지도 깨어나지 못했다. 빌이 들른 건 물론 내 기운을 북돋워 주려는 것이었지만, 오히려 나는 그 모든 걸 놓쳤다는 생각에 비참한 기분만 들었다.

빌 화이트가 말하기로는 아인 랜드의 추종자들이 앞자리에 앉으려고 보스턴부터 이곳까지 차를 타고 와서는, 한 시간 넘게 눈을 맞으며 (굴뚝이라도 된 것처럼 담배를 피워대고 사방에 꽁초를 버려가면서) 대담을 기다렸다고 했다. 꼭 장의사들 같더라고, 빌이 말했다. 여자들까지 전부. 한마디라도 하는 사람이 없었어. 모두 어두운색 옷을 입고 미소조차 짓지 않더라. 대담 도중에는 엉뚱한 순간에 박수를 보내고 그러지 않을 때면 계속 수선을 떨었어.

하지만 아무리 수선을 떨어봐야 아인 랜드만큼은 아니었다. 강연이 시작되자마자 랜드는 전부를 바쳐라는, 우리 학교의 교훈을 물어뜯었다. 모두들 그런 쓸데없는 소리는 잊어버리고 오직 자기 자신만을 위해 살아야 한다고 촉구했다. 그러더니 자신을 보수주의자로 소개했다며 하이럼 뒤프렌을 비난했다. 자신은 보수주의자가 아니라 급진주의자라며, 무슨 말을 하려거든 뜻부터

146

제대로 알아야 하지 않겠느냐고 했다. 강연이 끝날 즈음에는 케네디 대통령을 공격했다. 우리가 국가를 위해 무엇을 할 수 있는지 생각해보라고 권했다는 이유에서였다. 그때 학생 몇 명이 실제로 자리를 박차고 나갔다. 강연이 하도 길게 이어진 탓에 질문을 받을 시간조차 없었으나 교장이 저녁식사 후 블레인 홀에서 뒤풀이를 하는 건 어떻겠냐고 제안하자 그녀는 진정한 독자들만 참석한다는 조건하에 동의했다. 이때 진정한 독자란 자기 책을 전부 읽은 독자를 말했다. 랜드는 자기가 하고 싶은 건 진지한 토론이라면서 무식한 질문에 대답하는 것이나 관광객들이 얼빠진 표정으로 자신을 바라보는 것은 원치 않는다고 말했다.

선생들이 나를 발견해 다시 양호실로 보낼 틈을 주지 않으려고 나는 마지막 순간에야 블레인 홀에 들어갔다. 공교롭게도 참석자가 별로 없었다. 젊은 과학 선생과 역사 선생 한 사람, 축구팀 코치, 아마도 교장에게 큰 소리를 낸 것에 대한 속죄를 하려고 온 듯한 램지 선생뿐이었다. 펀치가 담긴 볼 근처에서 그가 사회를 보았다. 램지 부인이 남편 옆에 서서 큰 제프와 이야기를 하고 있었다. 열다섯 명쯤 되어 보이는 소년들이 접이식 의자를 군데군데 펴놓고 앉아 있었으며, 어두운색 옷을 입은 남녀가 비슷한 숫자로 벽난로 앞에 음침하게 앉아 있었다. 빌이 말한 장의사들이 틀림없었다. 그 여자들 중 한 명은 깡마르고 머리를 아주 짧게 깎은 인물이었는데, 담배에 불을 붙였다가 축구팀 코치가 담배를 꺼달라고 하자 한 번 길게 빨아들이더니 그쪽으로는 눈길도 주지 않고 난로 안으로 담배를 탁 튕겨넣었다. 장작이 튀어오르며 쉭 소리를 냈다. 그 소리를 제외하면 실내는 음산할 정도로 조용했다.

그때 아인 랜드가 교장과 하이럼 뒤프렌, 그리고 키가 크고 음울해 보이는, 올백머리를 한 젊은이의 안내를 받으며 들어왔다. 도미니크를 기대하고 있던 나는 키도 작고 땅딸막한 랜드를 보고 좀 놀랐다. 어두운색 머리카락은 짧게 잘라서 꼭 헬멧처럼 보였다. 랜드는 어깨를 으쓱해 망토를 벗어서 거의 눈길도 주지 않은 채 키 큰 남자에게 건네더니 미리 난롯가에 끌어다놓은 모리스식 안락의자로 향했다.

뒤프렌 씨가 뒤를 좇으려 했지만, 랜드는 그에게 얼굴을 돌리더니 꽤나 분명한 어조로, 감사합니다만 더이상의 소개는 필요없을 것 같군요, 라고 말했다. 깊은 목소리에 외국인 특유의 억양이 진하게 배어 있었다. 뒤프렌 씨는 멈춰 서서 눈을 껌뻑이더니 한구석으로 물러났다.

아인 랜드는 모리스식 안락의자에 자리를 잡더니 가방에서 담배를 꺼내 까만색 파이프에 끼워넣었다. 앞줄에 앉아 있던 남자들 중 한 명이 몸을 앞으로 기울이며 라이터를 내밀었다. 랜드는 불꽃 쪽으로 몸을 기울였다가 다시 의자에 기대 우리를 훑어보았다. 크고 새빨간 입술은 회의적인 움찔거림만 보일 뿐 굳어 있었다. 그녀는 허벅지에 딱 붙는 짧은 치마에 검은 정장 차림이었는데, 그렇게 체격이 떡 벌어진 여자치고는 각선미가 좋았다. 옷깃에서 금색 핀이 반짝였다. 담배 연기가 '블레인의 소년들'을 찍은 사진을 지나 피어올랐다.

자, 그녀가 말했다. 여러분 중 작가는 몇 명이나 되죠?

장의사들이 몸을 돌려 우리를 바라보았다. 누구도 손을 들지 않았다.

자, 자. 랜드가 말했다. 최소한 한 명은 있잖아요. 존중받아 마땅한 우리 제프리 퍼셀 군 말입니다. 여태 그 친구를 만날 순간만 기다려왔어요, 다른 작가들도 분명히 있을 테지만. 아닌가? 아, 다들 마음이 온유하고 여려서 나서기가 꺼려지나본데, 부끄러운 줄 아세요! 절대 온유해져서는 안 됩니다. 온유한 자들은 장화에 목을 걷어차이게 될 뿐 아무것도 상속받을 수 없어요.* 대담해지십시오! 내 소설에 등장하는 영웅들은 두려움과 타협하기를 거

---

* "온유한 사람은 행복하다. 그들은 땅을 차지할 것이다"라는 마태오의 복음서 5장 5절을 뒤집은 표현.

부한다는 이유로 조롱의 대상이 되어왔습니다. 나를 혹평하는 사람들은 그런 인간은 존재하지 않는다고 하죠. 그런데요, 내가 바로 그런 사람입니다. 내가 존재한다는 건 분명한 사실이에요!

랜드는 세차게 담배를 빨아들이더니 우리 쪽으로 몸을 기울였다. 불빛이 그녀의 금빛 핀에 반사되어 번뜩였다. 이제 보니 그 핀은 달러 기호 모양이었다.

러시아에서 페트로그라드대학교에 다닐 때 나는 촛불을 밝히고 공부를 했습니다. 랜드가 말했다. 거긴 장작도 없었어요. 펜에 잉크를 넣으면 잉크가 얼던 곳이죠. 레닌 씨를 따르는 이타주의자들이 우리 같은 학생을 너무 많이 쏴죽이는 바람에 우리는 관을 임대해서 선생님과 친구들을 무덤으로 날라야 했습니다. 그런데도 난 아직 여기 있어요. 그 이유가 뭘까요? 하나만은 분명히 말할 수 있습니다. 분명히 말하는데, 우리가 모셔야 한다던 새로운 러시아 교황들의 반지에 입을 맞췄기 때문이 아닙니다. 두려움에 굴복했기 때문도 아니고. 절대 아니에요. 두려움에 굴복한다는 건 이미 죽은 것과 다름없는 상태가 되는 겁니다. 나는 두려움을 거부했고, 패배를 거부했어요.『파운틴헤드』가 열두 번이나 출간을 거절당했다는 사실은 알고 있겠죠? 어떤 기분이었을지 생각 좀 해보세요! 하지만 나는 패배를 받아들이지 않았습니다. 그게 바로 내가 여기 있는 이유예요. 그것 말고 다른 이유는 없습니다. 그러니까 내 소설의 등장인물 같은 사람은 존재하지 않는다는 얘긴 부디 하지 말도록! 안 되고말고! 랜드는 의자 팔걸이를 내려쳤다.

하지 마세요! 마음속에 품은 이상을 실제로 살아낸다고 해서 내 등장인물들이 비현실적이라는 얘기도 하지 말고요. 남의 아이디어를 가로채는 인간들이야 당연히 이상이란 실현 불가능한 거라고 말하겠죠. 현실적인 이야기는 그저 옆집에 사는 사람들의 이야기일 뿐이라고, 절망감에 빠진 천치들의 이야기, 아첨이나 떨어대는 평범한 인간들의 이야기, 타협과 실패의 이야기일 뿐이라고 말입니다.

그 순간 나는 애써 참고 있던 재채기를 축축하게 터뜨리고 말았다. 아인 랜드는 어둡고 푹 꺼진 두 눈으로 내가 갈라진 입술을 훔치며 단호하게 코를 풀어내는 모습을 뚫어지게 바라보다가 벽난로 속 장작이 불꽃을 잔뜩 튀기며 육중하게 무너져내리고 나서야 눈을 돌렸다.

랜드는 찬찬히 불길을 살폈다. 그래요, 그녀가 말했다. 옆집에 사는 사람들. 나한테 쏟아졌던 것과 같은 비난을 받을 준비가 되어 있지 않다면 여러분도 그 칙칙하고 사소한 인생을 주제로 삼아야 할 겁니다. 인민의 삶, 형제의 삶을 말이죠. 이 점을 기억하도록 하세요. 여러분의 형제를 자처하는 사람이 있다면 그 사람은 뭔가 바라는 게 있는 겁니다. 여러분이 자기 보호자가 되어주기를 바라는 거예요. 자기 무능력과 게으름의 대가를 대신 치러줄 노예가 되어달라는 거죠. 무엇보다 형제로부터 여러분 자신을 지켜내야 합니다.

자, 여러분, 한 가지 질문을 던지도록 하죠. 여러분의 가치는 어디에서 유래합니까? 그녀는 담배를 한 대 더 파이프에 끼워넣고 누군가 뻗은 손에서 불을 받아 붙였다. 그녀는 침묵이 점점 깊어지도록 내버려두었다. 랜드의 화려한 빨간색 립스틱이 입술 양 끝에 번져 있는 모습과 스타킹 올이 나가 무릎 위로 하얀색 흉터가 길게 그어져 있는 모습이 눈에 들어왔다.

뭐, 그래요. 그녀가 마침내 입을 열었다. 내가 말해주죠. 여러분의 가치는 어디서 유래하는 게 아닙니다. 여러분의 가치는 어떤 정당이나 국가가 요구하는 자기희생에서 유래하는 것도 아니고, 혹은 터무니없는 무슨 신의 교회에서 유래하는 것도 아니에요. 여러분의 가치는 인민으로부터 나오는 게 아닙니다. 이성과 자유를 바친 대가로 덕성의 증명서나 가끔씩은 권력까지도 받을 수 있겠지만, 그건 전부 무가치한 겁니다. 무가치한 것보다 못하죠. 속박이니까. 여러분의 힘이 다른 사람들에게서 나오는 거라면, 그 사람들의 허락을 받아야만 생기는 거라면 여러분은 그들의 노예인 겁니다. 절대 여러분 자신을 희생하지 마세요. 절대로!

여러분에게 자기희생을 충동질하는 사람이 있다면, 누군지는 몰라도 틀림없이 일반적인 살인자보다 훨씬 나쁜 인간일 겁니다. 적어도 그런 살인자들은 직접 여러분 목을 그어주기는 할 테니까요. 여러분더러 목을 그으라고 설득하는 대신 말입니다. 여러분은 스스로를 숭배해야 해요. 자기 자신을 숭배한다는 건 진실하게 산다는 겁니다. 그리고 내가 좀 지나칠 정도로 잘 아는 사실이 하나 있는데, 그건 진실한 삶이란 늘 전쟁중인 삶이라는 겁니다. 네, 전쟁이요. 인민과 정당과 죄책감 장사를 하는 예수 산업을 상대로 한 전쟁!

옳소, 옳소! 앞줄에 앉아 있던 한 남자가 짖어댔다.

아인 랜드는 그를 알아보았다는 표시로 고개를 까닥이더니 씁쓸한 미소를 지었다. 다들 내 소설 속 영웅들을 존재 불가능한 인물이라고 하죠. 비현실적이라고. 그런데 왜 그런 말을 할까요? 여러분한테 영웅주의 자체가 비현실적이라는 믿음을 심어주려는 겁니다! 여러분이 스스로 무엇을 할 수 있는지 깨닫기도 전에 여러분 자신을 경멸하기를 원하는 거예요. 여러분! 정신 차리세요! 여러분은 거인이 되려고 태어난 겁니다. 원시부족의 신이나 지상 낙원처럼 바보 같은 공상에 희생되라고 태어난 게 아니라고요. 다음번 냉장고 할부금을 낼 방법이나 걱정하는 무뇌아한테, 그런 더러운 여자한테 희생되려고 태어난 것도 아니고 말이죠. 다른 작가들이 삶이라면서 내놓는 건 대체 뭐죠? 사소한 걱정을 하는 사소한 남자와 사소한 여자들이 버르장머리없는 코흘리개 자녀들에게 인질로 잡히는 얘기잖아요. 그 작자들은 오직 그런 것만이 현실적이라는 생각을 퍼뜨리려 들어요. 여기에서 만족해야 한다고 말이죠. 세상에서 제일 나쁜 거짓말이에요! 나라면, 다른 작가들이 삶이라고 제시하는 것은 그저 비겁함과 반역을 가리려는 알리바이일 뿐이라고 하겠어요. 여러분 자신에 대한 반역, 여러분 모두의 안에 있는 존 골트에 대한 반역 말입니다.

나는 다시 재채기를 했다. 정말이지 이상하게도 이번 재채기는 랜드가 '버르장머리없는 코흘리개 자녀들'이라고 말하는 순간에 튀어나왔다. 도저히 막을 방법이 없었다. 아인 랜드는 눈에 띄게 경직됐지만 나를 보지는 않았다.

랜드 선생님?

랜드는 고개를 돌려 교장을 마주보았다. 교장은 팔짱을 낀 채 뒤쪽 벽에 기대서 있었다.

랜드 선생님, 동료 작가들에 대해 상당히 비관적인 시각을 갖고 계시는데요.

랜드는 그 자리에 못박힌 듯 교장을 바라보았다. 어쩌면 석탄처럼 빨갛게 빛나는, 교장의 이마에 있는 혹 때문인지도 몰랐다. 마침내 그녀가 말했다. 네. 그 자들을 보고 다른 어떤 시각을 가질 수 있다는 말씀이신지 모르겠습니다만.

꽤 다양한 시각을 가질 수 있을 거라고, 저는 생각합니다. 그전에 하나 여쭤보지요. 미국인 작가가 쓴 가장 위대한 작품을 한 편만 꼽아야 한다면 어떤 작품을 꼽으시겠습니까?

『아틀라스』요.

본인 작품을 말씀하시는 건가요?

다른 아틀라스도 있습니까?

그다음으로 좋은 작품은요?

『파운틴헤드』죠.

동경하시는 다른 미국인 작가는 정말 한 명도 없는 겁니까?

도저히 불가능할 정도로 길어져 있던 랜드의 담뱃재가 그녀의 무릎으로 떨어졌다. 랜드는 재를 떨어낸 다음, 그 재가 검은 치마에 문질러지며 남긴 얼룩을 향해 눈을 부라렸다. 한 명 있습니다. 그녀가 말했다. 미키 스필레인의 소설이 흥미롭더군요. 스필레인의 형이상학은 본능적인 차원에 머물긴 하지만 어쨌든 꽤 괜찮습니다.

미키 스필레인이요? 미스터리소설 작가 말입니까?

특히 『심판은 내가 한다』를 추천합니다. 스필레인은 마이크 해머를 통해 진정한 영웅을 창조해냈어요. 무작정 유행을 좇아 퇴폐적 섬세함을 추구하거나 자기 자신을 고문하는 일 따윈 하지 않는 인물입니다. 마이크는 악과 선을 구별할 줄 알고 아무 망설임이나 후회도 없이 그 악을 파괴합니다. 대단히 비범하죠. 아주 만족스럽고요. 『치명적인 입맞춤을』도 언급해야겠네요. 스필레인 씨가 결말 부분에서 우리를 뭐랄까, 허공에 매달아놓기는 하지만요. 마이크와 아름다운 벨다 사이에는 어떤 일이 벌어지게 될까? 하고 말이죠. 후속작이 기대됩니다.

그때 나는 어니스트 헤밍웨이는요? 하는 생각이 들었고, 그대로 질문을 내뱉고 말았다.

여기서도 헤밍웨이라니! 그놈의 수염쟁이 헤밍웨이! 왜들 이러실까! 헤밍웨이에게서 찾을 수 있는 거라고는 소위 이 나라 문학이라는 것들의 오류를 모조리 모아둔 것뿐이에요! 전제 자체가 나약하잖아요. 심약하고 패배감에 찌든 인간들만 나오고요. 헤밍웨이는 삶에 대해서 전적으로 악의적인 감각을 가지고 있습니다. 그 간호사, 이름이 뭐더라, 캐서린*. 결말에서 캐서린이 왜 죽어야 하죠? 아무 이유가 없어요. 주인공인 중위의 자기연민을 정당화할 만한 핑계를 대줄 뿐이죠. 도저히 읽을 수 없는 곤죽입니다! 다른 소설들은 더 나쁘다고 알고 있고요. 글쎄, 누가 얘기해줬는데 어떤 소설에는, 이걸 뭐라고 말해야 하나, 남성성이라고

---

* 『무기여 잘 있거라』의 등장인물.

는 전혀 없는 주인공이 나온다고 하더군요. 뻔하지 않겠어요! 그 위대하신 수염쟁이 어니스트 헤밍웨이께서 참담한 고자에게 소설 한 편을 통째로 헌정했는데, 대체 그 고자한테서 뭘 배울 수 있겠습니까? 불임이라는 미덕의 우월성? 나라면 사양하겠어요!

이 말을 하며 그녀는 내게서 눈을 돌려 교장을 바라보았다. 거느리고 다니는 합창단의 웃음과 갈채는 싹 무시하고서.

그다음으로 입을 연 사람은 하이럼 뒤프렌이었다. 저도 말씀하신 책을 읽어봤는데요. 오래전이긴 하지만 아직도 기억이 납니다. 방금 말씀하신 건 전쟁에서 입은 부상입니다.

그 소설을 잘 안다고 주장하지는 않겠습니다. 랜드가 말했다.

그러니까, 제가 하고 싶은 말은, 랜드 선생님, 방금까지 영웅주의에 대해서 이야기하셨잖습니까? 제가 생각하기에 전쟁에서 입은 부상은 나약함이라기보다는 영웅주의의 표상일 가능성이 더 높다는 겁니다.

랜드는 어깨를 으쓱했다. 그야 상황에 따라 다르죠. 자신의 행복을 위해 뭔가를 하다가 입은 부상이라면 영웅적일 수 있습니다. 그러나 다른 사람들을 위해 자기를 희생하다 입은 부상이라면 저는 그 부상을 나약함이라고 부르겠어요.

제 생각에, 전쟁에 나가 기꺼이 죽고 싶어하는 사람은 한 명도 없을 것 같은데요.

그러면 전쟁에 나가지 않는 쪽을 선택해야죠. 사람은 자기 나름의 방식으로 자기만의 행복을 추구할 자주적 권리를 가지고 있습니다. 다른 인간의 권리를 침해하지만 않는다면 말이죠. 존 골트의 연설문은 아마 읽으셨겠죠? 전부 거기에 나오는 내용입니다.

그럴싸한 이야기이기는 합니다만, 랜드 선생님, 진실은 선생님께서 그런 이야기를 할 수 있는 것도 무수한 훌륭한 남자들이 싸우다가 목숨을 잃은 덕분이라는 겁니다. 제가 직접 아는 분들 중에도 그런 분들이 몇몇 계십니다.

왜 이러실까. 방금 하신 얘기는 질문 자체를 혼동하신 겁니다. 문제는 그 사람들의 동기가 뭐였느냐는 거라니까요? 그 사람들이 자신의 행복을 위해 싸우다가 죽었다면 나도 그 사람들을 존경합니다. 하지만 그 사람들이 저를 위해 자기 자신을 희생한 거라면 그건 나약하게 죽어나간 거예요. 그리고 덧붙이자면, 그런 죽음은 비이성적이고 심지어 비도덕적이기까지 합니다. 소위 공공의 이익이라는 걸 위해 죽는 게 좋은 일이라면, 공공의 이익이 어떤 행동을 도덕적이라고 비준해준다면, 그렇게 되면 공공의 이익을 위해 다른 사람을 괴롭히고, 강탈하고, 희생시키는 것 또한 좋은 일이 될 수밖에 없습니다. 파시즘을 정당화한 셈이죠. 히틀러의 파시즘이나 케네디의 파시즘을요. 네, 케네디라고 했습니다! 자, 선생님, 선생님은 기업가죠, 아닙니까?

뒤프렌 씨는 선뜻 답하지 않았다. 랜드를 보고 있기는 했지만 혼자만의 생각에 잠긴 듯했다. 네, 그가 말했다. 국내외에 몇몇 사업체를 가지고 있습니다.

공공 서비스를 위해서가 아니라 선생님 자신의 이득을 위해 사업을 하실 거라 믿습니다.

사실은 말입니다, 랜드 선생님, 저는 제가 하는 일이 다른 사람들을 이롭게 한다고 생각합니다. 그게 제가 움직이는 이유입니다. 상당히 진부한 이야기로 들리겠습니다만, 저는 제가 받은 것들을 돌려주고 싶거든요. 저는 받은 것이 아주 많습니다. 그리고 분명히 말씀드리는데 선생님도 마찬가지일 거고요.

지금 분명히 말한다고 하신 얘기는 진실이 아닙니다. 나는 받은 게 아무것도 없어요. 그리고 선생님이 뭔가 빚졌다고 하신 말씀도 과장이라는 점 역시 의심의 여지가 없습니다. 그것 역시 누군가 정성 들여 가르친 결과죠. 나는 옛날부터 미국 기업가들의 단 한 가지 문제점이 그 순진함이라는 이야기를 해왔습니다. 미국 기업가들은 이 나라가 자기한테 어떤 빚을 지고 있는지 전혀 몰라요. 오히려 자신들을 피골이 상접해지도록 빨아먹을 기생충들이 강요하는 수치심을 받아들이죠. 불쌍한 아기들 같으니, 심지어 그 기생충들이 자기를 축복해주었으면 좋겠다고 생각합니다! 하지만 제가……

랜드는 꼬고 있던 다리를 풀고 몸을 곧추세웠다. 그녀가 말했다. 제가 선생님에게 진정한 축복을 해드리겠습니다. 개인, 자본주의, 그리고 존 골트의 영혼이라는 이름으로 드리는 축복입니다. 그러더니 랜드는 담배 파이프로 공중에다 어떤 기호를 그렸다. 달러 기호였다.

하이럼 뒤프렌은 뭔가 대답하려 했지만 앞자리에 앉아 있던 어떤 남자가 손뼉을 치는 바람에 하지 못했다. 그 남자의 동료들도 합류했다. 비쩍 마른 금발머리가 자리에서 일어서더니 갈채가 잦아들자 떨리는 목소리로 이렇게 말했다. 랜드 선생님, 제가 하고 싶은 말은, 선생님의 책이 제 인생을 완전히 바꾸어놓았다는 거예요.

당연히 그래야죠, 아가씨. 당연히 그래야죠. 아, 여기 내 수호천사가 손목시계를 가리키는 모습이 보이네요. 마지막으로 한 가지 질문만 더 받겠습니다만?

재스퍼스라는 이름의 소년이 무슨 철도원이라도 되는 양 팔을 흔들어댔다. 하지만 그때 뒷자리에 앉아 있던 램지 부인이 남부 억양이 섞인 부드러운 목소리로 외쳤다. 우리는 모두 실수를 하는 존재잖아요, 램지 부인이 말했다. 너무 개인적인 질문이 될지는 모르겠습니다만, 랜드 선생님, 지금까지 살면서 하신 가장 큰 실수는 뭔가요?

질문의 전제를 거부합니다. 합리적으로 행동하는 사람은 결코 실수할 수 없어요. 저는 항상 합리적으로 행동해왔습니다.

재스퍼스가 다시 손을 흔들기 시작했지만 큰 제프가 이미 자리에서 일어나 있었다. 랜드 선생님, 선생님의 책을 읽은 사람이 수천 명……

수백만 명입니다.

수백만 명은 되잖아요. 육식에 대한 선생님의 입장을 독자들이 알게 된다면 얼마나 많은 것이 달라질지 한번 생각해보세요.

랜드는 몸을 앞으로 숙였다. 뭐라고 했죠? 그게 무슨 말인지?

선생님께서 육식을 하지 않는다는 사실을 선생님 독자들이 알게 된다면 분명 육식을 포기하는 사람이 많이 나오게 될 거라고 생각합니다.

고기? 랜드는 의자에서 몸을 일으켰다. 고기 얘기를 하는 건가요? 얼마나 썩은 심리상태여야 『아틀라스』의 작가에게 그런 얘기를 할 수 있는 거죠?

이 학생이 바로 제프리 퍼셀입니다, 교장이 말했다. 선생님께서 선택한 소설이 이 학생의 것이었어요. 제프리 군은 선생님께서 자기 논지에 동의한다고 생각할 수 있을 것 같은데요. 용서하실 만한 일입니다.

고기라니? 랜드는 얼굴에 손부채를 부쳐댔다. 이제 그만. 그녀가 말했다. 이 정도면 됐습니다.

키 큰 친구가 랜드의 망토를 들고 다가와 그녀의 어깨에 걸쳐 주었다. 랜드의 추종자들은 앞으로 밀려나가고 나머지 우리들은 자리에서 일어나 기지개를 켜며 코트를 입기 시작했다. 한 명만 빼고. 여전히 팔을 흔들던 재스퍼스가 마침내 소리쳤다. 랜드 선생님! 랜드 선생님! 실내는 조용했고 랜드는 재스퍼스를 바라보았으며 재스퍼스는 던지고 싶어 안달하던 그 질문을 마침내 던졌다. 랜드는 마치 따귀라도 한 대 맞은 양 머리를 뒤로 홱 젖혔다. 어두운색 옷을 입은 남녀가 궁극적 혐오감을 느낀다는 듯 재스퍼스에게서 눈을 돌렸다. 그 사람들은 꼭 이 향수병 걸린 소년의 눈을, 얼굴은 퍼렇게 질리고 손톱은 이미 물어뜯어 없어진 채로 무슨 일에든 끼고 싶어 강아지처럼 안달하는 재스퍼스의 눈을 파먹어버리려는 까마귀 배심원 같았다. 재스퍼스는 바로 그 강아지 같은 욕구에서 질문을 던졌던 것이다. 나 역시 물어보고 싶어 입이 근질근질했던, 헤밍웨이를 언급했다는 이유만으로 랜드가 나를 밟아버리지만 않았다면 실제로 물어봤을지도 모르는 질문이었다.

존 골트가 누구예요?

존 골트는 누구인가?

운명의 장난이었을까? 가엾은 재스퍼스가 멋모르고 던졌다가 그토록 심한 냉대를 당한 질문은 알고 보니 『아틀라스』의 첫 문장이었다. 나는 아인 랜드가 왔다 가고 며칠이 지나 도서관에 들러 『아틀라스』를 빌렸고 그 사실을 알게 되었다. 읽어보려고 몇 번이나 노력했지만 첫 장 이상으로는 도무지 진도가 나가지 않았다. 그래서 『파운틴헤드』로 돌아왔으나 그 책도 읽을 수 없었다, 더이상은.

이젠 아인 랜드의 문장을 읽을 때마다 그녀의 목소리가 들려왔다. 그녀의 목소리를 듣고 있자면 그녀의 얼굴이 보였다. 정확히 말하면 내가 재채기를 했을 때 나를 바라보던 그 얼굴이. 랜드의 혐오감에는 힘이 있었다. 여느 여자들처럼 몸서리치고 마는 게 아니라 영적인 차원에서의 혐오였다. 나로서는 갈라진 입술과 하얗게 질린 축축한 얼굴, 점액으로 끈적거리는 눈 등 철저히 조사당하는 표본이 된 듯한 느낌을 받지 않을 수 없었다. 랜드는 나로 하여금 아프다는 건 경멸당해 마땅한 일이라는 기분이 들게 했다. 아프다는 걸 제외하면 랜드가 나를 그렇게까지 경멸할 이유는 아무것도 없었으니까. 그러니까, 헤밍웨이를 입에 올려 랜드의 비위를 거스르기 전까지는 말이다.

처음에는 랜드의 표정을 오해했을지도 모른다고 생각했지만 랜드가 교장에게 던진 표정을 보자 그 작은 의구심마저 훅 떨려나갔다. 랜드가 표출한 역겨움은 어린아이의 그것처럼 노골적이었고 교장과 대화할 때의 언짢은 듯 차가운 말투에서 끊임없이 드러났다. 교장의 혹이 줄줄 흐르는 콧물만큼이나 저주받아 마땅한 존재라는 투였다. 그것만으로도 나는 그토록 몰입해 읽던 소설을 더이상 읽을 수 없게 되었다. 로크와 도미니크는 위대한 인물이며 둘에게는 아픈 날이 단 하루도 없다는 사실이 민감하게 와닿았다. 그때까지 나는 두 사람의 준수한 외모를 당연하게 받아들였다. 두 사람의 숙적인 엘즈워스 투헤이의 추함도 마찬가지였다. 정말로 작가가 고통스러워하는 사람의 얼굴 자체를 비웃어 마땅한 것으로 여긴다는 생각은 해본 적도 없었다.

랜드의 영웅들은 건강했고 몸매도 좋았으며 버르장머리없는 자녀 따위는 두지도 않았다. 사실『파운틴헤드』에도, 아주 조금 읽은 것이긴 하지만『아틀라스』에도 버르장머리없는 자녀들은 전혀 등장하지 않았다. 영웅의 삶에는 아이를 낳거나 집안일을 하고 평범하게 다른 사람에게 공감하는 노력을 기울일 시간이 없는 것 같았다. 바늘 같은 랜드의 눈길에 꿰뚫려 꼼짝없이 붙박이는 경험을 해본 나로서는 랜드가 아픈 친척을 간병하겠다며 여덟 시간은커녕 팔 분이라도 차를 몰고 오는 모습은 도저히 상상할 수 없었다. 친척도, 심지어 친구도 없는 듯 보이는 도미니크와 로크도 마찬가지였다. 두 사람 주변에는 오직 그들보다 열등한 존재들뿐이었다. 몇 주 동안 나는 도미니크와 로크를 다른 사람들과 견주어보았는데 언제나 다른 이들이 둘보다 열등했다. 로크와 도미니크가 땀으로 시큼해진 내 시트를 갈아주거나 요강까지 나를 부축해주는 모습을 상상해보려 애쓰지 않고는 더이상은 랜드의 소설을 읽을 수가 없었다. 로크와 도미니크는 병실에서 단 오 분도 버티지 못했을 것이다. 아니, 애초에 병실에 나타나지 않았을 것이다.

　　이렇게 배신을 당하고 나니 나 자신이 불쌍하게 느껴졌고, 그 자기연민은 존 할아버지와 패티 할머니를 향한 격렬한 애정으로 옷을 갈아입었다. 두 사람은 앞서 언급한 모든 것을 나를 위해 실제로 해주었으니까. 어느새 나는 도미니크와 로크의 공격에 맞서 두 분을 변호하고 있었다. 충실하고 마음이 따뜻한, 따분하기 짝이 없는 두 분에게 콧방귀를 뀐 사람은 내가 아니라 두 주인공이었다는 듯이. 이런 식으로 생각을 계속 이어나가자 나는 우리집, 그러니까 아인 랜드라면 칙칙하고 별 볼 일 없는 인생의 표본이라고 비난했을 우리집을 떠올리게 됐다. 한 가지는 확실했다. 우리 어머니는 분명 버르장머리없는 코흘리개 자녀에게 인질로 잡혀 있었으니까. 어머니는 짧은 인생의 너무 많은 부분을 형편없는 자동차, 형편없는 치아, 형편없는 냉장고에 넘겨주고 말았다. 우리 아버지로 말할 것 같으면? 이미 불안정했던 아버지는 이제 슬픔에 완전히 파괴당한 듯 보였다. 아버지 안에 엄청난 나약함이 깃들어 있다는 건 하늘이 아는 사실이었다.

그래, 사실이었다. 하지만 부모님을 무뇌아, 더러운 여자, 절망감에 빠진 천치들이라고 보는 아인 랜드의 만화적 관점은 역겨웠다. 인간이 궁지에 몰리면 어떤 일이 벌어지는지, 그런 처지의 사람들이 맺고 있는 관계가 얼마나 복잡하고 극적인지, 그 모든 실망과 아픔, 탈출에 대한 희망을 이겨내고 계속 앞으로 나아가려면 얼마나 큰 노력이 필요한지 랜드는 전혀 알지 못했다. 나는 이 모든 걸 폄하했다는 이유로 아인 랜드를 비난했다. 그렇게 심하게 비난한 건 말할 것도 없이 나 스스로가 그 모든 것을 폄하했었기 때문이었다. 그때까지 벌써 몇 년 동안 나는 계산된 침묵과 애매한 암시, 회피를 통해 우리 가족을 숨겨왔으니까. 마치 우리 가족이 있어야 할 자리에 다른 가족이 있다는 듯 행세했으니까. 처지를 속이고 살자니 만성적으로 모호한 당혹감을 느껴야 하긴 했지만, 대놓고 거짓말을 한 것은 아니었으므로 계속해서 그 당혹감의 이유를 외면할 수 있었다. 인정받지 못한 수치심은 분노로 형태를 바꾸어 외부 세계로 향한다. 본능적으로 나는 나 자신의 속물근성을 다른 사람들의 것으로 돌렸는데, 이번에는 그 대상이 아인 랜드였던 것이다.

이런 의미에서 내가 보인 반응은 개인적이고 불합리했다. 하지만 그게 전부는 아니었다. 내가 아는 사람 중 로크나 도미니크 같은 사람이 단 한 명도 없다는 생각이 분명해졌다. 아인 랜드는 그런 사람들이 존재하고 자신도 그런 사람 중 한 명이라고 우겼지만 내 경험에 비추어봤을 때 그런 인간은 순전히 문학적으로만 존재했다. 최고의 특권을 누리는 집안 출신이라 하더라도, 내가 아는 사람들은 영웅적이지 않은 걱정거리로 괴로워했다. 총명한 딸이 피아노 선생의 아이를 가진다든지, 순하던 아들이 갑자기 뚱해지고 비밀이 많아져 학교에서는 낙제를 받아 쫓겨나고 친구들도 점점 없어지더니 꼭 일부러 그러는 것처럼 자동차를 한 대, 두 대 차례로 부수어버린다든지, 신경쇠약에 걸린다든지,

돈 문제로 가족 간의 불화를 겪는다든지. 이런 집안 사람들과 몇 번인가 방학 혹은 긴 연휴를 같이 보낸 적이 있었는데, 그중 가장 행복한 가족들과 함께 있을 때에도 위층에서 쾅하고 문 닫히는 소리가 들린다거나 아내가 혼자 포도주를 따라 마시는 동안 남편이 침울하게 입을 다물고 있는 순간들이 있고 그럴 땐 없는 사람처럼 숨죽이고 있어야 한다는 걸 알게 되었다.

내가 아는 사람들, 내가 아는 가족들은 대개 모두 괴로워했다. 그중 누구도, 단 한 사람도, 아인 랜드가 존경받는 사람의 조건이라며 내걸었던 완벽한 합리성이나 불굴의 의지를 보여주지 못했다. 그 점에서는 나 역시 마찬가지였다는 걸 인정해야만 하겠다. 모든 사람에게 문제가 있었다. 기대에 완벽하게 부응하는 사람은 아무도 없었다. 이런 인간의 현실을 포착해내지 못한 것이야말로 아인 랜드의 실패라는 생각이 들었다.

아인 랜드가 헤밍웨이를 조롱했기에 나는 이 문제를 더욱 잘 이해하게 되었다. 물론 당장 그 자리에서 이해했다는 건 아니다. 나의 첫번째 반응은 충격이었다. 작가는 차치하더라도 내가 대단히 좋아하는 등장인물에 대해 랜드가 보인 불공평한 태도 때문이었다. 참담한 고자. 랜드는 제이크 반스를 그렇게 불렀다. 부상을 입었다는 사실 자체가 제이크를 그저 딱하기만 한 인물로 만들어버렸다는 투였다. 지난여름에 『태양은 다시 떠오른다』를 두 차례 읽었기 때문에 나는 제이크를 꽤 잘 알고 있었다. 그는 당시의 내가 상상할 수 있는 가장 극심한 파멸을 겪은 인물이었지만 결코 참담하지 않았다. 제이크는 아침이 되면 파리가 생기를 되찾는 모습에 기쁨을 느꼈다. 먹을 것과 마실 것과 여행에서, 위험한 동물과 맞서는 사람들을 바라보면서, 낚시에서, 우정에서 기쁨을 느꼈다. 제이크는 떠나지 않고 그런 것들 곁에 머물렀다. 관심을 가지고 주변의 삶을 지켜보았다. 때때로 가망 없는 열망의 맥박을 느낄 때도 있었지만 그렇다고 제이크가 참담하다고 할 수는 없었다. 그건 잘못된 말이었다. 비열한 말이었다.

우리 학교에서는 한 작가를 좋아하는 사람은 다른 작가를 좋아해서는 안 된다는 듯 작가들 사이에 선을 긋는 게 유행이었다. 지금까지 나는 그 관행을 피해왔다. 내가 원해서 읽은 글의 거의 대부분을 마음에 들어했던 내게는 기쁨을 반으로 줄이는 게 무의미한 일로 느껴졌던 것이다. 그러나 아인 랜드 때문에 나는 갑작스레 편가르기에 동참하게 되었다. 랜드 덕에 나는 상처를 경멸하는 작가와 그 상처를 삶의 기반이 되는 사실로 받아들이는 작가 사이의 차이를 느끼게 되었다.

랜드가 방문하고 몇 주 뒤, 나는 『우리들의 시대에』를 비롯해 교과서와 문선집에 올라 있는 헤밍웨이의 단편소설들을 전부 다시 읽었다. 「이국에서」에 등장하는 젊은 화자는 다리에 총을 맞은 적이 있지만 주변의 환자들 중에서는 그나마 운이 좋은 편이다. 「패배를 모르는 사나이」에 등장하는 마놀로는 병원 침대에 누워 있다가 투우장으로 달려가는데 거의 즉시 또 한번 들이받힌다. 「권투선수」는 닉이 멍든 눈을 치료하는 장면으로 시작하는데, 바로 다음 장면에서 닉은 한쪽 귀가 없고 다른 쪽 귀는 다 닳아 뿌리만 남은, 몸도 제대로 가누지 못하는 권투선수와 만난다. 「온 땅의 눈」에서 닉은 다리 부상 때문에 스키를 탈 때 텔레마크식 회전을 하지 못한다. 「킬리만자로의 눈」에 등장하는 화자는 괴저로 죽어간다. 이 온갖 상처와 흉터라니…… 전에는 한 번도 그렇게 생각해본 적이 없었는데 한번 연관을 짓고 나자, 이런 것들이야말로 스워드의 절망과 프랜시스 머콤버의 치욕, 아무것도 느끼지 못하는 크렙의 불능 등을 아우르는 일반적 조건의 가장 두드러진 증상으로 보였다.

「인디언 마을」의 결말 부분에서는 제왕절개수술로 한 여자의 출산을 도와준 닉의 아버지가 아들과 함께 배를 타고 노를 저어 집으로 향한다. 힘든 아침이었다. 도끼에 발을 찍혀 불구가 된, 아기의 아버지는 아내가 분만을 하는 동안 오두막을 떠나지 못한다. 아내가 지르는 비명소리가 너무나 고통스러웠던 그는 스스로 목을 베어버린다. 닉은 제왕절개수술은 보지 않고 피했지만, 아버지가 죽은 인디언 남자의 베인 상처를 살필 때 그 목을 보게 된다. 닉은 어리다. 아직 아버지를 아빠라고 부를 만큼. 두 사람은 집으로 가기 위해 호수를 건넌다. 닉은 물에 손을 담그며 흔적을 남긴다. 어떤 기분일까?

이른아침 아버지가 노를 젓는 가운데 고물에 앉아 있던 닉은 나만은 절대 죽지 않으리라는 꽤나 강한 확신이 들었다.

처음으로 이 결말부가 뭐랄까, 향수 비슷한 것으로 읽혔다. 나보다 힘이 센 사람이 삐걱삐걱 노 젓는 소리를 듣고 배가 리드미컬하게 앞으로 나아가는 걸 느끼면서 꿈을 꾸듯 물속에 손을 담가보지 않은 아이가 어디 있겠는가? 이 기억, 정신보다는 몸의 기억이라고 할 만한 이 기억이 떠오르자 세상은 다정한 곳, 영원히 내 것이라는 오래되고 평화로운 믿음이 함께 되살아났다. 나도 같은 믿음을 품었었다는 게 떠올랐다. 그래서 닉이 어떤 기분이었는지 알 것 같았지만, 나 자신은 더이상 그 감정을 느낄 수 없었다.

조용하게만 보이는 이 문단은 꼬리에 날카로운 침을 감추고 있었다. 품기 시작한 그 순간부터 이미 무너져내릴 수밖에 없었던 닉의 확신을 보고 미소를 지으면서도, 나는 나 자신의 확신은 이미 사라져버렸다는 걸, 다른 사람들의 운명에서 나의 운명을 읽어내지 않으려 드는 자기기만 또한 그 확신과 함께 사라져버렸다는 걸 이해했다. 그 순간, 나는 예전부터 알고 있던 사실을 새롭게 깨달았다. 다른 모든 사람들에게 일어나는 일은 내게도 일어난다는 사실을.

「인디언 마을」을 읽고 나서 『파운틴헤드』로 돌아갈 수는 없다. 모든 게 잔뜩 부풀려져 있고 느끼하게 보이니까. 부어오른 듯한 문장, 작가의 신경증적 당파성, 지독히 상징적이고 아무 변화를 겪지 않는 등장인물, 그런 등장인물들이 생각하고 말하고 실행하는 불가능한 일들. 정말이지 나는 『파운틴헤드』를 한 마디도 믿을 수 없었다. 『파운틴헤드』를 통해 「인디언 마을」에 담긴 인내심과 섬세함, 단호한 현실성을 더욱 잘 보게 되었지만, 결국 「인디언 마을」이 『파운틴헤드』를 망쳐버렸다.

그전에도 나는 세상 모든 작가들 중에서 헤밍웨이를 가장 존경했다. 하지만 솔직히 말해서, 당시 내가 헤밍웨이에게 끌린 이유는 혼자만의 힘으로 많은 것을 이루어낸 그의 인생—에 대한 전설—때문이었고, 그 전설에 힘입어 헤밍웨이의 작품을 특정한 방식으로 읽어낼 수 있었기 때문이다. 그 시절의 나는 힘과 자족, 그러니까 가족이나 계급이나 전통이라는 밧줄을 벗어던지는 자유의 이미지를 찾고 있었고 결국은 그의 작품에서 그런 이미지들을 발견했다. 그러나 이제는 헤밍웨이의 작품이 완전히 다른 작가의 작품으로 보였다. 거친 일들이 일어나지만 등장인물 자체는 거칠지 않았다. 그들은 자신에게 가해지는 타격을 온전히 느껐다. 포기하는 사람도 있고 포기하지 않고 돌아왔다가 더 많은 타격을 입는 사람도 있었지만 애초에 돌아오는 것 자체가 쉬운 일이 아니었다. 「심장이 둘인 큰 강」을 처음으로 읽었을 때는 소설이 물리적 세계를 세심하게 묘사한다는 점이 마음에 들었다. 대부분의 작가들이 굳이 하지 않고 넘어갔을, 지나치다 싶을 정도의 묘사를 통해 닉이 하는 모든 행동을 정확히 알게 됐다. 밧줄 고리가 땅에 묻힐 때까지 텐트 펙을 박아넣는 모습, 동틀녘 텐트를 나서며 한 손에 바지와 신발을 들고 있는 모습. 닉이 목줄*을 적시는 방법. 팬케이크를 만들 때 사용하는 밀가루와 물의 정확한 양(각기 한 컵이다). 당시에도 나는 이 거칠고 엄숙한 모든 일에 닉과 함께 참여하는 게 즐거웠지만, 닉이 이런 법칙들을 지나칠 정도로 정성스럽게 지킨다는 사실은 놓쳤다. 닉의 태도는 가히 종교적이라고 해도 과하지 않을 정도였다. 그렇게 해야만 허물어지지 않을 수 있었으니까.

어떻게 이걸 놓쳤단 말인가? 이제 와서 다시 소설을 읽어보니, 모든 게 어스레하게 닉의 취약성이라는 빛을 받고 있었다.

우리는 작가와 작품을 혼동해서는 안 된다고 배운다. 그러나 나는 헤밍웨이의 이미지와 닉의 이미지를 분리할 수 없었다. 나

---

* 낚싯줄의 일종으로 본줄과 바늘을 이어주는 줄.

아가 꼭 그래야 할 필요는 없다는 느낌, 작가가 자신과 등장인물의 혼동을 의도했다는 느낌도 받았다. 그러나 헤밍웨이 단편소설들 속 인물은 내 첫인상을 잔뜩 흐려놓았던 강철 같은 천재 전사가 아니었다. 오히려 모든 면에서 특별할 게 없는 사람이었다. 실수를 저지르고 자신의 정신 활동으로 인한 두려움을 포함해 온갖 두려움과 초조함으로 고통을 받는 사람, 가끔은 도저히 어떻게 행동해야 할지조차 알지 못하는 평범한 사람.「어떤 일의 끝」을 읽을 때 나는 닉이 마저리를 저버린 방식이 대단히 마음에 들지 않았다. 한 여자의 사랑을 이용해놓고, 그 여자더러 이제 더는 재미가 없다고 말하다니? 나라면 훨씬 더 잘해낼 수 있을 것 같았다. 그래서 닉을 멋대로 재단했다.

그래, 멋대로 재단했다. 그러나 한편으로는 내가 마음껏 재단할 수 있는 공간을 헤밍웨이가 허용해주었다는 걸 알 수 있었다. 이 경험으로 나는 내 잘못을 깨달았다. 헤밍웨이는 나 같은 독자들이 닉에게서 그를 읽어낼 거라는 걸 알면서도, 거의 당혹스러울 정도로 내밀하게 닉의 영혼이 얼마나 진흙탕에 나뒹굴고 기진맥진해 있는지 그려냈다. 이 이야기에 담긴 진실은 몇 가지 이론으로 요약할 수 있는 게 아니었다. 뒷덜미에 직접 느껴지는 진실이었다.

우리 학교 사람들이 모두 헤밍웨이를 사랑한 건 아니었다. 헤밍웨이를 비판하는 사람들도 있었다. 예컨대 우리 학교 문학 선생 중 미시시피 토박이인 라이스 선생은 헤밍웨이와 포크너를 같은 링에 올려놓고 서로 싸워보게 해야 한다고 우겼다. 저녁식사 시간에는 가끔 『누구를 위하여 종은 울리나』에 나오는 악명 높은 러브신을 암송하면서, 느릿느릿 모음을 끌어대는 심한 남부 사투리를 일부러 무감정하게 죽임으로써 모든 감정과 표현을 들어주기 힘들 정도의 오락거리로 만들어놓고 즐거워했다. 어느 날 저녁 나는 『압살롬, 압살롬!』에 나오는 문단을 활용해 그 재미를 되갚아주고자 했다. 다른 이유 없이 오직 그 목적만으로 문제의 문단을 암기해둔 터였다. 부글부글 끓어오르는 당밀처럼 목소리를 잔뜩 부풀려가며, 나는 라이스 선생이 헤밍웨이를 흉내낸 것에 대한 복수로 포크너를 흉내냈다. ……터무니없는 요약에 도발을 당하기라도 한 것처럼, 부주의하고도 무해하게, 지속적이고도 꿈을 꾸는 듯하며 승리를 거두는 먼지에서 나온 듯이, 그는 우울하고 초췌하며 깜짝 놀란 듯한 목소리로 이야기를 하다가 결국은 경청하는 태도를 망가뜨리고, 청각 자체를 당혹케 하며, 오랫동안 죽어 있던 무력하지만 결코 굴하지 않는 좌절감을 드러내고야 마는 것이었다, 하고.

하도 재미있어서 식탁 분위기가 얼어붙는 것도 알지 못했다. 그러나 문단을 다 읊고 나서 보니 웃는 사람이 아무도 없었다. 학생들은 모두 잔뜩 굳은 채 미트로프만 뒤적였고 오직 라이스 선생만 안경테 너머로 나를 바라보고 있었다. 그와 눈을 마주치는 순간, 나는 나이와 상황이라는 운이 따라줄 때에나 상대의 결투 신청을 받아줄 수 있다는 사실을 깨달았다. 결국 라이스 선생은 무슨 말이 나올지 모르니 나와는 아예 이야기를 하지 않겠다는 듯 자기 오른편에 앉아 있던 학생 쪽으로 사납게 몸을 돌리더니 이렇게 말했다. 저기 저 케첩을 좀 건네주시면 대단히 감사하겠 습니다, 선생님!

헤밍웨이에게 거들먹거리는 듯한 기질과 허세가 있다는 건 나 도 알고 있었다. 헤밍웨이를 존경하는 우리 학교 학생들 사이에 서도 그걸 흉내내는 건 재미있는 놀이였다. 하지만 나는 진심으 로 헤밍웨이를, 그 어느 때보다 존경했다. 실은, 존경심이 너무 강해진 나머지 그의 단편소설들을 베끼기 시작했다. 예전에 일리 노이주 마셜에 있는 작가공동체에 대한 기사를 읽은 적이 있었 다. 거기서는 작가지망생들이, 위대한 글을 쓰면 어떤 기분이 드 는지 실제로 느껴보기 위해 아침 내내 명작을 필사한다고 했다. 제임스 존스가 그 단체 소속이었다. 그런 식으로 연습한 덕분에 그가 『지상에서 영원으로』를 쓸 수 있었다면, 나라고 같은 방법 으로 도움을 얻지 못할 이유가 뭐란 말인가? 내 책상 위에 걸린 사진에서도 타자 치는 포즈를 취하고 있듯, 헤밍웨이가 타자기로 글을 쓴다는 건 유명한 사실이었으므로 나도 타자기를 사용했다.

문장이 형태를 잡아갈 때의 느낌을 감지할 수 있도록, 새 문단을 시작하며 캐리지 리턴*을 누를 때 초점이나 어조에 어떤 변화가 일어나는지 느껴볼 수 있도록, 일부러 속도를 독수리 타법 정도로 낮추었다. 방금 막 완성한 페이지를 다시 읽어보며 새 종이를 천천히 롤러에 끼워넣을 때의 짧은 휴지休止 동안 드는 생각과, 「패배를 모르는 사나이」의 마지막 페이지를 타자기에서 꺼내 다른 페이지 위에 올려놓고 쌓여 있는 종이를 가지런히 정리할 때 헤밍웨이 자신이 느꼈을 기쁨을 느껴보고 싶었다.

내게는 전혀 우스꽝스러운 행동이 아니었다. 내 친구 부모 중에는 바닥에 펼쳐놓은 발자국 그림을 따라 밟으며 복잡한 춤동작을 배우는 사람들이 있었다. 이후 나는 그 사람들이 크리스마스 파티에서 매우 인상적인 맘보를 추는 걸 보았다. 당연한 일이지만 그때는 발자국 그림을 사용하지 않았다. 심지어 자기 발도 보지 않았다. 특정한 방식의 훈련으로 얻은 제2의 본능을 통해, 그저 자연스럽게 나오는 동작을 취하고 있었을 뿐이었다. 그리고 그 결과는 창조와 자유, 바로 맘보였다!

나는 「인디언 마을」과 「패배를 모르는 사나이」를 썼다. 교장이

---

* 타자기나 컴퓨터로 글을 쓸 때 새 줄을 시작하기 위해 누르는 자판.

저녁식사를 마치고 나서도 자리를 떠나지 않더니 일어서서 그날 밤을 축복하며, 어니스트 헤밍웨이가 우리의 다음번 초빙 작가가 되어주기로 했다는 사실을 공표했을 때는 이제 막 「살인자들」을 쓰기 시작한 참이었다. 5월 중순경, 그러니까 약 육 주 후면 헤밍웨이가 우리와 함께하게 될 예정이었다. 교장은 자기가 한 말에 충격을 받은 우리를 즐겁다는 듯 바라보았다. 나는 메이크피스 학생주임 쪽을 힐긋거렸다. 이번 방문의 배후에는 학생주임이 있는 게 틀림없었다. 다른 학생들도 메이크피스를 보고 있었다. 메이크피스 학생주임은 의자에 앉아 몸을 앞으로 숙인 채 식탁보만 뚫어지게 바라보고 있었다. 그때 누군가 브라보! 하고 소리쳤고 실내가 미친듯이 소란스러워졌다. 휘파람소리, 고함소리, 바닥을 쿵쿵 굴러대는 발소리, 주먹으로 식탁을 치는 소리. 이 모든 소리가 잦아드나 싶더니 다시 확 타올랐다. 선생들도 그 소란을 막으려 하지 않았다. 그럴 수 없었다. 물론 헤밍웨이 때문이기도 했지만, 추수감사절 이후 처음으로 날이 따뜻해져 나무에 수액이 돌기 시작했기 때문이기도 했으니까. 하지만 대부분은 헤밍웨이 때문이었다. 환호하는 소년들에게 둘러싸여 식당에 앉아 있던 나는 내 소설이 우승을 하리라는 꽤나 강한 확신을 품고 있었다.

한 입으로 두 말하기

그해 봄이 내 학창시절에서 가장 달콤한 봄이었다. 때 이른 열기의 충격에 어쩔 수 없다는 듯 나뭇잎과 꽃봉오리들이 무성해졌다. 화학 선생의 앵무새가 안뜰을 굽어보는 느릅나무로 탈출하기라도 하면 꼭 열대지방의 풍경을 보는 듯했다. 앵무새는 그곳에서 밝은 빛깔의 깃털을 단장하며 귀에 거슬리는 목소리로 우리를 흉내내다가 배가 고파지면 겸손해져 땅으로 내려와 관리인이 주는 땅콩버터와 샌드위치에 자유를 팔아넘겼다. 로버타 램지가 갑자기 떠나버리고 교정의 분위기는 며칠간 어두웠다. 그녀는 아무 말 없이 그냥 사라져버렸다. 램지 선생의 우울함만이 우리에게 주어진 유일한 해명이었다. 어쨌거나 나무에는 수액이 돌았고, 우리에게 드리워 있던 그림자도 사라졌다.

예전에 한 번, 램지 선생이 오래전 자기가 다니던 학교에서 발생한 남학생 폭동 이야기를 해준 적이 있었다. 1793년 윈체스터에서 있었던 그 폭동은 용기병 연대가 동원되고 나서야 진압되었다고 했다. 창문에서는 또 한 차례 눈보라가 울부짖고 학생들 모두 희미한 깜부기불 위로 몸을 웅크리고 있던 창백한 한겨울에는 그 이야기가 아주 멀고 비현실적인 소리로 들렸다. 지금은 그렇지 않았다. 우리 모두가 꽃에서 꽃으로 비틀비틀 날아가는 뚱뚱한 꿀벌처럼 봄기운에 살짝 취해 있었다. 우리 사이에 기이한 반란의 기류가 흘렀다.

졸업을 앞둔 학생들이 보이는 혈기어린 허세 그 이상이었다. 그 날씨까지 비니를 쓰고 다니는 별 볼 일 없는 녀석들까지 수업에 늦기 시작했고, 양말 없이 신발을 신었으며, '선생님'이라는 호칭을 잊었다가 그 호칭을 붙이라는 요구를 받으면 거의 반항하듯 한 박자 뜸을 들였다. 선생들은 이런 식의 도발을 사소하고 심지어 터무니없는 것으로 여기는 전략을 택했다. 성밖에 사는, 아무 힘 없는 소작농들의 불평을 대하듯이 말이다. 선생들도 계절을 느끼고 있었다. 그들은 봄기운에 오히려 물러졌다. 우리들, 그러니까 결승선에 이토록 가까이 와 있는 학생들 중 누군가를 퇴학시키는 일만은 결코 하고 싶어하지 않았다. 선생들로 하여금 누군가를 퇴학시키게 만들자면 거의 강제로 등을 떠밀어야 할 지경이었는데, 우리는 실제로 그렇게 했다. 세 번이나.

첫번째 퇴학은 반란으로 인한 것이 아니었다. 오히려 그 반대라 할 수 있었는데, 학교에 대한 지나친 헌신 때문이었다. 학교 합창단이 동창회 만찬 공연을 위해 보스턴으로 갔을 때의 일이다. 키스라는 학생이 샴페인 한 병을 좀도둑질해다가 질펀하게 판을 벌였다. 술에 취해서는 학교로 돌아오는 버스에서 내내 주정을 해댔다. 나를 비롯한 합창단원들이 어찌어찌 눈에 띄지 않고 키스를 방까지 데려다주는 데 성공했지만, 일단 방에 도착하고 나자 아무리 해도 그 녀석을 조용히 시킬 수가 없었다. 키스는 울부짖듯 교가를 부르면서 우리 모두에게 매달려 너희가 얼마나 멋진 녀석들인지 아느냐고, 같이 무슨 동아리라도 시작해야 하지 않겠느냐고 했다.

사감은 일부러 한참 후에야 등장했다. 결국 모습을 드러냈을 때도 문만 살짝 두드리며 그만 판을 접는 게 어떻겠냐고 할 뿐이었다. 무슨 조치를 취해야만 하는 상황을 목격하고 싶지 않은 게 분명했다. 그때 키스가 우리 팔에서 풀려나 복도로 뛰쳐나가더니 사감을 두 팔로 끌어안았다. 감정이 북받치는 듯 우리 학교의 정신이 어쩌고저쩌고해댔다. 다른 학생들도 무슨 일인지 보려고 방에서 나왔다. 사감은 키스에게 안긴 채로 우리들을 뚫어지게 바라보았다. 그 슬프고 체념한 듯한 표정만 보아도 키스에게 더이상 가망이 없다는 사실을 알 수 있었다.

그다음에는 잭 브룸이 쫓겨났다. 로레인과 춤을 추었던 바로 그 잭 브룸, 잘난 잭, 외야수 잭, 대장 중의 대장 잭이 여학생을 만나러 히치하이킹을 해서 콥스 아카데미까지 간 것이다. 둘은 콥스 아카데미의 보트 창고에 있다가 걸렸다. 여학생이 그 즉시 끝장나 버렸으므로 우리 교장 또한 그 이하의 조치를 취할 수 없었다.

이런 일이 있고 나서 얼마 지나지 않아 내 친구 퍼셀이 매일 있는 예배를 빼먹기 시작했다. 퍼셀은 단호히, 결연하게 예배를 거부했다. 학교에서 퍼셀을 쫓아낼 수밖에 없는 지경에 이르기 전에 퍼셀의 고집을 꺾어보려 한 사람은 나만이 아니었다. 퍼셀은 저항했다. 신은 그저 히브리인들의 소설에 나오는 등장인물일 뿐이며, 어차피 그런 거라면 자기는 차라리 허클베리 핀을 숭배하겠다고 했다. 정말이지, 퍼셀이 말했다. 난 그놈의 책에 나오는 얘기는 한 마디도 믿지 않아.

꼭 믿어야 하는 건 아니잖아.

너야 안 믿어도 되나보지.

뭐, 예배라고 해봐야 하루에 십오 분이나 되냐? 의미를 두고 싶지 않으면 두지 않아도 되잖아. 그냥 혼자서 하고 싶은 생각이나 하고 앉아 있어. 어디 덧나는 것도 아니잖아?

예배당 문턱을 넘는 것만으로도 난 거짓말쟁이가 되는 거야.

퍼셀이 말했다. 다시는 그런 짓 안 해.

퍼셀은 진심이었다. 퍼셀이 내 조언을 거부하면서 즐거워하는 걸 보고 나는 하려던 얘기를 그냥 묻어두었다. 퍼셀이 스스로를 나와 견주며 자기가 상대적으로 고결해졌다고 느끼는 게 눈에 보였다.

학생들에게는 예배를 빠질 수 있는 기회가 꽤 있었다. 그러나 4월 말 즈음 퍼셀은 그 기회를 모두 써버렸고, 이제 벌점의 시계가 째깍거리고 있었다. 우리들은 그 시계가 천천히 퍼셀의 돌연사를 의미하는 숫자를 향해 가는 모습을 바라보며 공포에 차 수군거렸고, 뜻을 꺾지 않는 퍼셀이 얼마나 존경스러운지 서로 이야기하곤 했다. 나도 비슷했다. 내가 예배에 나가는 건 그저 쇼에 지나지 않는다는 듯, 나보다 고귀한 길을 걷겠다는 듯한 퍼셀의 태도 때문에 그에 대한 존경심이 약간 퇴색되기는 했지만 말이다.

솔직히 말하면 나는 퍼셀이 그토록 싫어하는 예배당의 석회석 아치 아래를 지나가는 순간을 매일매일 고대했다. 우리는 시끄러운 소년들, 언제나 고함을 쳐대고 야유를 해대는 소년들이었지만 예배당에 들어갈 땐 입을 닫아야 한다는 것쯤은 모두 알고 있었다. 예배당의 침묵은 대단히 심오한 합의처럼, 삼백 명의 의지가 발현된 결과처럼 느껴졌다. 그래서 더욱 깊고 차분했다. 목사는 늘 성경을 짧게 봉독하고 나서 찬송가를 두어 곡 부르게 했지만, 그걸 제외하면 우리는 그저 침묵과 어두운 목재, 반짝이는 창문과 거친 돌, 머리 위의 어두운 궁륭과 함께 남겨질 뿐이었다. 퍼셀은 우리 예배당이 영국성공회를 부러워해서 모방한 양식이라며 건축물 자체까지 조롱했는데 나는 그게 짜증났다. 내가 이런 식으로 예민하게 반응하는 것도 속물근성의 한 형태가 아닌지 의심하게 되는 것도 싫었다.

하지만 사실, 무엇보다도 내 성질을 긁은 건 히브리인들의 소설 어쩌고 했던 퍼셀의 삐딱한 농담이었다. 헛소리를 번드르르하게 늘어놓았기 때문이 아니었다. 퍼셀이 히브리인이라는 말을 하던 방식 때문이었다. 고상한 경멸감의 깊은 우물에서 훅 끼쳐오는, 퀴퀴하고 악취가 진동하는 숨결처럼 느껴졌다. 퍼셀에게는 그럴 의도가 없었을 것이다. 그 말에 자신이 속한 계급의 무의식적 목소리가 담겨 있었다는 생각 자체를 끔찍이 싫어했을 것이다. 그래서 훨씬 나쁜 말이었다. 그건 너무나 무의식적인 말, 도무지 교정이 불가능한 계급적 권리의 행사였고, 그래서 나는 일종의 절망감을 느꼈다. 나는 이렇게 말하고 싶었다. 너 지금 내가 어떤 사람인지 알고 그런 소리 하는 거야? 하지만 퍼셀은 당연히 모르고 있었다. 그 점은 내가 확실히 해두었으니까.

날이 갈수록 나는 예배를 거부하는 퍼셀의 드라마를 그가 또 한번, 혈통 자체에 스며 있는 자신감을 과시하는 행위로 보게 되었다. 나한테는 졸업을 한다는 게 대단히 중요한 일인 반면 퍼셀에게는 사실 별다른 문제가 되지 않았다. 우리 학교에서 졸업장을 따봐야 퍼셀한테는 자기 아버지의 아들로 태어났다는 이유만으로 이미 열려 있는 문 이외의 문이 열리는 게 아니었다. 심지어 졸업을 하지 못한다 해도 이미 예약된 예일대 자리를 잃을 일도 없을 터였다. 학교의 명예헌장을 위반해서 퇴학을 당한 게 아닌 이상 학년말 시험은 볼 수 있었고, 학교는 학교가 요구하는 학문적 기준을 학생이 충족했다는 증명을 해주게 되어 있었다.

그렇다면 퍼셀이 실제로 잃게 되는 것, 혹은 포기하게 되는 것은 지난 몇 년 동안 이어진 삶의 한 단계를 끝마치고 우리와 함께 인생을 나눌 기회였다. 우리와 함께 각모를 쓰고 졸업식 단상에 올라 멍청이가 된 기분을 맛보고, "앞으로 사회에 나가서도" 어쩌고저쩌고하는 연설이 이어지는 동안 중얼대면서 그 연설에 음침한 주석을 달아줄 기회, 그런 다음 안뜰로 가서 우리를 자랑스러워하는 가족들과 한데 뒤얽혀, 이 무리에서 저 무리로 떠돌아다니며 악수를 나누고 나와 다른 세계에 속한 게 가장 명징한 사람들에게도 최선의 예의를 갖추어 대할 기회. 친구의 보온병에 펀치를 타되, 너무 취해서 예상치 못하게 마음이 벅차오르는 일은 없도록 딱 한 번만 그렇게 할 기회. 그림자가 풀밭 위에 흩어지고 한낮이 황혼으로 바뀔 때까지 그대로 머물러 있을 기회. 심지어 그때까지도 서로에게 작별인사를 고할 준비가 되지 않아 점점 노랫소리를 높여가는 소년들 틈에 끼어서, 잔뜩 쉬어 쇳소리가 나는 목소리를 빌려줄 기회까지도. 소중한 사람도 있고 그렇지 않은 사람도 있겠지만 모두 퍼셀 자신의 얼굴만큼이나 익숙하게 느껴지는 그 얼굴들을 보면서, 마지막 노랫소리가 잦아드는 동안 잠시 눈앞이 흐려지는 여유를 스스로에게 허락할 기회를 말이다.

입학한 첫날부터 계속해서 그날을 상상해온 사람이 나뿐만은 아닐 거라 확신한다. 그러나 퍼셀은 뒤도 한 번 돌아보지 않고 그 모든 걸 포기할 수 있었다. 이제 저물어가는 지난 몇 년의 세월이 퍼셀에게는 그다지 중요할 것 없는 이야기였으니까. 그것도 무슨 이야기라고나 여겼을 경우의 얘기지만 말이다. 퍼셀은 날 때부터 너무 웅대한 서사에 속해 있었기 때문에, 그 서사 속에서 이 부분은 그저 과도기적인 소재쯤으로 여기는 듯했다.

나는 그렇게 의심했다. 아니, 달리 표현하자면, 기꺼이 퇴학당하겠다는 퍼셀의 의지가 원칙보다는 가공할 만한 경멸감의 증거라고 생각했다.

그것만이 아니었다. 퍼셀이 예배에 빠지기 시작한 건 사람들이 헤밍웨이를 기다리며 점점 뜨겁게 동요하던 그 시점부터였다.

문학 선생들은 모두 헤밍웨이의 작품을 가르쳤다. 미술 선생은 충격적인 포스터를 한 장 내놓았다. 인간은, 무엇보다도, 견뎌내야만 한다는 문장 위에 검은 붓 터치 몇 번으로 은근하게 표현한 헤밍웨이의 얼굴이 모든 게시판과 입구 통로에서 우리를 뚫어지게 바라보고 있었다. 현존하는 작가 중 가장 위대한 인물이 곧 온다는 사실을 알게 되자 우리는 우리 자신이 중요한 인물이라는 생각에 약간 정신이 나갔다. 원래 문학에 관심이 있던 소년들만 흥분한 것이 아니었다. 거의 전교생이 소설을 제출할 계획인 것처럼 보였다. 피카소와 테드 윌리엄스가 헤밍웨이를 알듯, 아니, 케네디가 헤밍웨이를 알듯, 우리는 얼마 지나지 않아 헤밍웨이를 알게 될 것이었다. 머지않아 헤밍웨이를 아는 사람들 무리로 승격될 터였다.

퍼셀은 헤밍웨이의 작품을 사랑했다. 다른 사람 못지않게 헤밍웨이와의 개인 면담을 원했다. 하지만 나는 퍼셀이 그러기 위해선 경쟁을 해야 한다는 생각을 끔찍이도 싫어한다는 사실을 알고 있었다. 나도 마찬가지였다. 여러 학생 중 오직 한 명만 선택되는 게 불가피한 일이라는 건 우리 모두 알았다. 하지만 그 한 사람으로 선택받지 못한다는 건 곧 거부를 의미한다는 느낌을 떨쳐내기도 어려웠다. 어니스트 헤밍웨이에게 거부당하다니. 어니스트 헤밍웨이가 안 되겠소, 이 학생은 안 돼요, 전혀 가망이 없습니다, 하며 내 소설을 내던져버린다니. 얼마나 끔찍한 일인가! 헤밍웨이에게 선택받는 것이 축복이라면(축복이 아니라면 뭐겠는가?) 그에게 거부당하는 것은 저주였다. 내가 보기엔 그런 식으로 논리가 돌아갔다. 퍼셀에게도 마찬가지였을 것이다. 그의 허영심은 최소한 나만큼은 힐난을 경계했으니까.

작품 제출 마감일은 5월 첫째 주 월요일, 그러니까 헤밍웨이 방문 이 주 전이었다. 계속 예배를 빠져 벌점을 쌓으면 퍼셀은 그 전주 토요일에 집으로 돌아가게 될 터였다. 그렇게 되면 퍼셀은 헤밍웨이와 면담할 기회는 잃게 되겠지만, 다른 소떼와 밀치락달치락하다 패배하고 마는, 꽤 가능성 높은 일을 피해 자존심을 지킬 수는 있을 것이었다. 실은 퇴각하는 것이지만 마치 영웅처럼, 거짓되게 무릎을 꿇는 일 따윈 없는 사람처럼 보이리라. 퍼셀의 퇴학은 전설이 될 것이었다.

퍼셀이 이중 하나라도 계획했을 거라는 생각은 절대 하지 않았다. 아마도 퍼셀은 자신의 결심 아래 쌓인 이런 단층선 중 어느 것 하나도 의식하지 못했을 것이었다. 퍼셀은 자기가 내세운 동기를 액면 그대로 받아들인 게 틀림없었다. 나는 그렇지 않았다, 그게 전부였다.

하지만 내가 틀렸을지도 모른다. 만일 그렇다면, 내가 퍼셀이 그토록 이중적이라고 생각한 이유는 아마도 나 자신에게서 비슷한 이중성을 보았기 때문일 것이다. 나는 마땅히 즐거워하고 있어야 했다. 컬럼비아대학교에 사 년 장학생으로 들어갈 수 있게 되었고, 옛날부터 자주 생각하고 혼잣말했던 것처럼 라이어널 트릴링과 함께 작업할 수 있게 되었으니까. 얼마 전 셰익스피어의 소네트 29번, 그러니까 「운명과 세상 사람들이 모두 당신을 수치스러운 눈길로 바라볼 때」라는 작품에 대한 에세이를 써 캐시디 영문학상을 받았기 때문이었다. 어마어마한 행운이었다. 옥스퍼드에서 하는 오 주짜리 하계 연수 프로그램에 참가할 기회도 얻었다. 모든 비용을 지원받는 조건으로. 동급생들은 대체로 나를 좋아했고 하급생들은 뭐랄까, 강아지 같은 관심을 보였다. 학교에 막 들어왔던 시절 나도 상위 계급 사람과 눈을 마주칠 때마다 비슷한 경험을 해보았으므로 알아볼 수 있었다.

어째서 내가 신입생들 눈길을 사로잡았느냐고? 어쩌면 그건 내가 안달복달하며 연구한 끝에 무신경한 고상함의 표본으로 거듭났기 때문일지도 몰랐다. 다른 데 정신이 팔려 있지 않을 때 보이는 얄궂게 다정한 태도, 정확한 각도로 흐트러진 머리카락, 구겨 신은 신발, 완벽하게 구겨지고 닳은 복장 등등을 통해서. 거의 처음부터 나는 그런 사람에게 끌렸다. 그런 사람은 왠지 요트를 타는 데 재능이 있을 것 같았고, 크리스마스를 상트안톤에서 보낼 것 같았으며, 물려받은 박스석이 있을 것 같았고, 그 모든 것을 쉽게 경멸할 것 같았다. 다른 모든 단계를 뛰어넘어 곧장 경멸감을 보임으로써 나는 다른 모든 단계를 거쳤다는 인상을 남기고 싶었다. 각 잡힌 옷깃과 뭐든 열심히 하는 태도, 엄청난 깔끔함, 참신함, 꼼꼼함, 진심 등 예전에 키우고자 노력했던 공립학교식 덕목의 흔적을 모조리 지워버릴 결심이었다.

그때쯤에는 연기에 너무 몰입한 나머지 그 어떤 행동도 자연스럽게 나오지 않았다. 그렇다고 내가 연기중이라는 사실을 잊어버리기도 어려웠다. 처음 몇 년 동안은 배역을 만들고 가다듬고 그 배역이 사람들에게 먹히는 모습을 지켜보는 일에, 뭐랄까, 열성을 들였다. 노골적인 거짓말은 한 마디도 하지 않고 순전히 태도와 말씨가 일으키는 극적 효과만으로 내 과거에 대한 인상을 만들어내는 일이 즐거웠다. 이중성 자체가 즐겁기도 했다. 너희들은 나를 다 아는 게 아니야! 하는 식으로.

이제 그 모든 즐거움이 사라졌다. 이제는 문득 나 자신이 연기를 하고 있다는 게 느껴지면 당혹스러웠다. 내가 맡은 배역이 진부하고 틀에 박힌 듯 보였다. 그런 배역을 사 년 동안 연기한 끝에 나는 내가 친구라고 부르는 사람들에게도 낯선 존재가 되어버렸다.

빠져나가고 싶었다. 컬럼비아대학교를 선택한 것도 어느 정도는 그 때문이었다. 우리 학교와 달리 부글부글 끓어오르는 도시가 마음에 들었다. 도시는 온갖 부산스러움과 소음, 어딘가로 가고 무언가를 얻고 만들어내는 사람들의 시끄러운 소리로부터 이론상 동떨어져 있는 우리 학교를 조롱했다. 프린스턴대학교나 예일대학교에서 중요하게 여기는 가치들은 가공되지 않은, 아이러니라고는 전혀 없는 삶의 난타를 겪고 살아남을 가능성이 전혀 없었다. 컬럼비아대학교 학생들은 미식美食 동아리에 가입하지 않았다. 그들이 가입하는 동아리는 재즈 동아리였다. 컬럼비아대학교에서는 정신적 문제가 있는 사람과도 여자친구, 아니, 애인이 되었고, 외국인 억양이 있는 사람들과도 친구가 되었다. 지하철에서 신문을 읽고, 차분하면서도 인류학적인 시선으로 관광객들을 지켜보았다. 시내 급행열차라고 말하는 사람도 있고 더빌리지*라고 말하는 사람도 있었다. 이상한 음식들을 먹었다. 우리 반 학생들 중 나를 제외하고 컬럼비아대학교에 가는 사람은 한 명도 없었다.

노골적인 거짓말은 한 적 없다는 얘기는 엄밀히 말하면 사실이 아니다. 내 소설은 대부분 자전적으로 읽히도록 쓰였다. 독자

---

* 미국 오클라호마주 오클라호마 카운티에 있는 도시.

들이 고향에 있는 우리 가족과 나 자신의 삶에 대해, 그러니까 나의 정체에 대해 잘못된 그림을 그리도록 만들었다. 어쨌거나 나는 소설은 그냥 소설일 뿐이라고 생각함으로써 그런 짓을 할 핑계를 만들었다. 하지만 「심장이 둘인 큰 강」이나 「사병의 고향」과 달리, 사실 내 소설은 소설이 아니었다. 자신감이 없을 때나 비천할 때, 두려울 때, 심지어 아무것도 느끼지 못할 때조차 기꺼이 자기 모습을 있는 그대로 표현하고자 했던 헤밍웨이가 꼭 다른 모든 사람들에게도 진실이라는 책무를 지운 것만 같았다. 내 소설은 나를 내가 아닌 다른 누군가로 보이게 하려고 고안된 것이었다. 연기에 필요한 소품이었다. 내 소설을 읽을 때마다 나는 치욕감을 느끼며 그 페이지들을 치워버리지 않을 수 없었다.

다시는 그런 식으로 글을 쓸 수도 없었지만 달리 어떻게 글을 써야 하는지도 알 수가 없었다. 어떻게 해야 진실한 무언가를 만들어낼 수 있는가? 나는 얼어붙고 말았다. 종이에 단어를 옮겨놓고 있다는 단순한 안도감을 느끼기 위해 나는 계속해서 헤밍웨이의 단편소설들을 천천히, 곰곰이 생각하며, 하루에 약 한 페이지씩 타이핑해나갔다. 그 안에 있는 무언가가 나를 나 자신의 이야기로 향하게 해주리라는 희망을 품고서. 아직까지는 별로 운이 따라주지 않았지만 나는 그래도 한 페이지, 또 한 페이지를 계속 견뎌나갔다.

크레브스는 허위 또는 과장의 결과라 할 수 있는 경험으로 인해 구토감을 느끼게 되었으며…… 그렇게 그는 모든 것을 잃어버렸다.

나는 크레브스가 어떤 기분일지 정확히 알고 있었다.

모두가 잔뜩 글을 써대는 중이었다. 우리 반에서 공부를 제일 잘했던 빌은 상으로 도서관 지하실에 개인 독서실을 배정받았는데, 보통 그곳에서 작업을 했으므로 나와는 마주칠 일이 별로 없었다. 그러나 내 눈에 띌 때마다 빌은 언제나 생각에 잠겨 있었고 신경이 날카로워져 있었다. 미소 한 조각도 끌어내기 어려웠다. 어쩌다 한 번이라도 빌을 미소 짓게 만들기라도 하면 고맙다는 마음이 들었는데, 그런 나 자신에게 화가 났다. 빌은 진행중인 소설이 하나 있다고 말했지만 그 외에는 아무것도 인정하지 않았다. 그해 겨울 빌에게서 보았던, 소년답지 않은 슬픔은 더욱 어두워져 있었다. 애절함을 넘어 비극적이기까지 한 무언가를 깊이 사색하는 것처럼 보였다. 나로서는 그게 빌의 새 소설 속에 스며들고 있으리라는 추측만 할 수 있을 따름이었다.

퍼셀도 소설을 쓰고 있었다. 그다지 매력적이라고 할 수는 없는, 단지 사실을 전달할 뿐이라는 말투로 퍼셀은 이번 작품이 여태껏 썼던 어떤 소설보다 훌륭한 작품이라며 얼마나 쓰기 쉬웠는지 놀라울 지경이었다고 주장했다. 딱히 신기할 것도 없었다. 계속 예배를 빼먹는다면 퍼셀은 절대 그 소설을 다른 사람들의 평가에 내맡길 수 없을 테니까. 내가 속이 뒤집히는 기분이 들었던 것도 최소한 부분적으로는 헤밍웨이에게 평가를 받게 된다는 생각 때문이었다.

조지 켈로그는 그해 겨울 〈트루바두르〉에 실었던 이야기를 각색해서 제출하기로 결정했다. 저녁식사 시간에 한 남자가 아내를 못살게 구는 동안 아들은 송아지 커틀릿을 먹으며 한 마디도 하지 않는다는 이야기였다. 지금껏 초빙 작가와의 면담 기회를 두 번이나 따낸 학생은 한 명도 없었다. 딱히 규칙에 어긋나는 건 아니었지만 프로스트를 차지한 뒤 헤밍웨이까지 낚아채려 하다니 나는 조지가 상당히, 빌어먹을, 탐욕스럽다는 생각이 들었다. 조지가 이번 경주에 참여한다는 사실을 안다는 것 자체가 짜증스러웠는데, 〈트루바두르〉 다음 호에 실을 원고들을 그가 회람시키지 않는 바람에 굳이 그의 방까지 찾아가서 받아오게 되자 더욱 짜증이 심해졌다.

노크를 하자 조지가 대답했다. 평소의 훌륭한 예의범절을 잠시 잊었는지 문간에 나를 세워놓은 채로 거대하고 낡은 검은색 언더우드 타자기를 계속 두드리기는 했지만. 거의 오르간만큼 커 보이는 타자기에서는 깊고 강한, 체계적인 소리가 났다. 닫힌 창문에 블라인드까지 쳐져 있어서 그런지 공기가 칙칙하게 느껴졌다. 바깥에서 헝겊으로 싸놓은 듯한 테니스공이 부딪힐 때 나는 퍽 소리가 작게 들려왔다. 마침내 조지는 타자 치기를 멈추었지만 자판에서 몸을 일으키지는 않았다.

나는 원고들은 어디 있느냐고 물었다.

아, 저것들 말이지. 조지가 말했다. 저기 있어. 그는 서랍 위에 놓여 있는 종이 더미로 휙 고갯짓을 했다. 가져가.

아직 안 읽어봤어?

뭐라고? 모르겠어. 아, 읽어본 것도 있어. 두어 편. 내가 방을 가로질러가 원고를 집어드는데도 조지는 여전히 등을 돌리고 있었다.

지난번에 〈트루바두르〉에 냈던 소설을 쓰고 있다면서.

원고는 그게 다야, 그가 말했다. 됐지?

내가 문을 닫자 조지는 다시 타자를 치기 시작했다.

기숙사 사방에서 타자 치는 소리가 들려왔다. 어쩌면 그리 새삼스러운 일이 아니었을지 모른다. 어쩌면 그냥 내가, 그동안 잘 걸러오던 소리를 더이상 거르지 못하게 된 것일지도 모른다. 그래서 온갖 목소리가, 저마다 특유의 리듬과 어조를 띠고 머릿속으로 쏟아져들어왔다. 어떤 타자기는 싸구려 폭죽이 연달아 터지듯 타닥타닥 높은 소리를 냈다. 또다른 타자기는 조지의 타자기보다 더 낮은 소리로, 마치 배의 엔진처럼 우르릉대며 밀어닥쳤다. 나는 그 소리를 듣지 않으려 애썼다.

우리의 편집자 나리께서 뭔가에 홀린 예술가 놀이를 하고 계셨으므로, 중산층 시민인 나는 늦지 않게 〈트루바두르〉를 인쇄소로 보내는 일을 맡아야만 했다. 내 직함에 맞게, 출판국장처럼 굴어야 했다는 말이다. 자문 교사인 라이스 선생에게 우리의 마지막 간행물을 제출해야 하는 날은 겨우 며칠 뒤, 헤밍웨이 소설의 제출 기한과 같은 월요일이었다. 나는 원고를 읽고 동료 편집자들에게도 읽으라고 강요하는 데 전념하며 다른 학생들의 타자기 소리를 듣지 않으려 노력했다. 나 자신은 한 자도 타이핑하지 못한 채.

우리는 마지막 편집회의 일정을 일요일 밤으로 잡았다. 나는 금요일을 밀었지만 투표에서 지고 말았다. 전통으로 자리잡은 '작별 모임'에 참석하기 위해, 금요일 밤 콥스 아카데미 졸업 학년 학생들이 우리 학교로 오기로 했던 것이다. '작별 모임'은 네로황제 시절의 파티와 견줄 만큼 음탕하다고들 했다. 끝내 바다*를 건넜다는 어젯밤의 전설처럼 말이다. 우리 중 누구도 우리가들은 그 이야기의 진실성에 의문을 제기하지 않았다. 여학생들이 우리를 다시 볼 일도, 우리가 그들을 다시 볼 일도 없을 텐데 뭐

---

* 'ocean'은 속어로 여성의 성기를 의미하기도 한다.

하러 내숭을 떤단 말인가? 이런 일만 있으면 시기심에 가득차 주변을 떠도는 노처녀들이 감시에 나서긴 했으나, 평소의 무도회도 역시 감시 선생이 정한 한도 안에서나마 음란하기는 마찬가지였다. 그러나 '작별 모임'에서 질투심으로 가득한 순결한 이들이 아무리 충실하게 감시견 노릇을 한다 해도 우리와 단둘이 청소도구 수납장이나 보일러관이 지나가는 터널로 가고 싶다는 여학생들의 욕망에 대적할 수는 없었다. 그게 우리 모두가 반복적으로 말하는 진실이자, 그 반복을 통해 점점 더 진실이 되어가는 사실이었다.

아무도 그 모임을 놓치고 싶어하지 않았다. 나 역시 마찬가지였다. 레인에게서 편지를 한 통 받은 뒤로는 특히 그랬다. 놀라운 일이었다. 핼러윈 무도회에서 짧은 시간 서로를 붙들고 있기는 했지만 기차에서 레인이 『파운틴헤드』를 훔쳐 달아나려고 했던 때 이후로 나는 한 번도 그녀를 보지 못했다. 게다가 그녀는 분명 전에는 한 번도 내게 편지를 보내온 적이 없었다. 그녀가 직접 언급하지는 않았으나 모임에 데려갈 파트너를 못박아두어야겠다는 너무도 뻔한 의도 외에는 아무 목적이 없는, 향수가 뿌려져 있고 격식을 차리지 않은 사소한 편지였다. 두 학교에서 매력이 있다는 학생들은 모두 이런 편지로 이미 짝짓기를 시작했으니, 레인은 나보다 못한 파트너를 구하게 될지도 모르고, 손놓고 운에만 일을 맡겨놓는다면 아마 그렇게 될 거라고 생각한 게 분명했다. 나는 레인과 춤을 출 때의 느낌을, 내 허벅지가 가하는 압력을 그녀가 돌려주는 방식이며 손가락으로 내 목 뒷덜미를 장난스럽게 만지작거리던 그 느낌을 아직 잊지 않았다. 그 당시 고통스러웠던 사실도 잊히지 않기는 마찬가지였다. 감시 선생이 레인과 나를 억지로 떼어놓은 직후 그녀는 다른 소년(나의 신성한 기억력에 따르면, 잭 브룸!)과 어울렸다. 상대가 누구든 상관없다는 듯한 레인의 순전히 비인간적인 열정은 내가 느꼈을지 모르는 양심의 가책을 모조리 빨아내버리고 나의 기대감을 복수라는 끔찍한 색조로 물들였다.

그러면서도 나는 편집회의를 금요일에 잡으려 했다. 시간이 모자랐다. 빨리 〈트루바두르〉를 마무리짓고 주말 동안 아직 시작조차 하지 못한 소설을 완성하고 싶었다. 세상에 레인은 여러 명 있었지만 어니스트 헤밍웨이는 한 명 뿐이었으니까.

금요일 밤을 밀었던 데에는 또 한 가지 이유가 있었다. 토요일은 퍼셀이 심판을 받는 날이었다. 그날 오후 예배에 참석하지 않는다면 퍼셀은 저녁식사 후 편집위원들이 모여 우수작을 고를 때쯤엔 학교를 완전히 떠나게 될 거였다. 나는 퍼셀이 편집회의에 와주었으면 했다. 투고된 원고 중 오직 시 두 편과 소설 한 편만이 〈트루바두르〉에 실릴 만하다는 데에는 이론의 여지가 없었지만, 그래도 나는 퍼셀이 나를 도와 이 원고 더미를 분류해주기를 바랐다. 퍼셀은 원고를 평가할 때 잔인하기도 했지만 기민하기도 했다. 최종적으로 나머지 원고보다는 이 원고, 혹은 저 원고를 덜 경멸한다고 기꺼이 이야기해주는 녀석이었다.

나머지 두 편집위원은 아무 도움이 되지 않았다. 모든 원고를 편들어주는 조지든, 수수께끼 같고 미꾸라지처럼 잘 빠져나가는 빌이든 마찬가지였다. 이 소설에는 고양이가 많이 나오던데. 빌은 그런 식으로 말하곤 했다. 아니면 아테네에 이렇게 비가 많이 오는 줄은 몰랐어, 라든지. 그러고 나서는 어깨를 으쓱하고 아무 말도 하지 않았다. 대놓고 독설을 날리진 않았지만 빌의 반응은 퍼셀보다 훨씬 더 파괴적이었다. 빌의 평가를 듣고 나면 멍한 느낌, 무방비 상태로 얻어맞은 느낌이 들었다. 빌은 스쿼시도 딱 그런 방식으로 쳤다. 나처럼 공을 정면으로 내려치는 법이 절대 없었다. 산들바람처럼 교묘한 각도로 살짝 쳐내 코너에 떨어지게 만들었다.

금요일에 큰 제프는 자기 사촌이 다음날 오후 예배를 빼먹었다는 이유로 퇴학을 당한다면 자기도 함께 떠나겠다고 공표했다. 나는 점심시간에 이 얘기를 들었다. 우리 식탁에 함께 앉아 있던 선생이 굳이 반박하지 않기에 믿었지 아니면 도저히 믿기 힘든 얘기였다. 말도 되지 않았다. 큰 제프는 이 학교를 사랑했다. 누구든 알 수 있는 사실이었다. 큰 제프는 미운 오리새끼였다. 우리 학교가 아니라 확신이 부족하고 괴짜들을 가혹하게 다루는 학교에 다녔다면 꽤 힘겨운 학창시절을 보냈을 것이다. 이곳에서 큰 제프는 신성한 바보로서 보호받았다. 그 이유야 몰랐겠지만 큰 제프는 무슨 일을 해도 자신을 가만히 놔두는 학교의 관용을 느꼈고 그 안에서 마음껏 햇볕을 쬐었다. 큰 제프가 모교를 끊임없이 찾아오는 졸업생 중 한 명이 되어 점점 불어나는 자산 목록에서 사탕을 꺼내 이 학교를 살찌우리라는 건 이미 명백한 사실이었다. 그의 자녀들이 목을 빼고 기대하다못해 심지어 현재 지출에 반영했을지 모르는 자산의 아주 많은 부분을 학교에 넘겨주고, 그 결과 실망한 상속자들이 동창회에서 이미 법적으로 꽉 묶어둔 유언장을 무효로 만들려다가 더 빈털터리가 되는 선택지를 심각하게 고려하게 만드는 그런 졸업생 말이다.

그런 큰 제프가 어쩌자고 사촌의 고집과 오만을 그토록 사랑하는 학교와 자기 사이의 장애물로 삼는단 말인가? 함께 퇴학을 당하겠다고 학교를 협박해봐야 퍼셀에게 아무런 도움도 되지 않을 게 뻔했다. 말도 안 되는 얘기였다. 학교는 우리만큼이나 교칙에 인질로 사로잡혀 있었으니까. 큰 제프도 아는 얘기였다.

그럼 왜? 사랑 때문에. 흠모하니까. 큰 제프가 반려견처럼 혀를 빼물고 사촌을 쫓아다니다가 퍼셀이 순교하는 순간까지 그 뒤를 따르며 유령들에게 짖어댄다는 건, 이상하긴 하지만 받아들일 수 있는 반전이었다. 이 때문에 모든 일이 좀 우스꽝스럽게 변했다. 엄청나게 화를 낸 걸 보면 퍼셀도 알았던 게 틀림없다. 처음 그 소식을 듣고 퍼셀은 점심식사 후 블레인 홀에서 큰 제프의 멱살을 잡고 한바탕 소동을 부렸다. 나는 현장에 없었지만 소문으로 들었다. 같은 날 오후, 퍼셀은 내 방 바로 아래에 있는 큰 제프의 방으로 가서 또 한번 위협했다. 이건 너랑 아무 상관도 없는 일이야! 너한텐 이럴 권리가 없어! 없다고!

퍼셀이 외치는 소리와 큰 제프가 그에 대한 대답으로 뭔가 알아들을 수 없는 말을 중얼거리는 소리가 들렸다. 이어 문이 쾅 닫히는 소리가 나기에 나는 다시 소설을 쓰기 시작했다. 그때까지 나는 타자기에서 종이를 홱 잡아채 빼내기만 했을 뿐 한 문단도 완성하지 못하고 있었다.

저녁식사 시간을 알리는 종이 울렸을 때도, 모두가 저녁을 먹고 나서 돌아왔을 때도 나는 여전히 내 방에 있었다. 복도를 따라 온 사방에서 동급생들이 '작별 모임'을 준비하는 소리가 들려왔다. 샤워를 하며 고함을 치는 소리, 턱시도를 입고 이 방 저 방 다니면서 허리띠를 꽉 졸라매고 넥타이를 하면 멋질 거라는 얘기를 듣는 소리. 그런 식으로 옷을 빼입으면 우리 모두 목소리가 낮아지고 느려진다니 이상한 일이었다. 일종의 과잉 흥분인 이것은 우리를 들뜨게 만들기보다는 신중하게 만들었다. 모두가 샤워를 하는 바람에 공기는 축제라도 벌어진 듯 증기로 가득차 올드 스파이스* 냄새를 풍겼다.

그날 아침 다른 물건들과 함께 배달된 내 턱시도는 눈부실 정도로 하얗고 빳빳하게 주름이 잡힌 셔츠와 함께 옷장에 걸려 있었다. 나는 그 옷들과 에나멜 가죽구두를 침대 위에 올려놓고 다시 책상으로 돌아갔다. 괜찮은 도입부, 아침이 되면 나를 깜짝 놀라게 할 만한 그런 도입부만 있으면 되었다.

다른 학생들이 떠나자 복도는 조용해졌다. 나는 모두가 길고 검은 줄을 지어 안뜰을 건너는 모습을 지켜보았다. 그들의 셔츠 깃은 잿빛 황혼을 받아 마치 아지랑이 가득한 해안의 불빛처럼 둥둥 떠 있는 듯 보였다. 방금 깎은 풀냄새를 실어와 창문 바깥의 덩굴식물을 바스락대게 만드는 산들바람은 소년들이 안뜰 저쪽에 도착한 뒤에도 그들의 깊은 목소리를 내게 전해주었고, 나중에는 레스터 라닌**의 오케스트라와 여학생들의 웃음소리까지 전해주었다.

---

* 남성용 보디 워시 상품명.

** 미국 재즈 가수(1907~2004).

처음에는 그 소리들에 정신이 팔렸지만, 나중에는 공상을 하느라 그마저 희미하게 빛이 바랬다. 공상 속에서 헤밍웨이는 내 소설을 선택했고, 내게 홀딱 반해 그의 낚싯배인 필라르호에서 일하도록 해주었다. 어느 날 오후, 우리는 헤밍웨이의 아내 메리 및 부부의 친구인 한 커플과 함께 그 배를 타고 있었다. 어쩌다 친구가 됐는지 이해하기 어려웠다. 여자는 심술궂게 악의적인 말을 해댔고 남자는 선원들을 무례하게 대하면서 자기 낚시 솜씨를 뽐냈다. 헤밍웨이는 술을 한 잔씩 더 돌리는 내게 체념한 듯한 눈길을 던졌을 뿐 참을성 있게 그 모든 걸 견뎌냈다. 마침내 남자의 아내가 자기 남편에게, 부탁이니까 가서 고기를 한번 잡아보라고, 입으로만 나불대는 건 더이상 못 견디겠으니 부디 닥쳐달라고 했다. 여기서도 고기는 잡힐 거 아녜요, 안 그래요, 어니스트? 지금 있는 곳이 빌어먹을 바다 한가운데니까요, 안 그래요? 헤밍웨이는 지금 우리가 있는 곳이 실제로 괜찮은 낚시터라는 점을 어쩔 수 없이 인정했다. 그는 이렇게 말했다. 여기서 고기 한 마리 못 잡는다는 건 저주를 받은 사람한테나 가능한 일이죠.

　남자는 이의를 제기했다. 자기는 낚시 도구에 까다로운 편인데 오늘은 장비를 챙겨올 생각을 미처 못했다는 것이다. 그의 아내가 어니스트의 것을 쓰면 되지 않겠느냐고 하자 남자는 그런 소리는 하지도 말라고 했다. 빌려준다면 고맙긴 하겠지만.

여보, 그렇게 촌뜨기처럼 굴지 좀 마. 남자의 아내가 말했다.

그리하여 남자는 양손에 낚싯대를 잡은 채, 뱃머리의 뾰족 튀어나온 자리에 안전벨트를 차고 앉아 몇 분 후 정말 뭔가를 낚게 되었다. 낚싯대가 구부러지며 낚싯줄이 요동쳤다. 오 세상에, 남자는 그렇게 말하더니 낚싯대가 거치대에서 펄쩍 뛰어오르자 앞으로 끌려가며 신음소리를 냈다. 거대한 청새치가 좌현에서 높이 뛰어올라 몸을 흔들더니 다시 추락하듯 물속으로 들어갔다. 토할 것 같아, 남자가 말했다. 토할 것 같다고.

낚싯대를 잡아! 헤밍웨이가 내게 말하더니, 남자가 자리에서 벗어날 수 있게 도와준 뒤 나를 대신 그 자리에 앉히고 벨트를 채웠다. 남자가 보트 측면에 구토를 하는 내내 나는 물고기를 가지고 놀았다. 자리로 돌아오라는 모든 요청을 거부한 남자 덕분에 나는 그 커다란 물고기 녀석과 몇 시간이나 씨름했다. 그러는 동안 헤밍웨이는 내 뒤에 서서 가끔씩 조언을 하기도 했는데 대부분은 내가 알아서 하도록 맡겨두었다. 일단 청새치의 기운이 빠지자 메리가 낚싯대를 잡고 릴을 감아 녀석을 선체 옆쪽에 붙였고, 그러는 동안 헤밍웨이와 나는 갈고리를 설치해 녀석을 감아올릴 때만을 기다렸다.

참 불행한 경우 아니냐, 헤밍웨이가 말했다. 사람은 좋은데 결혼을 잘못했어. 술을 마시지 말았어야지. 전쟁터에서는 아주 용감한 사람이었는데.

　우리는 해질녘 부두에 배를 댔다. 한 무리의 구경꾼들이 다가왔다. 거기 그거, 무슨 괴물이라도 잡아오신 겁니까? 그중 한 사람이 물었다. 누가 낚은 거예요?

　저분이요. 내가 아까 그 남자에게 고갯짓을 하며 말했다.

　헤밍웨이가 내 옆에 서 있었다. 오늘 잘했다, 그가 말했다. 오늘 아주 잘했어.

　자정이 되어 빌 화이트가 도서관에서 돌아올 때까지도 나는 한 단어도 쓰지 못하고 있었다. 무도회 안 갔어? 빌이 물었다.

　할 게 있어서.

　빌은 자기 침대에 앉아 천천히 신발끈을 풀었다. 그리고 뒤로 털썩 드러눕더니 천장을 뚫어지게 바라보았다. 지금 가도 돼. 빌이 말했다.

　뭐하러. 좀 있으면 끝날 텐데.

　소설 쓰는 거야?

　소설 쓰는 거야. 넌?

　당연히 나도 쓰고 있지. 빌은 옆으로 몸을 굴리고 내가 타자기에서 빈 페이지를 꺼내 서랍 속,「사병의 고향」을 베낀 다른 페이지들 아래 미끄러뜨려넣는 모습을 지켜보았다. 그가 말했다. 조지도 무도회에 갔다오더라.

조지가? 말도 안 돼. 그 녀석이 턱시도 입은 모습은 한 번도 본적이 없는데. 어땠어?

턱시도를 입고 있었나? 아마 그랬겠지? 별로 눈에 띄지 않았어.

하긴. 내가 말했다. 그런 다음 소심하게, 참지 못하고 이렇게 덧붙였다. 조지가 입으면 모든 옷이 다 트위드처럼 보이잖아.

빌은 대답하지 않았다.

무도회에 가다니, 조지 녀석 소설은 다 썼나보네. 내가 말했다.

그랬겠지. 빌이 말했다. 넌 잘되어가?

지친 듯 부드러운 빌의 목소리에 나는 깜짝 놀랐다. 함께 보낸 시간이 거의 끝나가는 이 시점까지 우리는 대부분의 다른 룸메이트들처럼 싸우거나 서로를 괴롭히는 일이 한 번도 없었다. 그래서 서로를 만난 첫날보다 더 친한 친구가 되었다고 하기는 어려웠다. 상대의 분위기나 차가운 예의범절 이상으로 서로를 잘 알지는 못했고, 내가 빌에 대해 알아낸 한 가지 중요한 진실에 대해서는 우리 둘 다 절대 알은척하지 않기로 암묵적으로 동의했다. 그 비슷한 여러 건의 동의가 우리 사이에서 자라났다. 우리는 서로가 가진 문제나 약점, 의심, 즉 우리의 진짜 정체성이나 앞으로 살아갈 인생에 대한 걱정, 어떤 인간으로 거듭나게 될 것인지에 대한 걱정도 알은척하지 않았다. 절대로, 단 한 마디도. 우리는 모든 것을 재치 있고 멋지고 가볍게 해냈다. 그러느라 우리 사이의 공기에는 너무 많은 아이러니가 차올랐고 뭐든 진정어린 말을 하는 것은 예의, 심지어 신뢰까지 저버리는 문제가 되어버렸다.

하지만 같은 학교 학생으로서 우리는 서로에게 우정이라는 표시를 남겼다. 내게는 여전히 우정의 가능성이 느껴졌다. 우리가 늘 그 가능성이 미끄러져나가도록 내버려둔다는 게 내게는 고민거리였다. 대체로 나는 세련된 껍질을 벗고 나오는 법이 없다며 빌을 탓했다. 몇 주 동안이나 의기소침해 있으면서도, 우리 사이에 그가 아는 것 이상으로 해야 할 말이 분명히 있었는데도, 빌은 겉껍질을 깨고 나와 속내를 털어놓는 일이 없었다. 슬퍼지면 슬퍼질수록 빌은 내게서 점점 멀어졌다. 적어도 지금까지는 그랬다.

넌 잘되어가?

빌의 질문은 진지했고 그 질문 뒤에 깃들어 있는 관심은 피곤할 만큼 친밀했으며 무방비로 드러나 있었다. 자신의 도시적인 느낌을 유지하는 데 필요했던 무언가를 포기한 것만 같았다. 나부터 너무 지쳐 있었고 한편으로는 이런 말을 애걸하듯 기다리는 것에 진절머리가 나 있었기에, 순간 빌에게 사실을 이야기하고 싶다는 유혹을 느꼈다. 지금껏 아무것도 쓰지 못했고 쓸 수도 없다고. 그러나 벼랑의 가장자리에 버티고 선 채 나는 비밀을 지켰다. 빌이 보여주는 관심에 위로를 받기 시작하면, 그런 일이 벌어지도록 허용하기 시작하면 절대 멈출 수 없으리라는 걸 감지했기 때문인지도 모른다. 지금의 마비 증상을 고백하는 데서 오는 안도감이 내 기대를 배반하고 또다른 고백으로 이어질지도 모른다는 생각이 들었다. 나는 어떤 어두운 방법으로 가면을 찢어버리고 싶어 조바심이 나는 게 느껴졌고 그래서 섬뜩했다.

레스터 라닌의 오케스트라는 〈올드 랭 사인〉*을 연주하고 있었다. 소년과 소녀들이 한데 어우러져 불규칙하게 노래를 따라 불렀다.

잘되어가고 있어, 내가 말했다. 성공작도 이런 성공작이 없지. 너는?

아…… 나도 그래. 대작도 이런 대작이 없어. 아주 미칠 정도야. 전부 밟아버릴 정도지.

토요일 오후, 예배에 참석한 퍼셀은 계단에 자리를 잡고 행렬이 시작되기를 기다렸다. 죽은듯 앞만 보았고, 저학년생들의 눈길과 고학년생들의 면밀한 무관심에 대한 유일한 반응은 어쩔 수 없이 격하게 달아오른 창백하고 주근깨투성이인 목뿐이었다.

---

* 우정을 기리는 오래된 스코틀랜드 노래로, 주로 새해 전날 밤 자정에 부른다.

그러나 오르간이 첫번째 음을 내자 퍼셀은 나머지 우리들과 함께 구원받은 하늘의 성도들이여 하고 목소리를 높였으며, 나머지 우리들과는 달리 끝까지 가사를 흐리지 않고 둘째 줄에 있는 자기 자리까지 통로를 행진해 갔다. 찬송가의 모든 절을 다 부르고 난 다음에는 목사가 성경을 봉독하고 설교하는 내내 꼿꼿한 자세로, 열중하는 모습으로 앉아 있었고 묵상을 할 때는 고개를 숙이고 꼼짝도 하지 않았다.

예배가 끝날 때쯤 교장이 자리에서 일어서더니, '작별 모임'을 성공적으로 주최했다며 6학년 무도회 기획단을 치하했다. 우리 모두 박수갈채를 보냈다. 그리고 예의바르지만 고집스럽게, 무도회 기획단에게 표하는 감사라고는 상상하기 어려울 정도로 박수를 길게 이어나갔다. 퍼셀도 그 갈채가 자신을 위한 것이라는 사실을, 그가 계속 우리와 함께하기로 한 것을 기념하고 사촌을 생각해 자신만의 소중한 원칙을 포기한 그의 욕심 없는 태도에 경의를 표하기 위한 것이라는 사실을 분명히 알았을 것이다. 퍼셀도 손뼉을 치며 교장을 올려다보고 있기는 했지만 목만은 다시 한번 붉어졌다.

퍼셀이 마음을 바꾼 이유를 나는 좀 다르게 보았다. 아마 큰 제프에게 학교와 분리되는 큰 고통을 안겨주고 싶지 않아서라기보다는 퍼셀 자신을 위해 쌓아둔 화장용 장작더미에 큰 제프가 몸을 던지는 황당하고도 모욕적인 광경을 피하기 위해서였을 것이다. 하지만 나도 다른 학생들과 함께 퍼셀에게 갈채를 보냈다. 그의 항복에 깃든 위엄 때문이었다. 그는 형식적으로 예배에 참여할 뿐이니 별 문제 되지 않는다는 신호를 보내려고 눈을 깜빡이거나 과장된 표정을 짓거나 뒤로 물러서는 등의 연기를 해대지 않았다. 퍼셀에게는 뭔가 특별한 점이 있었다. 깡이라고 해야 할까? 아니면 줏대? 글쎄. 어쩌면 품격이라고도 할 수 있을 것 같다.

그날 밤 편집회의에서 우리는 별다른 이의 없이 작품을 추려내다가 마지막 원고를 보게 되었다. 일 년 내내 작품을 제출해왔으나 아무 소득도 얻지 못했던, 버클스라는 동급생이 쓴 소설이었다. 내가 보기에는 여태껏 거절했던 다른 소설보다 나을 게 하나도 없는 작품이었고, 그래서 나는 그렇다고 말했다.

이건 대체 뭐에 대한 얘기야? 조지가 말했다. 나는 이게 뭐에 대한 얘기인지조차 모르겠어. 조지가 이 말을 하도 격렬하게 해서 퍼셀과 빌과 나는 잠시 주춤했다. 평상시 조지는 편집자 자리에 앉았지만 오늘밤에는 짜증나고 뭔가 근질거린다는 듯 문 옆자리에 앉아 있었다.

그래도 버클스한테는 이게 마지막 기회잖아, 빌이 말했다. 이번 호가 졸업호라고.

맞아, 퍼셀이 말했다. 이번이 아니면 버클스한테는 다시는 기회가 없어.

이 소설이 그렇게까지 형편없는 것도 아니잖아. 빌이 말했다.

그렇게까지 좋은 것도 아니지. 내가 말했다.

버클스는 불독이야, 빌이 말했다. 도저히 포기를 모른다니까. 그 제로니모 이야기 기억나?

조지만 빼놓고 우리는 모두 웃었다. '한 입으로 두말하기'야. 조지가 부루퉁하게 말했다.

뭐? 퍼셀이 말했다.

그 소설 제목이 '한 입으로 두말하기'였다고. 어디 이거 다시 한번 보자.

우리는 조지가 첫번째 페이지를 훑어보는 모습을 지켜보았다. 그냥 이 부분만이라도 들어보라고. 조지가 그렇게 말하며 몇 줄을 큰 소리로 읽었다.

그렇게까지 나쁘지는 않네. 퍼셀이 말했다.

뭔가 있긴 있어. 빌이 말했다.

왜들 이래. 내가 말했다.

아 진짜, 멍청한 글이긴 하지만 그냥 좀 실어줘! 조지가 말했다. 누가 신경이나 써? 다른 원고들도 모조리 쓰레긴데, 이중 뭘 뽑든 문학계에 무슨 돌풍이라도 일으킬 거 같아? 우리가 바라보자 조지는 발끈하며 말했다. 뭐? 내 말 틀렸어?

그 질문에 대한 답은 당연히 아니라는 것이었다. 우리 같은 학생들의 문학잡지가 돌풍을 일으킬 일은 없었다. 하지만 지난 세월 동안 우리는 어쩌면 그럴지도 모른다는 믿음을 가지고 행동해왔다. 매번 잡지를 발행할 때마다 큰 제프가 우주선을 설계할 때와 같은 엄숙함으로 작품을 선정하고 각호를 다듬어왔던 것이다. 게임은 끝났다─그게 조지가 우리에게 하려는 얘기였다. 이 재수 없는 자식, 방해꾼 녀석. 어째서인지 조지는 순수함을 잃어버렸고, 우리 모두 우리만의 지성소가 실은 그저 창고에 불과하며, 불어오는 태풍에 비해 우리의 높은 목표의식은 방귀만큼의 가치도 없다는 걸 깨닫기 전에는 성이 풀리지 않을 모양이었다.

하지만 하고많은 사람 중에 하필 조지라니. 조지가 이런 변화를 일으킨 건 대체 무엇 때문이었을까? 바람조차 통하지 않는 그 방에서 대체 무엇을 쓰고 있었기에? 어떤 종류의 쓰디쓴 지식을 맞닥뜨렸기에?

좋아, 내가 말했다. 뭐 어때, 젠장. 신자.

그렇게 우리는 결론에 다다랐다. 그렇게 우리의 마지막 잡지는 영원한 안식을 얻었다, 머리에 총알을 맞기는 했지만. 다들 도망치듯 그 방을 떠나고 나만 남았다. 나는 원고를 정리해 후임 편집자에게 전달해주었다. 그는 편집회의가 어떻게 진행되는지 보려고 와 있던 5학년생이었는데 상당히 실망한 듯한 얼굴이었다.

내일 날이 밝자마자 라이스 선생님한테 갖다드려야 돼. 내가 말했다.

알아요.

자정도 지난 늦은 시각이었다. 아침에 소설을 제출해야 했지만 바로 다시 집필에 착수하기에는 마음이 너무 들떠 있어서 나는 퇴짜를 맞은 투고자들에게 그 이유를 설명하는 편지를 쓰며 준비운동을 좀 하기로 했다. 보통 조지가 하는 일이었지만 그 녀석이 자기 임무를 내동댕이쳐버린 건 분명해 보였다.

편집실의 타자기는 누를 때마다 자판이 조금씩 튀어오르고 깡통 소리가 나는 휴대용 타자기였다. 나는 서너 글자를 쓴 뒤 잠시 멈추고 쉬었다. 책장에 학생들의 문학잡지가 가득차 있어 벽은 방음처리를 한 것이나 마찬가지였고, 그나마 꼽히지 못하고 남은 것들은 편집자들의 책상과 파일함 두 개 위에 위태롭게 쌓여 있었다. 마치 무덤 속처럼 고요했다. 앤도버, 밀턴, 돕스 페리, 태프트, 세인트티머시와 세인트폴, 세인트마크, 노팅엄, 힐, 우드베리 포리스트, 마데이라, 포츠머스 수도원, 폭스크로프트, 켄트, 에마 윌러드, 컬버, 대처, 록스버리 라틴, 볼드윈과 로렌스빌, 콥스 아카데미, 파인 아카데미, 포터 아카데미, 페디, 호치키스, 폼프렛, 쇼트, 기타 등등 학교의 〈트루바두르〉가 놓여 있었다.

출판국장으로서 나는 가끔씩 신착 간행물을 철하러 편집실에 들렀다. 보통은 그냥 조지의 책상에 앉아, 이 모든 글의 한가운데에 있다는 사실에 흡족해했을 뿐이지만 말이다. 그러고 보니 이것들은 모두 어떤 글일까? 나는 앤도버의 문학잡지를 꺼내 소설들을 펄럭펄럭 넘겨보았고, 그다음에는 디어필드와 힐에서 온 잡지도 살펴보았다. 몇 문장만 읽어보아도 모든 소설이 비슷하게 보였다. 우리가 싣는 것과 똑같은 글. 매너리즘이 되어버린 실험, 가족과 학교에 대한 환멸어린 묘사. 모두 작가가 얼마나 우월한 인간인가를 보여주기 위해 고안된 것들이었다.

여학생들은 좀 나을까? 나는 콥스 아카데미에서 발행하는 문학잡지인 〈칸티아모〉 한 권을 집어들었다. 오 년 전 과월호였다. 첫번째 소설은 브리지* 파티를 대비해 집을 단장하는 여자의 얄팍함에 관한 것이었다. 이윽고 나는 '여름 무도회'라는 제목의 다음 소설로 넘어갔다. 제목을 읽고 입술에 떠올랐던 능글맞은 웃음은 첫번째 줄을 읽는 순간 사라졌다.

내가 인도에서 담배꽁초를 집어드는 모습을 아무도 보지 못했으면 좋겠다고 생각하면서도 나는 필사적이었고 불안했으며 그 꽁초는 길이도 꽤 길고 괜찮아 보였다. 버스가 오자 꽁초를 버린, 어느 노회한

---

* 카드놀이의 일종.

여자의 립스틱 자국이 묻어 있을 뿐이었다.

　나는 계속 읽어나갔다. 화자는 버스정류장에 서 있다. Y에서 진행되는 타자 교실이 끝나고 집으로 향하는 길이다. 그녀는 기다리면서 그 꽁초를 피운다. 다른 여학생이 그 모습을 보고 대단히 역겨워한다는 게 명백해진 다음에도 말이다. 난 솔직히 상관없다. 화자는 그렇게 말한다. 모르는 사람이니까. 아는 사람이었다면, 혹은 남자애였다면 얘기가 달라졌겠지만. 담배를 피우면서는 어떤 거짓말을 해야 엄마에게 겁을 주어 담뱃값을 뜯어낼 수 있을지 생각한다. 타자 교실에서 또다른 준비물을 가져오라 해서 돈이 필요하다고 할까.

　그녀는 버스를 타고 도시—콜럼버스—를 가로질러, 벽돌로 지은 아파트가 여러 채 있는 동네를 지나 집으로 간다. 어머니의 아파트는 삼층에 있다. 안은 찌는 듯 덥다. 화자의 여동생은 TV를 보고 있고 어머니는 두통 때문에 침실에 누워 있다. 어머니가 화자를 큰 소리로 부르고—여기에서 화자의 이름이 루스라는 게 밝혀진다—루스는 행주에 얼음을 좀 넣어 어둑한 방으로 가져간다. 어머니의 이마에 얼음찜질을 해주며 침대맡에 앉아 몇 가지 다정한 질문을 던지다가 은근슬쩍 타자 교실 준비물에 대한 거짓말로 미끄러져들어간다. 어머니는 한숨을 쉬고 말한다. 그래, 당연히 그래야지. 필요한 만큼 가져가렴. 어머니는 루스의 친구 두 명이 전화를 걸었다는 이야기를 전하면서 부디 약속은 잡지 말라고 부탁한다. 자기가 끔찍할 만큼 아프고, 동생인 나오미도 도와주어야 하니까.

루스는 주방으로 들어가 전화기 옆에 붙여놓은 메모패드를 본다. 첫번째 메모는 루스와 함께 어린 시절을 보낸 소녀가 전화를 걸었다는 내용이다. 루스가 여름방학을 보내러 집에 온 이후 벌써 두번째 전화를 걸어온 것이다. 그 친구에게 전화를 되걸지 않아 죄책감을 느끼기는 하지만 루스는 이번에도 그럴 일은 없을 것임을 이미 알고 있다. 다른 메모지는 캐럴라인 팰런, 그러니까 루스가 장학금을 받고 다니는 기숙학교의 동급생이 전화를 걸었다는 내용이다. 루스는 즉시 그 번호로 전화를 건다.

둘은 얼마나 지루한 시간을 보내고 있는지에 대해 젠체하며 대화한다. 루스는 어머니를 마망*이라 부르며, 어머니의 몸이 안좋다는 얘기를 캐럴라인이 우스워할 만한 방식으로 한다. 캐럴라인은 밤에 컨트리클럽에서 무도회가 열리는데 같이 가겠느냐고 묻는다. 루스가 망설이자 캐럴라인은 늦게 알려줘서 미안하다며, 변명을 하자면 여자가 필요한 상황이라고 말한다.

알았어, 루스가 말한다. 나도 남자가 필요한 상황이니까.

---

* maman, 프랑스어로 '엄마' '어머니'.

조건이 딱 한 가지 있는데. 캐럴라인이 말한다. 멍청한 조건이지만, 어쨌든…… 네 성을 레빈이 아니라 루이스라고 소개해도 될까?*

루이스?

있잖아, 뭐 루이스라든지 로건이라든지, 그런 거. 미안해, 루시. 클럽 규칙이라서.

그렇구나.

토 나와. 차라리 너한테 전화를 걸지 말 걸 그랬나.

아냐, 괜찮아. 아무 문제 없어. 차라리 윈저**라고 할까?

윈저라고! 너 진짜 끝내준다. 아니, 루시 윈저라니!

루스 앤 윈저라고 해.

루스는 어머니와 그날 밤 외출 약속을 두고 다툰다. 루스의 말다툼 솜씨가 하도 교묘해 결국 어머니는 외로워하는 딸을 구슬리느라 병상에서 일어나, 루스가 탐내던 자기 이브닝드레스의 허리 품을 줄여주기까지 한다. 아파트를 떠나며 루스는 탈출했다는 안도감에 너무 흥분한 나머지 잠시 멈추어 숨을 골라야만 한다. 할머니의 병실에서 도망친 것처럼 말이다.

이어지는 무도회 장면—주차장에는 컨버터블 차량들이 있고

---

* 레빈은 유대계, 루이스는 웨일스계 성씨다.
** 영국 왕가의 성씨.

길을 따라 일본식 등불이 무도회장까지 이어진다. 거기에 음악과 남자들. 루스는 자기가 남자들 눈에 띈다는 사실을 알아채는데, 루스의 관심을 사로잡은 이는 공교롭게도 캐럴라인이 눈여겨본 남자다. 그의 이름은 콜슨이다. 콜슨과 그의 친구 개리가 루스와 캐럴라인이 앉은 테이블에 앉는다. 둘 다 잘생겼지만, 개리는 약간 단조롭다면 콜슨은 생각에 잠긴 듯한 표정이고 영리했다. 솔직히 캐럴라인에게는 과할 정도로 영리했다. 콜슨의 관심이 자신에게로 옮겨온다는 것을 느끼는 동시에 루스는 캐럴라인의 마음속에서 조바심이 자라는 것도 느낀다. 루스를 주시하는 듯한, 형태가 없는 불편함. 뭔가 잘못되었다는 느낌이 들 뿐, 캐럴라인은 아직까지 정확히 그게 무슨 느낌인지 알지 못한다. 그러나 일이 지금처럼 진행된다면 곧 알게 될 것이고 루스를 증오하게 될 것이며 두꺼비처럼 내동댕이쳐버릴 것이다.

보통 때라면 루스는 이런 일에 신경쓰지 않았을 것이다. 다른 여자들과의 경쟁을 즐기는 성격이었던데다, 나직한 목소리에 깊은 눈을 가진 이 콜슨이라는 남자를 원했으니까. 지금만 아니었으면, 그게 어떤 상황이었든 간에 콜슨의 관심을 더욱 부추겼을 것이다.

하지만 지금은 보통 때가 아니었다. 기나긴 여름방학이 겨우 시작되는 참이었다. 주차장의 컨버터블 중 한 대는 캐럴라인의 것이었고, 루스는 무더운 아파트에서 캐럴라인이 구조해주기를 기다렸다가 영화관이나 캐럴라인 집에 있는 수영장으로 경쾌한 드라이브를 떠나는 데 벌써부터 익숙해져 있었다. 이번 무도회는 앞으로 열릴 수많은 클럽 무도회 중 첫번째일 뿐이었으며, 루스는 다른 무도회에도 초대받고 싶었다. 캐럴라인이 배신감을 느끼면 더이상 루스를 데리고 다니지 않는 건 물론이고, 루스가 오늘밤 정체를 감추고 이곳에 왔다는 사실을 기필코 콜슨에게 알릴 것이다. 정확히 무엇을 어떻게 가장했는지까지도. 그런 일이 벌어진다면 콜슨이 루스에게 얼마나 관심을 가지겠는가?

펙이나. 루스는 그렇게 생각하고 개리에게 관심을 집중한다. 그러자 개리는 점차 루스에게 흥미를 보이고, 콜슨은 기분이 좋지 않은 듯 물러났다가 다시 캐럴라인과 나른하게 다정한 농담을 주고받는다. 이에 캐럴라인은 반짝이며 생기를 되찾는다. 그러나 루스는 여전히 콜슨을 의식하고 있고, 그가 자기를 의식하고 있다는 것도 안다. 이를 계기로 여름이 끝나기 전에 무슨 일이 벌어질지도 모른다. 루스가 자기 것을 되찾는 계기가 되어줄, 무언가 비밀스러운 일. 지금 이 순간에도 둘 사이에 흐르는 기류가 너무 뻔해서 루스로서는 캐럴라인이 그걸 느끼지 못한다는 게 믿어지지 않을 지경이다. 루스는 자리에서 일어나 개리의 손을 잡고 그를 댄스플로어로 이끈다. 캐럴라인이 루스에게 미소를 지어 보이며 잔을 든다. 좋아…… 쟨 모르고 있어. 다 잘되어가고 있어.

다 잘되어가고 있어. 그게 이 소설의, 제대로 되어가는 일이라곤 하나도 없는 이 소설의 마지막 줄이었다. 나는 다시 처음으로 돌아가 다시, 이번에는 천천히 읽었다. 읽는 내내 마음속 가장 깊은 곳에 감추어누었던 금고가 박살나 열리고, 그 안에 숨겨져 있던 모든 것들이 약탈당해 페이지 위에 흩뿌려진 것 같은 느낌을 받았다. 첫 문장에서부터 나는 나 자신의 얼굴을 정면으로 들여다보게 되었다.

첫눈에도 보이는 평행관계 그 이상이었다. 내가 내 모습을 본 건 순간적이고 별로 극적일 것도 없는, 루스의 인생과 생각하는 습관의 세세한 부분들에서였다. 예를 들면 타자 교실이라든지. Y의 타자 교실에서 여름방학을 보내는 것보다 평범한 일이 뭐가 있겠는가? 지난 여름방학 중 내가 잠시 했던 일이 바로 타자 교실에 다니는 일이었다. 그러나 나는 학교 친구들 중 누구에게도 그 얘기를 하지 않았다. 왜냐하면 그건 전적으로 평범한 일, 멋진 구석이라고는 전혀 없는 일이었으니까. 게다가 타자 교실까지 갈 때 버스를 타다니! 내 소설에 나오는 등장인물 중에는 버스를 타는 사람이 한 명도 없었다.

이 모든 것들은 내가 한 번도 쓴 적이 없는 이야기였다. 진실로 가득한 일기장에서 곧장 튀어나온 것만 같았다. 타자 교실, 버스, 아파트. 모두 내 것이었다. 그 모든 계산과 전략, 옛친구를 버리고 새 친구로 갈아타는 일, 어려운 처지에 있는, 나를 사랑하는 부모를 부끄러운 줄 모르고 조종하는 것이나 부모의 필요뿐 아니라 사랑 그 자체로부터 도망치고자 하는 절박함도 역시 내 것이었다. 도주의 달콤함과 탈출의 경쾌함과 즐거움도. 그리고 특권에 대한 거의 육체적인 끌림, 어떤 대가를 치르더라도 그 곁에 머물고 싶다는 결단도 똑같았다. 아첨과 거짓말, 자기억제, 야망과 욕망을 위장하는 것, 나 자신을 거짓으로 꾸며내서라도 호의를 받아내고 싶었던 상대를 향한, 겁쟁이처럼 천천히 타들어가는 적개심까지도. 그 모든 순간이 진실했다.

어떻게 하면 진실한 글쓰기를 시작할 수 있을까? 나는 첫번째 문장으로 돌아갔다. 내가 인도에서 담배꽁초를 집어드는 모습을 아무도 보지 못했으면 좋겠다고 생각하면서도…… 몸이 저절로 움찔했다. 이건 내가 남들에게 보여주고 싶지 않은 바로 그 모습이었다. 담배를 너무 피우고 싶어서 한 번 이상 해본 행동이지만.

제기랄, 뭐 어때. 이걸 쓸 때의 기분은 어떤지 한번 느껴보자. 나는 새 종이를 타자기에 끼워넣고 한 자 한 자 자판을 쪼아대기 시작했다. 아무도 보지 못했으면 좋겠다고 생각…… 여기에서 자판이 박혀버렸다. 하나씩 떼어냈는데도, 자판은 다시 박혔다. 이 문장은 쓰이고 싶지 않은 듯했다. 하지만 나는 그래도 그 문장을 써냈다. 바로 거기에서 내가, 캐시디 영문학상 수상자이자 미래에 라이어널 트릴링의 제자가 될 내가, 립스틱이 묻은 꽁초를 주우려 인도에 몸을 구부리고 있었다.

나는 어머니가 돌아가신 직후부터 고해성사를 하러 가지 않았다. 어렸을 때도 고해성사는 그저 마지못해서 했고, 의식적으로 보속을 한 적은 한 번도 없었다. 그러나 그 단어들을 적어내려가는 순간 관면을 받은 듯한 직감이 들었다. 그동안 뒤집어쓰고 있던 가식을 벗어냄으로써, 나는 나의 가혹한 주인인 나 자신을 노출시키게 될지도 모른다는 공포를 전복시켰다. 그 한 문장으로 나는 도저히 주워 담을 수 없을 만큼 나 자신을 전부 노출해버렸다. 이제는 계속 나아가는 것 외에 할 수 있는 일이 없었다.

한 단어, 한 단어씩 나는 그 모든 것을 쏟아놓았다. 소설 속 행위와 전략의 틀 속에 있는 인물이 바로 나라는 걸 명백히 밝히고자 루스의 이름을 내 이름으로 바꾸긴 했지만 레빈이라는 성은 그대로 놔두었다. 내 성씨와는 달리 레빈은 오해의 여지가 없는 유대계 성씨였으니까. 나는 배경이 되는 도시를 시애틀로, 캐럴라인을 제임스로 바꾸고 다른 세부사항을 정돈했다. 그렇게 많은 조정은 필요 없었다. 이 소설 속 생각들이 내 생각들이고 이 삶이 바로 내 삶이었다.

오랜 시간이 걸렸다. 타자기는 계속해서 뒤로 물러나려 했고, 타자기가 후퇴를 할 때마다 나는 점점 더 앞으로, 책상 위로 몸을 숙였다. 그러다 결국엔 자세가 너무 불편해져 최면 상태에서 깨어나고 말았다. 그런 다음에는 타자기를 출발선으로 돌려놓은 뒤 자리에서 일어나 잠시 동안 방안을 어슬렁거리며 등을 풀어주다가, 다시 몸을 숙이고 작업에 착수했다.

나는 아침식사 시간을 알리는 종이 치기 직전에 이야기를 완성했다. 소설 전체를 읽어보고 오탈자 몇 개를 고치긴 했지만 그 외에는 고칠 부분이 전혀 없었다. 끝났다. 이 소설을 읽은 사람은 누구든 내 정체를 알게 될 것이었다.

운명이 당신을 수치스러운 눈길로 바라볼 때

어느 날 아침, 식당을 나서는데 램지 선생이 내 팔꿈치를 잡더니 잠깐 얘기 좀 할 수 있겠느냐고 물었다. 그는 기숙사로 돌아가거나 잡일을 하러 가는 아이들의 흐름과 동떨어진 교장의 정원 쪽으로 나를 이끌었다. 램지 선생은 걸어가는 내내 나를 붙잡고 있었는데, 나는 그 손길이 영국인 특유의 비밀을 말하는 방식이라고 생각해 고개를 숙이고 엄숙한 표정을 지었다. 이런 식으로 나만 불려나오다니 이상하다는 생각이 들었다. 일 년 전 램지 선생의 수업에서 좋은 성적을 받기는 했지만 여태껏 나는 그와 거리를 두고 지냈고 그도 마찬가지였으니까.

여기서 보낸 시간이 낭비는 아니었더구나. 램지 선생이 말했다.

나는 램지 선생이 캐시디 영문학상 심사위원 중 한 명이었다는 사실을 알고 있었으므로 그가 셰익스피어 에세이 얘기를 하는 줄로만 알았다. 하지만 감사하다는 말을 하자 램지 선생은 성가시다는 듯한 표정을 지으며 손사래를 쳤다.

에세이 얘기나 하자고 여기 온 게 아니다. 램지 선생이 말했다. 에세이가 없는 세상은 그래도 상상할 수 있어. 물론 조금쯤은 빈약한 세상이 되겠지만, 마치…… 체스가 없는 세상처럼 말이다. 그래도 그런 세상에서는 살 수 있어. 램지 선생은 내 팔꿈치를 놓아주더니 정원을 둘러싸고 있는 나지막한 돌담 옆에 멈춰 섰다. 비쩍 마른, 귀에 잔털이 삐죽삐죽 난 검은색 다람쥐가 돌진하듯 담장으로 올라와 우리를 향해 재잘거리기 시작했다.

하지만 소설은—소설이 없는 세상에서는 살 수 없지.

네. 그렇죠, 선생님.

이야기가 없다면 사람은 자기가 어느 세상 속에 들어와 있는지를 알 수 없게 된단다. 아주 적당한 표현 같지는 않다만. 램지 선생은 정원 너머를 바라보았다. 이야기란 자의식과 관련되어 있어. 램지 선생이 말했다. 나는 신앙이 없는 사람이지만, 자의식이 인간의 타락과 관계되어 있다는 기독교의 설명은 재미있다고 생각한단다. 벌거벗음과 수치심. 무언가로부터 동떨어져 있고 죽을 수밖에 없는 존재라는, 우리 자신에 대한 지식. 낙원으로부터의 추방. 기독교 문화권에 사는 우리는 자의식을 짐이라고 말하지. 실제로도 그렇고. 이때 제기되는 문제는, 자의식을 어떻게 활용해야 추방 상태에서 벗어날 수 있느냐는 거야. 인간은 머나먼 곳에서 본모습을 잃어버리는 성향을 타고난 것처럼 보이지만 말이다, 안 그러냐?

다람쥐가 우리에게서 한 발짝 떨어진 곳으로 다가와 몸을 일으켜세웠다. 먹이를 줄 거라고 기대하는 게 분명했다. 누군가 그 녀석에게 음식 조각을 슬쩍 가져다주곤 했으리라. 아마도 저학년생이, 집과 집에 놓고 온 개를 그리워하면서.

저 다람쥐가 우릴 쓰러뜨리기라도 할 기센데요. 내가 말했다.

머나먼 곳에서 본모습을 잃어버리는 것, 램지 선생이 말을 이었다. 그렇게 생각하면 우리 모두가 뭐라고 짖어대지 않는 게 오히려 놀라울 정도야. 자의식을 자의식에 반하는 방식으로 활용할 방법이 없다면, 그러니까 자의식이 최악의 형태로 발현된 모습인 자아도취나 편집증, 과장 같은 것에 반하는 방법으로 자의식을 활용할 수 없다면 우리는 모두 헛소리나 짖어대게 될 거란 말이지. 우리는 어떻게든 자의식을 우리에게 이로운 방향으로 활용해야 해. 네 소설이 해낸 일이 바로 그거란다. 이 말을 하고 싶었다. 「여름 무도회」라니, 얼마나 놀라운 이야기냐! 순전한 마술 같은 거지. 아니, 아니야. 마술이 아니다. 연금술이지. 자의식의 찌꺼기가 자기인식이라는 황금으로 변했으니까. 이쯤 해두자. 나 때문에 당황한 게 눈에 보이는구나. 하지만 이 말은 해둬야겠다. 이건 너를 위해서가 아니라 내가 하고 싶어서 하는 말이야. 정말이지 뛰어난 글이었다.

나는 램지 선생에게 좋은 말씀을 해주셔서 감사하다고 인사한 뒤 어쩌다 내 소설을 읽게 되었느냐고 물었다. 나는 투고함에 원고를 딱 한 부밖에 제출하지 않았고 그 원고는 다른 원고들과 함께 바로 아이다호로 전달되었으리라 생각했다.

내가 결승작들을 선정했단다. 램지 선생이 말했다. 내가 놀라는 걸 보고 그가 말했다. 솔직히 너도 학생들이 써낸 이야기 전부가 어니스트 헤밍웨이 선생님에게 전달될 거라고 생각한 건 아니겠지? 그랬어? 서른네 편이나 되는 걸 다 보냈을까? 절대 아니지. 내가 그중 가장 나은 작품 세 개를 골라 헤밍웨이 선생님께 보냈단다. 물론 「여름 무도회」의 첫번째 페이지를 읽은 이후로는 세 편 중 한 편을 선정한다는 것도 아무 의미 없는 형식적인 절차라는 생각이 들었지만. 그리고 그 생각이 맞았지.

네?

어니스트 헤밍웨이가 네 소설을 선택했어. 사실 다른 선택의 여지가 없었지. 아까도 말했듯 나는 신을 믿는 사람이 아니지만, 신의 선물, 즉 재능이라고 부를 수밖에 없는 것의 존재는 믿는단다. 네가 원한다면, 준 사람이 없는 선물이라고 할 수 있겠지만,

어쨌거나 선물은 선물이지. 노력해서 얻어낼 필요도 없고, 얻는데 무슨 자격이 필요한 것도 아닌, 아무것도 하지 않아도 주어지는 보상 말이다. 덕망이 높고 성실한 이들에게는 재능 자체가 하나의 추문이지만, 어쩌겠어. 지금 상황에서는 나도 부러운 마음이 든다는 걸 인정해야겠구나.

어니스트 헤밍웨이가 제 소설을 선택했다고요?

내일 교지에 발표되기 전까지는 아무 말도 하지 말아주길 부탁한다. 너를 갑자기, 난데없이 놀라게 하고 싶지 않아서 미리 알려준 거니까. 심호흡이라도 좀 할 시간을 주고 싶었다. 물론 개인적으로 축하도 해주고 싶었고. 내가 한 헤밍웨이 인터뷰와 함께 너의 소설이 실리게 될 거다.

나는 내게 주어진 은총의 하루가 기뻤다. 그날 오후 마지막 수업을 마치고 나는 무단으로 학교를 빠져나와 강을 건넜다. 싱그럽게 쟁기질해둔 들판을 하릴없이 헤매며 근처 언덕 중 가장 높은 곳, 사람들이 윈스턴산이라고 부르는 곳으로 올라갔다. 윈스턴산은 내가 구제불능의 문제아 군단에서 복무하던 시절 흡연자들의 횃대 노릇을 했던 곳인데, 드러나 있는 이판암의 움푹 들어간 곳이며 틈 여기저기에서 그 모든 담배꽁초들이 썩어가는 모습을 보니 지금도 마찬가지인 듯했다.

나는 언덕 꼭대기까지 어슬렁어슬렁 올라갔다. 기진맥진했지만 신경이 잔뜩 곤두선 탓에 앉아 있을 수가 없었다. 수업을 들을 때는 머릿속에서 피가 솟구치는 소리 때문에 거의 귀머거리가 될 지경이었다. 들뜬 기분과 기쁨 때문이기도 했지만 두려움이 쿵쾅대며 고동친 탓이기도 했다. 아무도 없는 방에서 그동안 숨겨왔던 삶을 종이 위에 풀어놓는 것도 나름 고백이라 할 수 있었지만, 그 삶을 방송으로 떠벌리는 건 또다른 문제였으니까.

따뜻한 바람이 언덕을 가로지르며 불어왔고, 그와 함께 공을 좇아다니는 소년들의 고함소리도 희미하게 들려왔다. 학교의 잔디밭과 운동장은 인근의 광활한 진흙투성이 갈색 농장과 대비되어 풍요하고 비현실적인 초록 빛깔을 띠었다. 양안에 나무가 늘어서 있는 강에서는 기다란 보트 두 대가 상류를 향해, 노를 획획 내보이며 경주를 하고 있었다. 예배당은 총안이 뚫려 있는 높다란 종탑과 연달아 늘어선 우승기들 때문에 동화책 속 판화처럼 보였다. 이 높이에서 보면, 어떤 꿈을 꾸던 사람이 이 학교를 지었는지 알 수 있었다. 이 학교는 문학에 대한 선망만으로 지어진 학교가 아니었다. 이 학교를 지은 것은 추문과 싸구려 분쟁, 현대성에 내재된 온갖 부산스러움과 잔꾀라 할 만한 것들이 내는 소음으로부터 동떨어진, 기사도적 세계에 대한 갈망이었다. 그 꿈의 정체를 깨닫는 동시에 나는 그게 얼마나 취약한 꿈인지 역시 감지했다. 하지만 그게 어떻단 말인가? 대담하게도 우리 시대의 취향과 어긋나는 이 학교를 나는 사랑했다. 오히려 그 점 때문에 더 사랑한다고도 할 수 있었다. 졸업까지 아직 한 달이 남았지만 나는 벌써부터 향수에 축축이 젖어들었다. 넓적한 돌 위에 몸을 뻗고 누웠다. 얼굴에 닿는 햇살과 등에 닿는 환한 온기가 나를 잠으로 이끌었다. 그러다가 바람이 서늘해지자 나는 게걸스러운 허기를 느끼며 일어나 학교로 돌아갔다.

교지는 한 달에 두 번 발행됐다. 학교에서는 식당 입구에 교지를 놓아두어 아침식사를 하러 가는 길에 집어갈 수 있게 했고, 교지가 나오는 날에는 식사중에도 신문을 읽을 수 있었다. 아마도 직장생활을 하는 아버지들을 오랫동안 연구한 결과이겠지만, 대부분의 학생들은 간단하게 '신문'이라는 이름이 붙은 교지를 쫙 펼쳐 들고 얼굴을 가리고도, 음식을 높이 쌓아놓은 접시 옆에 교지를 깔끔히 접어놓고 그 위로 몸을 숙이고도, 접시를 한 번 보지 않은 채 깨끗이 먹어치울 수 있었다. 전교생이 내 소설을 읽는 현장에 앉아 있다는 생각만으로도 소름이 돋았지만 그래도 나는 가야 했다. 어니스트 헤밍웨이가 내 소설을 어떻게 생각하는지 알아야만 했으니까.

주방에서 들리는 소리와 그릇이 달그락거리는 소리가 식당의 고요함에 깊이를 더했다. 학생들은 신문을 읽다 말고 눈을 들어 힐끔힐끔 내가 있는 쪽을 훔쳐보았다. 도저히 식사를 할 수 없었던 나는 그냥 커피를 한 잔 따르고서 빈 접시 위로 교지 첫 페이지를 펼쳤다. 「여름 무도회」의 첫 장면이 좌측 삼 단에 걸쳐 실려 있었고, 이후 내용은 내지로 이어졌다. 네번째 단과 마지막 단에는 헤밍웨이와 진행한 전화 인터뷰가 실려 있었고, 그 위에는 우리 미술 선생이 그린 캐리커처가 보였다. 램지 선생은 자기가 던진 질문을 생략함으로써, 헤밍웨이가 독백을 하고 있는 것처럼 보이게 만들었다.

제자분한테 이렇게 전해주십시오. 이건 꽤나 잘 쓴 작품이라고요. 젠장, 엄청 잘 쓴 거죠, 곰곰이 생각해보면. 이 친구는 자기가 무엇에 대해 썼는지 잘 알고 있습니다. 실제로 적어놓은 것보다도 더 잘 알아요. 그건 좋은 일입니다. 언제나 좋은 일이죠. 자기가 잘 아는 걸 깔끔하게 적어내되 양심을 가지고 쓰는 것, 그건 언제나 위험한 일입니다. 이 소설은 양심으로 쓴 이야기예요. 정직하게 쓴 이야기는 언제나 또다른 사람의 양심에도, 나처럼 늙어빠진 노인네한테도 무언가 배울 만한 것을 제공해줍니다. 여기 나오는 인물들은 진짜로 살아 있는 사람들입니다. 제 말은, 지면상에서 진실하게 보인다는 거죠. 아마 다른 방식으로도 진실할 거라고 믿습니다. 정말 그렇다면 그 사람들은 절대 이 친구를 용서하지 않을 겁니다. 내가 장담할 수 있어요. 혹시 이 제자분이 나한테 조언을 구한다면 나는 그 사람들이 모조리 죽을 때까지 기다리라고 말해줄 겁니다.

농담이냐고요? 당연하지요. 물론 농담입니다. 소설 중에서도 꼭 써내야만 하는 소설은 늘 다른 사람들이 작가를 뼛속까지 증오하게 만듭니다. 그러지 못한다면 그 작가는 그저 단어를 생산해내는 기계일 뿐이에요.

조언이라…… 조언은 듣지 마세요, 나 역시 한 번도 들은 적이 없습니다. 그리고 자만하지도 마세요. 작가란 다른 모든 사람들과 똑같은 인간일 뿐입니다, 더 나빴으면 더 나빴죠. 이 소설을 사십 번쯤 다시 썼다고 하던가요? 몇몇 부분은 좀 갖다버려도 괜찮을 것 같은데. 나도 살면서 쓰다가 갖다버리기라면 할 만큼 해봤으니까요. 이 녀석은 자기가 뭘 쓰고 있는지 알아요. 좋은 일입니다. 이제 이 친구는 밖으로 나가서, 또 쓸 게 뭐가 있는지 알아보기만 하면 되는 거예요.

그렇다고 전쟁을 겪어봐야 한다는 건 아닙니다. 선생이 그런 뜻으로 생각했을지 몰라서 하는 소립니다. 전쟁은 관광객이 되어서 참여하는 게 아니에요. 전쟁에 나가면 죽게 되고, 죽은 사람들은 책을 쓰지 않습니다. 사냥도 마찬가지고, 건방진 말을 해도 마찬가집니다. 조이스를 보세요. 주정뱅이예요. 조이스는 책상에만 묶여 있었습니다. 자기가 쓴 작품을 큰 소리로 읽는 걸 좋아했죠, 꽤 부드러운 목소리였습니다. 박쥐만큼이나 눈이 어두웠어요. 언젠가 조이스의 아내가 나한테 뭐라고 했는지 아십니까? 조이스가 사자 사냥을 가야 한다는 거예요. 그러면 작품도 나아질 거라면서, 나더러 조이스를 사자 사냥에 데려가라고 했습니다. 상상이나 갑니까? 제임스 조이스가, 그 눈으로 사자 사냥을요? 지금 생각해보니 한번 해봤어야 했나 싶기도 하군요.

건방진 말을 하지 않도록 조심하십시오. 전쟁에서 죽는 작가보다 건방진 소리를 해대다 죽는 작가가 더 많습니다. 그저 더 오래걸릴 뿐이죠. 실력 좋은 암살자와 싸워볼 생각이라면 확실히 이길 수 있는 실력을 갖추는 게 좋겠죠. 우리 중에는 그 암살자를 이길 수 있는 사람도 있지만 그럴 수 없는 사람도 있어요. 스콧*에게는 가망성이 없었죠, 불쌍하고 물러터진 XXX 같으니. 꼭 여자처럼 말을 했죠. 럼주와 그 예쁜 입과 그 아내라는 인간 사이에 끼어 있는 마당에 스콧한테 무슨 가망성이 있었겠습니까? 하지만 스콧은 술에 취한 채로 글을 쓰지는 않았어요. 빌 포크너처럼은 아니었지. 빌 포크너의 문장을 읽다보면 정확히 어디서 취기가 끼어드

---

* F. 스콧 피츠제럴드(1896~1940).

는지를 알 수 있어요. 한번은 포크너가 나를 겁쟁이라고 불렀습니다. 겁쟁이라니. 벅 랜햄을 시켜서 그 녀석에게 제대로 된 정보를 전해주어야만 했습니다.

건방진 말을 하지 않도록 조심하십시오. 그리고 그 XXX들이 뭐라 하든 신경쓰지 마세요. 나한테도 온갖 소리를 지껄여댔으니까. 빌어먹을. 그놈들은 죽을 거고, 그런 다음에는 죽은 채로 있게 될 거요.

또 뭐가 있을까? 자기가 쓴 글에 대해서는 얘기하지 마십시오. 자기가 쓴 글에 대해 이야기를 하면 건드려서는 안 될 걸 건드리게 되고, 그러면 그게 무너져내려 아무것도 남지 않게 됩니다. 동이 틀 때 일어나서 지독하게 일하도록 하세요. 아내는 계속 자게 내버려둬요, 나중에 그만한 보상이 있을 테니까. 혈압을 조심하고. 책을 읽으세요. 제임스 조이스와 빌 포크너와 이자크 디네센을, 그 아름다운 작가의 글을 읽으세요. 스콧 피츠제럴드도 읽고. 친구들을 꽉 붙들고 있도록 하고요. 지독하게 일하고 어디 다른데 갈 수 있을 만큼 충분히 돈을 벌도록 하세요. 그 XXX 연방수사관 놈들이 잡으러 올 수 없는 어떤 나라로든 가야 하니까요.

친구들과 계속 관계를 유지해야 된다는 말을 했던가요? 친구들과 관계를 유지하세요, 꽉 붙들고 있으란 말입니다. 친구를 잃지 마세요.

모르겠군요. 이게 다인 것 같은데. 오늘의 설교는 이걸로 끝입니다.

일주일만 더 있으면 나는 어니스트 헤밍웨이를 만나, 그와 단둘이 교장의 정원을 걷게 된다. 그가 내 소설을 선택하고 다른 모든 사람들이 읽을 수 있는 공간에서 내 소설을 특별히 언급했다. 나에게는 기쁨 외의 다른 감정을 느낄 핑계가 없었다. 나도 당연히 알았다. 하지만 헤밍웨이의 혈압이나 제임스 조이스의 아내, 피츠제럴드의 예쁜 입, 늦게 자고 일찍 일어나는 게 내 소설과 무슨 상관이 있단 말인가? 나는 어니스트 헤밍웨이의 조언을 원한 게 아니었다. 나는 그의 관심을 원했다.

그래, 헤밍웨이는 내가 엄청나게 잘 썼다고 말했다. 하지만 곰곰이 생각해보면이라는 말 때문에 그 앞에 한 말이 취소되었다. 내가 뭘 쓰는지 알고 썼다는 이야기와 그건 좋은 일이라는 이야기, 진실한 이야기라고 한 부분은 그렇다 쳐도, 또 쓸 게 뭐가 있는지 알아보기만 하면 된다는 얘기를 해서 앞에서 한 칭찬을 망칠 이유는 뭐란 말인가? 이 소설을 읽다보니까 내가 뭘 좀더 알아야 할 것 같다는 생각이 든 건가? 그리고 갖다버리라는 부분은 정확히 어디를 말하는 건가? 예를 들어주었다면 좋았을 것이다, 그런 예를 찾을 수 있다면 말이지만.

제일 좋은 부분은 「여름 무도회」가 양심으로 쓴 이야기, 다른 양심에게 뭔가 배울 것을 제공해주는 이야기라는 부분이었다. 하지만 그렇다면 다음 단계는 명백하게, 이런 식의 이야기를 쓸 때 필요한 용기를 언급하는 것이 되어야 하지 않나? 헤밍웨이라면 알고 있을 수밖에 없었다. 「사병의 고향」과 「어떤 일의 끝」을 쓴 작가로서 헤밍웨이는 소설을 위해, 소설을 살아 있는 것, 진실한 것으로 만들기 위해 자신을 드러내는 게 어떤 기분인지 알고 있을 수밖에 없었다. 그런데 왜 그 점에 대해서는 말하지 않는가?

인터뷰의 형태를 찬찬히 들여다보자 이 질문에 대한 답이 떠올랐다. 헤밍웨이는 분명 내 소설 얘기로 인터뷰를 시작했다. 램지 선생이 질문을 던지는 바람에 선로를 벗어나 온갖 사소한 이야기들을 늘어놓지만 않았다면 계속 내 소설 이야기를 했을 것이다. 지금은 램지 선생이 영악하게도 자기 질문을 삭제해버리는 바람에 헤밍웨이가 턱수염을 술에 담근 채 푸념이나 늘어놓는, 자기만 중요한 늙고 따분한 인간처럼 보이지만 말이다. 이건 헤밍웨이에게나 내게나 온당하지 못한 일이었다. 그래서 나는 분노했다. 잔소리쟁이처럼 편집한 것도 불쾌했다. 『롤리타』를 수호하는 기사를 자처하며 검열과의 적대관계를 공언한 램지 선생이 독순술을 하는 소련의 깡패라도 되듯 녹취록을 끼고 웅크린 채 어니스트 헤밍웨이가 구사한 언어의 내장을 잘라내는 모습이 아른거렸다.

헤밍웨이는 부당한 대접을 받았다. 나도 마찬가지였다. 그러나 헤밍웨이는 곧 우리 학교에 오게 될 것이고, 그때는 아무 방해도 받지 않고 자유롭게 내 소설에 관한 이야기를 나눌 수 있을 것이다. 나는 기다릴 수 있었다.

누군가의 손이 내 어깨를 꽉 잡았다. 라이스 선생이었다. 그는 생각에 잠긴 듯 나를 내려다보며 거의 아플 정도로 손아귀에 힘을 주더니, 살짝 고개를 끄덕인 뒤 놓아주었다. 훌륭하군, 이 친구. 그가 말했다. 인정해줄 만한 감정의 토로였다. 네가 사랑하는 헤밍웨이 선생한테 그걸 알아볼 만한 분별력이 있다니, 자기보다 나은 사람들을 상스럽게 비방한 인물이지만 나도 용서해보도록 노력하마. 노력해보겠다는 거야. 하지만 아마도 실패할 거라는 경고는 미리 해놔야겠지.

멋진데. 식탁 건너편에 앉아 있던 소년이 말했다.

그래, 괜찮더라. 다른 녀석이 말했다. 전부 읽어봤어.

수업을 받으러 가는 길에 조지 켈로그가 나와 합류했다. 처음에 그는 아무 말도 하지 않았다. 우리는 주머니에 손을 찔러넣은 채 신발로 벽돌 보도를 긁어대며 같이 걸었다. 내가 뽑히지 못한 건 실망스러워, 말 안 해도 알겠지만. 조지가 말했다. 하지만 네가 그런 소설을 써낸 건 기쁘다. 솔직히, 네 이름을 못 봤으면 네 소설이 아니라고 생각했을 거야. 그만큼 네가 크게 발전했다는 얘기야. 좋은 소설이야, 아주 좋은 소설. 자랑스럽겠다.

나는 조지에게 고맙다는 인사를 하고, 언젠가 조지의 소설도 읽어보고 싶다고 말했다.

안 읽는 게 나아.

아, 왜 이래.

아니야. 조지가 말했다. 그리고 그게 전부였다.

졸업까지 겨우 몇 주가 남은 상태에서 우리 반 아이들은 서로 가까워지고 있었다. 변화가 눈에 보일 정도였다. 그동안 공들여 유지하던 태연한 태도가 달걀 껍질처럼 금이 가고 부서져갔다. 자기 선택에 의해서든, 우리의 선택에 의해서든 거의 추방당한 사람처럼 지내던 소년들까지도 우리에게 새로이 찾아온 부족적 연대감에 이끌려 내부로 포섭되었다. 비상상황이기도 하고 평범한 일이기도 했다. 우리는 다른 반에서도 비슷한 일이 일어나는 걸 본 적이 있었고, 결국 우리도 같은 일을 겪게 되리라는 얘기를 따분할 만큼 자주 들어서 미리부터 조심하고 있었다. 하지만 그러거나 말거나 결국 그 일은 일어났다. 반에서 원래 차지하고 있던 위치를 잃고 싶지 않았던 나는 당연하게도 「여름 무도회」를 읽은 친구들이 나에 대해 뭐라고 생각할지 두려웠다.

그러나 내가 두려워한 일은 아무것도 일어나지 않았다. 선생들도, 학생들도 조지가 했던 말과 별반 다르지 않은 얘기만 했다. 그건 꾸밈없는 선의와 또다른 무언가, 안도감과 비슷한 무언가였고, 그동안 모두 내게 뭔가 숨기는 구석이 있다는 걸 알고 있었다는 듯한, 이제 내가 모두 털어놓았으니 좀더 편하게 숨을 쉴 수 있겠다는 듯한 기색이었다.

누런 봉투가 내 기숙사 방 문에 기대어 놓여 있었다. 나는 봉투를 집어—책이었다—무게를 가늠해보고 방으로 가지고 들어갔다. 봉투에 휘갈긴 쪽지에는 이건 네가 갖는 게 좋겠다. P. 라고 적혀 있었다.

나는 봉투를 열어 안에 들어 있던 책을 미끄러뜨려 빼냈다. 『우리들의 시대에』 초판본이었다. 무너져내리듯 침대 가장자리에 앉아 표지를 자세히 살펴보았다. 그리 오래지 않아 빌이 문을 열고 들어오더니 한눈에 책을 알아보고 말했다. 퍼셀이야?

나는 고개를 끄덕였다.

전리품은 승자에게 돌아가는 법이지. 여기. 빌이 그렇게 말하며 주머니에서 워터맨 만년필을 꺼내 내 침대에 던졌다.

빌, 뭐하는 거야? 이건 못 받아.

아니, 받을 수 있을 거 같은데. 내 물건이 곧 네 물건이잖아? 빌은 자기 책상으로 가 서랍을 열고 안을 뒤적이며 뭔가를 찾다가 다시 서랍을 쾅 닫고는 창가를 향해 섰다. 책상을 바닥 아래로 밀어버리기라도 할 것처럼 두 손으로 꼭 짚은 채로.

네 소설이 뽑히지 않은 건 유감이야. 내가 말했다. 내 소설이 뽑혀서 기쁘긴 하지만, 네 소설이 뽑히지 않아서 유감스럽기도 해.

너한텐 그 생각밖에 안 나? 그 뭣 같은 어니스트 헤밍웨이 생각? 내 걸 뽑으려고 해도 뽑을 수가 없었어. 나는 아예 내지 않았으니까.

왜?

네가 알 바 아니잖아. 빌은 몸을 돌려 나를 보았다. 유대교 회당에 가본 적 있어?

아니. 뭐, 한 번. 현장학습하러 갔다가.

그런 뜻으로 물어본 거 아니잖아.

그럼, 없어.

너 가톨릭 신자지?

꼭 그런 건 아니야.

가톨릭 애들하고 같이 시내에 가곤 했잖아.

옛날엔 그랬었지. 지금은 안 가, 4학년 이후로는.

그러니까 가톨릭 냉담자로구나. 중요한 건, 네가 가톨릭 교육을 받으면서 컸다는 거야.

그건 맞아.

그러니까 네 소설에 나오는 그 사람이 하는 일을 정작 너는 한 번도 경험해본 적이 없다고 해도 틀린 말은 아니네.

무슨 경험?

알잖아. 너도 알잖아.

무슨 말인지 잘 모르겠는데.

그딴 헛소리는 이제 집어치워. 그럼 그냥 주인공 같은 사람이 처해 있는 상황에 관심이 생겼다는 거야? 그래서 그 사람의 삶이 어떤지 상상해냈다는 얘기냐고? 깡패 같은 놈. 그렇다고 이 상황 자체가 네 것이 되는 건 아니야. 네 상황도 아니고, 네 소설도 아니라고. 이건 내 이야기였어, 이 씨발 거머리 새끼야. 이건 내 이야기라고. 너도 알잖아.

나는 변명을 할 생각이었다, 빌이 나를 거머리라고 부르기 직전까지는. 하지만 이렇게까지 되고 나자 그저 어깨를 으쓱하게 되었다. 나는 말했다. 네 이야기라면 네가 썼어야지.

아―그렇게 간단한 일이다 이거지?

그래. 그렇게 간단한 일이야.

저녁을 먹고 방으로 돌아왔을 때쯤 나는 냉정을 되찾았다. 빌에게 내 입장을 해명할 준비가 되어 있었다. 그런다고 우리가 친구가 되는 건 아니겠지만 최소한 이 이야기가 왜 정말로 내 이야기인지를 빌에게 이해시킬 수는 있었다. 한 시간 정도를 기다렸는데도 빌이 나타나지 않자 나는 도서관에 가서 빌을 찾아봐야겠다고 생각했다.

학생 독서실은 지하실에 있었는데, 그중 다섯 곳은 가장 성적이 높은 6학년 학생들에게 매년 초 상으로 배정되었다. 지하실에는 독립된 입구가 있어 도서관 문이 닫힌 뒤에도 마음대로 드나들 수 있었다. 나는 그 지하실이 마음에 들지 않았다. 공기는 죽은듯했고 정기 간행물이 꽂힌 기다란 책장 여러 개는 노후되어 먼지가 낀 모습 자체만으로도 우울하게 느껴졌다. 그토록 따뜻한 5월의 밤에도 독서실은 텅 빈 것처럼 보였다. 아무 소리도 들리지 않았고 문 밑으로 새어나오는 불빛도 전혀 없었다. 그래도 나는 빌의 독서실 문을 노크했고 이어 손잡이를 돌려보았다.

그러지 말았어야 했다. 그건 내 권한 밖의 일이었고, 빌의 책상에 놓여 있는 노트를 읽는 것도 마찬가지였다. 그런데도 나는 빌의 노트를 독서실에서 꺼냈고, 줄지어 있는 책장 반대쪽 끝에 주저앉아 어둠침침한 노란색 불빛을 받으며 한 장 한 장 넘기기 시작했다. 아무 제목도 없이, 장 구분도, 알아볼 수 있는 어떤 양식도 없이 손글씨로 백여 페이지가 적혀 있었다. 전부라고 할 수는 없지만 나는 거기에 적힌 내용 대부분을, 그 노골성과 비참함에

압도된 채 빌이 아무에게도 그중 한 페이지조차 보여줄 수 없었던 이유를 이해할 만큼은 읽고 말았다.

그 주 금요일 오후 수업이 끝났을 때 한 학생이 내 방으로 찾아와 학생주임실로 가보라고 말했다. 별 생각은 들지 않았다. 헤밍웨이가 다음주에 오기로 되어 있었으니 메이크피스 학생주임이 자기 옛친구를 만나면 어떻게 처신하는 게 좋은지 몇 가지 힌트를 주려는 거라고만 생각했다.

덥고 푹푹 찌는 날씨였다. 우리 6학년생들에게는 안뜰에서 일광욕을 즐길 특권이 있었으므로, 그 시각 잔디는 라디오를 같은 채널에 맞춰놓고 같은 노래를 들으며 그 소리 너머로 서로 소리를 지르고 오일을 발라대는, 털투성이의 창백한 소년들로 북적였다. 나는 동급생 몇 명과 수다를 떠느라 조금 지체하다가 느긋하게 학생주임실로 향했다.

학생주임의 비서 버스크 씨는 가슴이 불뚝 튀어나오고 얼굴에 사마귀가 흩뿌려져 있는 키 작은 여자였다. 내가 도착했을 때 그녀는 사무실 바깥 벽에 기대 복도를 바라보고 있었다. 어디 갔었니? 버스크 씨가 말했다. 다들 기다리신다.

다들이요?

버스크 씨는 메이크피스 학생주임의 사무실 문을 노크했다.

왔습니다. 그렇게 말하더니 뒤로 물러섰다. 들어가렴.

교장이 메이크피스 학생주임의 책상 앞에 서 있었다. 그는 자기 왼쪽에 있는 의자에 앉으라며 내게 손짓을 했다. 내 맞은편에는 의자 세 개가 줄지어 놓여 있고 각각에 램지 선생, 램버트 선생, 학생윤리위원회 회장인 고스라는 소년이 앉아 있었다. 램버트 선생은 우리에게 프랑스어를 가르치는 선생으로, 말쑥한 차림에 파이프 담배를 피우는 파리지앵이었다. 언제나 옷깃이 지나치게 꼭 끼는 것처럼 보이는 사람이었다. 메이크피스 학생주임은 그 자리에 없었다. 창문 한 곳에서 에어컨이 덜덜대는데도 실내는 더웠고 램지 선생의 둥글고 불그레한 얼굴이 꼭 햄처럼 번들거렸다.

자세한 내막은 몰랐지만 그 주에 있었던 프랑스어 기말시험에서 누군가 부정행위를 했다는 소문이 돌고 있었다. 나는 결백했고, 선생들에게 알릴 만한 일을 목격한 적도 없었다.

교장이 책상에 기대더니 내 두 발 사이의 바닥을 응시했다. 그는 내가 들어온 이후로 한 번도 나를 똑바로 보지 않았다. 좋아, 교장이 말했다. 어디 들어보자.

네?

우리한테 들려줄 이야기가 있지 않니? 우리는 들을 준비가 되어 있단다.

아주 간단한 이야기야, 램버트 선생이 말했다. 진실을 말해.

죄송합니다, 내가 말했다. 무슨 말씀이신지 모르겠는데요.

버텨봤자 사태만 더 악화시킬 뿐이야. 고스가 말했다. 목소리가 높고 깡마른 그는 소아마비 때문에 한쪽 다리를 절게 되었다고 했다. 학생회 선거 때 한 표를 던져주기는 했지만 나는 그가 마음에 들지 않았다.

그러니까, 교장이 말했다. 오늘 우리가 여기 모인 이유를 전혀 모르겠다는 거구나. 교장은 그렇게 말하면서도 계속 시선을 바닥에 두고 있었다. 일부러 나를 알은체하지 않는다는 느낌이 들었다. 보통 때는 교장의 빛나는 두 눈에 시선이 갔겠지만 그 눈빛이 없으니 나도 모르게 이마의 혹을 뚫어지게 바라보게 되었다.

솔직히 전혀 모르겠습니다, 선생님.

하! 고스가 말했다.

자, 자. 램버트 선생이 고스에게 말했다. 옹 스 칼므[*].

교장이 책상 너머로 손을 뻗어 종이를 한 장 집어들더니 내게 건넸다. 〈칸티아모〉에 실렸던 「여름 무도회」의 첫번째 페이지를 복사한 것이었다. 제목 아래에는 수전 프리드먼 지음이라고 적혀 있었다. 그 이름이 나를 내팽개쳐버린 듯한 기분이 들었다. 완전

---

[*] On se calme, 프랑스어로 '침착해'.

히 잊고 있었다. 그날 밤, 〈트루바두르〉 편집실에서 「여름 무도회」를 읽은 순간, 그 페이지들 위에 발가벗겨진 내 삶을 본 그 순간부터 내 정신은 수전 프리드먼이라는 이름을 간과해버렸다. 그때 이후로 나는 「여름 무도회」를 다른 누구의 것이 아닌 나의 이야기로 생각해왔다.

지금도 마찬가지였다. 마음속 깊은 곳에서는 그랬다. 손에 증거를 들고 있는데도, 수전 프리드먼이라는 이름의 누군가가 이 소설을 썼다는 걸 알고 있으면서도, 나는 여전히 그 소설이 내 것이라는 생각이 들었다. 머리로 아는 진실과 마음으로 느끼는 진실을 화해시킬 수 없었다. 사실 아무 생각도 나지 않았다. 내 두 눈은 그토록 쓰기 어려웠던 문장, 내가 인도에서 담배꽁초를 집어드는 모습을 아무도 보지 못했으면 좋겠다고 생각하면서도와 그 위에 적힌 이름, 수전 프리드먼 사이를 오갔다.

이제는 우리가 여기 모여 있는 이유를 알겠니? 교장이 물었다.

나는 고개를 끄덕였다.

어떻게 이런 일이 있을 수 있지? 램지 선생이 물었다. 나무라는 기색 없이 그저 의문만 담긴 질문이었다. 감사하는 마음에 대답을 하고자 램지 선생 쪽으로 눈을 돌렸지만 아무 말도 나오지 않았다. 나는 램지 선생을 보고, 그다음에는 내 손에 들린 종이를 보았다. 수전의 이름이 내 이름으로 바뀌기라도 할 것처럼 시선이 다시 이름 쪽으로 향했다.

할말 없어? 램버트 선생이 말했다. 내가 대답하지 않자 그는 어깨를 으쓱하더니 고개를 저었다.

네가 우리 모두의 이름을 더럽혔어. 고스가 말했다.

어쩌다가 우리가 이 문제에 관심을 갖게 됐는지 알려줘야겠구나. 교장이 말했다. 여전히 카펫을 내려다보며, 그는 콥스 아카데미에서 교지 편집 자문을 맡고 있는 교사가 우리 학교의 〈신문〉과 자기네 교지를 교환해 보다가 우연히 「여름 무도회」를 읽게 되었고, 즉시 그 소설이 콥스 아카데미에서 몇 년 전에 엄청난 소요를 일으킨 작품이라는 걸 알아보았다고 설명해주었다. 그 소설 때문에 여학생 둘 사이에 극적인 균열이 생겼고 다른 여학생들은 둘 중 한 명을 골라 편을 들었으며, 그러는 내내 대단히 불쾌한 일들이 많이 있었다는 것이다.

이 이야기를 해주는 이유는 네가 우리 학교에 초래한 피해를 최소한 어렴풋하게라도 알고 있었으면 해서다. 교장이 말했다. 이건 우리 학교만의 문제가 아니야. 너는 우리 모두를 경멸과 조롱의 대상으로 만들었다. 최소한 콥스 아카데미에서는 그렇게 될 테고, 이야기가 새어나가면 그보다 훨씬 큰 영향을 미치겠지. 그런 일이 일어날 가능성은 매우 높고. 작년에 있었던 빌트모어 사건만 가지고도 온 학교 교지들이 아주 축제를 벌였는데, 이 일에

비하면 빌트모어 사건쯤은 아무것도 아니야. 그저 학생이 술에 취했던 사건일 뿐이지. 하지만 이건, 한눈에 봐도 문제이지 않나? 어니스트 헤밍웨이야! 그 이름만으로도 저 인간들에게는 마약이나 마찬가지다.

교장은 말을 멈추고 눈을 감더니 자기 콧등을 꼬집었다.

표절도 나쁘지만, 고스가 말했다. 게다가 여학생 작품이라니? 네가 여자 글을 표절했다니 도저히 믿을 수가 없어.

엄청 잘 쓴 소설이었어, 램지 선생이 말했다. 누가 썼든 간에.

우리 학교 같은 학교는 비판에 약해. 교장이 부드럽게, 혼잣말처럼 말했다. 사람들이 하는 비판에 어느 정도 진실이 담겨 있기도 해. 지나치게 많은 진실이 있지. 허나 우리도 열심히 노력하고 있단다. 뭔가 다른 존재, 존경할 만한 무언가로 거듭나려고 말이지. 그런 노력을 기울이자면 구성원들의 헌신을 최대한으로 끌어내야만 한단다. 헌신 이상의 것, 사랑을 말이야. 모든 일을 가능하게 만드는 건 우리 학교에 대한 졸업생들의 사랑뿐이다. 한데 그 졸업생이 〈타임스〉나 〈글로브〉를 집어들었다가 우리 학교의 이름이 이런 저열하고 뻔뻔하고 어리석은 일과 결부되어 있는 걸 보면 기분이 어떻겠니? 어니스트 헤밍웨이가 우리 학교 학생한테 속아서 골탕을 먹다니?

죄송합니다. 내가 말했다.

네가 어떤 손해를 끼쳤는지 너는 전혀 모르고 있어. 전혀. 지금 여기서―오늘 끼친 손해만 해도 심각하지. 하지만 나중에는 너와 비슷한 학생들, 혹은 나와 비슷한 학생들, 즉 다른 사람의 돈으로 학비를 내는 학생들까지 엄청난 피해를 입게 될 거다.

우리가 너를 그렇게 잘못 대접한 거니? 램버트 선생이 말했다. 이렇게 우리를 무시할 정도로 말이야.

아뇨, 선생님. 절대 아닙니다. 저도 학교를 사랑합니다.

그럼 네 아내랑 자식들만 불쌍한 거네. 고스가 말했다. 아내든 자식이든 생길지는 모르겠지만.

그만하면 됐다. 램지 선생이 말했다.

게다가 어니스트 헤밍웨이에게는 또 뭐라 말을 해야 할지. 교장이 말했다. 이거 큰일났군! 교장이 처음으로 나를 쳐다보았다. 위로, 아래로 찬찬히 뜯어보았다. 정말 할말이 아무것도 없니?

없습니다, 선생님. 죄송하다는 말씀밖에는요.

차라리 잘됐구나. 무슨 말을 해도 우리한테는 아무 소용이 없었을 테니. 아무튼 결국 이렇게 됐구나. 집으로 돌아갈 때 필요한 물건은 램버트 선생님과 램지 선생님이 챙겨주실 거다. 나머지는 따로 부쳐주마. 기차는 다섯시에 출발한다. 네 아버지한테는 이미 알렸다.

1961년 졸업생들은 이 학교 동창생들 중에 최고였어. 고스가 말했다. 그런데 네가 그 이름을 더럽힌 거야.

그만하래도! 램지 선생이 말했다.

고스는 의자에 앉아 몸을 수그렸다.

교장이 말했다. 너도 알겠지만 컬럼비아대학교에는 네가 이곳에서 학업을 마치는 데 실패했고, 너의 성품을 보증해줄 수 없다는 말을 전할 수밖에 없다는 게 내 입장이다. 컬럼비아대학교에서 입학 제안을 철회할 게다.

아.

이해했니? 이 점에 대해서는 혼돈이 없었으면 하는데.

네. 이해했습니다.

바보 같은 녀석. 램버트 선생이 말했다. 그를 보니 눈에 눈물이 어려 있었다.

사 년이나 우리와 함께 생활을 하고서도 이런 짓을 할 수 있었다면, 교장이 말했다. 넌 우리 학교가 어떤 곳인지 전혀 이해하지 못한 거다. 아예 이 학교에 들어온 적이 없다는 말이야. 그러니 그렇게 정리하도록 하자. 너는 이 학교에 아예 입학한 적이 없는 걸로.

그건 너무 심합니다, 교장 선생님. 램지 선생이 말했다.

정말로 그렇게 생각합니까, 램지 선생님?

그렇습니다.

어쩌면 선생님 생각이 맞을지도 모르지요. 어딜 가든 이보다는 잘해내야 한다. 교장이 내게 말했다. 그러고는 방을 가로질러 문밖으로 나섰다.

너도 가라. 지금. 램지 선생이 고스에게 말했다. 고스는 자리에서 일어나 나를 바라보고 있었다.

그냥 행운을 빌어주려던 것뿐이에요. 고스는 나한테 손을 내밀었고 나는 그 손을 맞잡았다. 나 자신에게 구역질이 날 뻔했다. 뭐, 행운을 빈다. 고스가 말했다.

램버트 선생이 고스를 따라 문을 닫고 나갔다.

짐은 여행용 가방 한 개에 꽉 찰 정도로만 챙기고 나머지는 따로 보내주마. 램지 선생이 말했다. 특별히 필요한 물건이 있니?

아뇨, 선생님.

아무것도 없어? 램버트 선생이 말했다.

나는 『우리들의 시대에』 초판본을 챙겨달라고 부탁하고 싶었지만 바로 이 시점에 헤밍웨이 이야기를 꺼내는 건 별로 좋지 않은 생각 같았다. 딱히 생각나는 건 없습니다. 내가 말했다.

버스크 씨한테 체육관 사물함 비밀번호를 알려드리거라. 나중에 우리가 비워주마. 독서실을 배정받았었니?

아뇨.

여기서 기다려라. 램지 선생이 말했다.

모두 떠나버린 자리에 나는 그대로 앉아 있었다. 창문이 닫혀 있는데도 안뜰에서 고함소리와 웃음소리, 희미한 음악소리가 들려왔다. 나는 학생주임실에 들어온 순간부터 그 소리를 의식하고 있었다. 여기서 오가는 말이나 행동과 무관하게 그 소리가 이어진다는 사실도 알아차렸다. 매일매일 나와 함께 살던 소리, 나자신의 맥박만큼이나 일상적이고 무의식적인 그 소리를 나는 이번 면담 내내 날카롭게 의식했다. 그 소리들 때문에 지금 일어나고 있는 일의 현실성에 온전히 집중할 수 없었다. 최악의 악몽을 꾸는 동안에도 우리는 어딘가에서 들려오는 개 짖는 소리와 덜컥거리는 냉장고 모터 소리 덕분에 조금 있으면 깨어나 진짜 삶으로 돌아가리라는 확신을 품는다. 왠지 모르지만 나는 바깥에서 아이들이 야유하고 고함치는 소리를, 나도 모르게, 그런 희망으로 듣곤 했다.

이제는 다르게 들렸다. 아이들의 목소리에 깃든 태평함이 그 자체로 우리 사이에 벌어진 거리를 정의했다. 편안하게 넘쳐흐르는 그 명랑함은 이미 불가능할 만큼 멀어 보였다. 내가 매일 아침 깨어 맞이하던 진짜 인생이 더이상 아니었다. 그저 빛이 바래가는 꿈인 것만 같았다.

셔츠가 완전히 젖어버렸다. 내 몸에서 나는 냄새가 나한테까지 풍겼다. 자리에서 일어나 장님처럼 책장에 꽂힌 책의 제목들을 훑으며 학생주임실 안을 서성이던 나는 책상 위에 놓여 있는 교지 두 부를 발견했다. 「여름 무도회」를 읽기 시작한 그때 문이 열렸다. 나는 도둑처럼 휙 뒤를 돌아보았다. 버스크 씨가 문간에 서 있었다. 괜찮니, 얘야?

무슨 말인지 정확히 알 수가 없었다. 나는 고개를 끄덕였다.

사과주스라도 한 잔 가져다줄까? 시원하고 맛있어.

아뇨, 괜찮습니다.

좀 있으면 돌아오실 거야.

네.

그래. 주스 마시고 싶으면 얘기하고.

버스크 씨가 다시 문을 닫았다. 나는 교지를 접어 재킷 주머니에 넣고 가만히 앉아 기다렸다.

돌아온 건 램지 선생 혼자였다. 내 가방 중 가장 큰 여행가방과 작은 여행가방을 하나 가지고 있었다. 버스크 씨가 내게 서류를 내밀며 서명을 해달라고 부탁했고—뭔지 읽어보진 않았다—그런 다음 우리를 앞세우고 자기 사무실로 향했다. 그녀는 문자 그대로 손을 비틀어 꼬아댔다.

램지 선생이 복도에 멈춰 섰다. 버스크 씨한테 사물함 비밀번

호는 알려드렸니?

아뇨, 아직이요.

그래? 램지 선생이 말했다.

기억하고 있어요. 말은 그렇게 했지만 사실 기억하고 있지 않았다. 기억하고 있는 듯한 표정을 짓는 게 최선이었다.

괜찮아. 버스크 씨가 말했다. 정말이다, 애야. 별 문제 없어. 나중에 보내주면 되니까.

그래, 램지 선생이 말했다. 나중에 보내주마.

램지 선생의 자동차가 학교 건물 뒤에 주차되어 있었다. 테니스 라켓을 든 저학년생 두 명이 우리가 나오는 것을 보고 재빨리 눈을 돌렸다. 물론 우리가 가방을 들고 있었기 때문이다. 램지 선생의 기운 없는 얼굴도 보았을 거고. 내 얼굴은 말할 것도 없겠지만.

좀 미리 가는 거야, 램지 선생이 말했다. 남는 시간을 기차역에서 보내는 편이 너한테 더 좋을 거라고 생각했어. 그러니까, 여기에서 어슬렁거리는 것보단 말이야.

램지 선생은 측면도로를 빠져나가 골목길을 통해 마을을 지났다. 다른 학생들 중에서 내가 떠나는 모습을 본 사람은 아무도 없었다.

들판 위의 공기는 음산하게 빛나는 흰색 아지랑이 같았다. 램지 선생은 눈보라를 향해 차를 몰아가는 사람처럼 천천히, 잔뜩 긴장한 듯 두 손으로 핸들을 잡고 그 너머를 뚫어지게 바라보며 운전했다. 창문이 열려 있어 뒷좌석에 있던 신문이 산들바람에 펄럭였다. 픽업트럭 한 대가 우리 뒤로 바짝 따라붙었다. 몇 번 연속으로 커브를 트는 내내 우리를 따라다니던 그 트럭은 짧게 직선코스가 나오자 위험하게 우리를 추월했는데, 하마터면 다가오던 차를 피하지 못하고 부딪힐 뻔했다.

저기 말이야, 램지 선생이 말했다. 그거, 진짜 『우리들의 시대에』 초판본이냐?

나는 그렇다고 대답했다. 그리고 도저히 참을 수 없어 그 책을 챙겨주었는지 물었다.

양쪽으로 열리는 여행가방 안에 넣어놨다. 꽤 훌륭한 보물이지? 어쩌다 갖게 된 거니?

선물로 받았어요.

그래? 흠, 목숨을 걸고서라도 지키거라. 덕분에 네 자식들이 부자가 될 테니까. 자식이 생긴다면 말이지만. 아무튼. 그 황소 같은 노인네를 어마어마하게 좋아하는 모양이구나?

위대한 작가니까요.

다른 작가들도 있잖니.

20세기에요? 헤밍웨이가 최고죠. 뭐 하나 여쭤봐도 될까요?

그럼.

그분이 하신 말씀을 왜 검열하신 거예요? 그건 옳지 않은 일이 잖아요. 어니스트 헤밍웨이를 검열하다뇨.

아, 삭제한 부분들 말이구나. 졸업생회 때문에 그랬다. 이 학교에서 펴내는 모든 간행물의 최종 판본이 졸업생회에 넘어가거든. 그건 몰랐지? 〈신문〉은 구독자 명단이 아주 길단다. 그중에 어느 산업계의 수장이 있을지도 모르고. 그 사람이 비스킷을 먹다가 사레들리게 할 수는 없잖니. 아무튼 내가 알아서 검열을 좀 했다는 건 인정해야겠구나.

자동차 한 대가 마구 경적을 울리며 우리 옆을 총알처럼 지나갔다. 램지 선생은 환영 인사라도 돌려주듯 경적을 울려댔다.

그래도 이건 기억해두렴. 내가 삭제한 부분은 그냥 내버려뒀어도 자경단의 눈길을 피해갈 수 없었겠지만, 그래서 삭제한 건 아니었어. 이렇게 말해두자꾸나. 내 생각에 헤밍웨이는 이번 세기의 가장 위대한 작가까지는 아닐지 몰라도 정말 훌륭한 작가야. 그리고 그분이 나한테 한 말 중에는 아무 가치가 없는 이야기도 있었단다. 컨디션이 괜찮았다면 헤밍웨이도 그런 말을 하지는 않았을 거야. 그건 확신해. 그런 상태에서 한 말을 공적으로 내보내는 건 불공정하고 비열한 짓으로까지 보였어. 솔직히 말하면 아예 인터뷰를 싣지 말았어야 했던 건 아닌가 싶구나.

선생님한테는 헤밍웨이의 말을 한 단어라도 건드릴 권리가 없어요. 옳지 않다고요.

내가 잘라낸 부분은 어떤 식으로든 잘려나갔을 거야. 하지만 네 말이 무슨 말인지는 확실히 알아들었다.

잘라내신 부분이 제 소설에 관한 거였나요?

수전 프리드먼의 소설을 말하는 거겠지. 아니. 세상에, 아니야. 소설에 대한 이야기만 빼고 모든 말을 다 했어. 대체 뭐에 대한 이야기였는지도 잘 모르겠다. 본인의 불행 이야기라고나 할까. 헤밍웨이는 행복한 사람이 아니었어. '머콤버'에 나오는 상처 입은 사자 같았지. 발톱을 세우고 누구 머리를 물어뜯을까 지켜보는 사자 말이다.

그래도 잘못된 일이었어요. 내가 말했다.

지금은 네가 뭐가 명예에 맞는 일이고 아닌지 나한테 가르쳐 줄 만한 순간이 아닌 듯한데. 그만 잊거라, 좀!

네, 선생님. 나는 그렇게 말하고 들판 쪽으로 눈을 돌렸다.

미안하다. 잠시 묵묵히 운전을 하던 램지 선생이 말했다. 이상한 말이지, 명예라는 단어 말이야. 큰 소리로 말해서는 안 되는 단어야. 그 순간 즉시 배 밑바닥에 고인 물처럼 더러워지거든. 그 점에서는 헤밍웨이가 한 말이 맞지.

우리 학교 명예헌장을 믿지 않으시는 거예요?

그 얘기를 한 건 아닌데. 하지만 그래, 전혀. 학생이 규칙을 어

264

기면 무슨 수를 써서든 즉시 짐을 싸서 내보낸다니. 등짝을 걷어
차서 내보내야 한다면 명예라는 단어는 쓰지 말아야지. 그 단어
가 낭비되는 걸 보는 건 역겨운 일이야.

나는 충격을 받았다. 명예헌장도 없이 어떻게 학교가 굴러갈
수 있을지 상상이 되지 않았고, 나는 그렇다고 말했다.

좋은 규칙을 만들고 학생들이 그 규칙을 지키게 하면 되지. 학
생들의 영혼을 긁어댈 필요는 없어. 명예헌장? 다 가식적인 헛소
리지.

어느새 우리는 시내에 들어와 있었다. 덕분에 램지 선생은 더
욱 천천히 갈 평계를 얻었다. 자동차가 천천히 기어가는 동안 나
는 가게 창문에 비칠 때마다 나타났다가 사라졌다가 다시 나타
나는 내 모습을 지켜보았다. 거리의 몇 안 되는 사람들은 주변
을 흘깃거리며 성마른 표정을 하고 있었으나 내 상황을 모른다
는 이유만으로도 그들에게 감사한 마음이 들었다. 이번 한 번만
은 세상이 넓다는 게 다행스럽게 느껴졌다. 그렇게 생각하자 왠
지 학교를 떠난 이래 계속 마음속을 맴돌던 질문을 던질 용기가
생겼다.

아버지는 뭐라고 하셨어요?

응?

아버지가 뭐라고 하셨냐고요. 그러니까 그 얘기를 듣고……

무슨 말인지 아시잖아요.

아. 믿지 않으시더구나. 교장 선생님한테, 네가 뭐든 부정행위를 한다고 생각한다면 우리가 너를 조금도 모르는 거라고, 너야말로 자기가 아는 사람 중에서 가장 정직한 사람이라고 하셨다.

그렇게 말씀하셨다고요?

내가 알기론 그래. 교장한테 한바탕 쏟아부으셨어. 거짓말쟁이라고 대놓고 욕하는 것 빼고는 다 하셨지.

우리는 기차 시간이 아직 한참 남았을 때 역에 도착했다. 나는 가방을 든 채 승강장에서 기다리고 램지 선생은 매표소로 향했다. 검은 치마를 입고 흰색 보닛을 쓴 늙은 여자가 기찻길을 내려다보려는지 모퉁이 쪽으로 점점 가까이 다가갔다. 내가 앉아 있던 벤치 뒤의 그늘에서는 짐꾼 둘이 카트 옆에 서서 낮은 목소리로 이야기를 나누는 중이었다. 그날의 열기에 혀를 내두르는 듯했다. 그 외에는 승강장에 나 혼자뿐이었다. 이윽고 램지 선생이 대합실에서 표를 사가지고 나왔다.

감사하다는 인사에 램지 선생은 손사래를 쳤다. 좀 있으면 너희 아버지가 청구서를 받게 되실 텐데 뭐. 괜찮다면 같이 기다려주마.

꼭 그러실 필요는 없어요.

램지 선생은 벤치 쪽으로 몸을 숙였다가 눈을 감더니 다시 몸을 뒤로 젖혔다. 햇빛이 그의 얼굴에 가득 쏟아졌다. 눈을 뜨지 않은 채로 램지 선생은 주름진 리넨 재킷 주머니를 뒤져 지탄 담배 한 갑을 꺼내더니, 흔들어서 한 개비를 꺼내고 이제 너는 더이상 우리 학교 학생이 아니라는 식으로 내게 담뱃갑을 내밀었다. 나는 차마 받아들 수 없었다.

메이크피스 학생주임님은 왜 안 계셨던 거예요? 내가 물었다.

램지 선생은 담배를 다시 주머니에 집어넣었다. 그리고 대답이 없었다.

메이크피스 선생님이 학생주임이시잖아요. 왜 직접 저를 쫓아내지 않으신 거죠?

메이크피스 학생주임님은 오늘 아침에 학교를 떠나셨어. 램버트 선생님이 임시로 학생주임직을 맡았지.

아니, 그냥 떠나셨다고요?

처리해야 할 개인적인 용무가 좀 있으신 걸로 안다.

헤밍웨이를 못 보게 되어서 아쉬우시겠네요.

그래, 아마 그러시겠지.

그렇게 우리는 긴 침묵에 빠져들었다. 말을 하지 않아도 신경이 거슬리지 않았다. 램지 선생이 은근히 자기 자랑을 하거나 나를 깔보지 않았던데다가 그해 램지 부인이 계속 빌 화이트와 서로 추파를 던져댔다는 걸 알고 있었기에, 그와 함께 있는 게 나는 편안했다. 빌의 노트를 읽어서 아는 사실이었다. 노트는 전혀 가공되지 않은 열망의 울부짖음이었다. 빌은 굳이 램지 부인의 이름을 바꾸거나 위장하려 들지도 않았다. 사람들이 방안을 혼자 어슬렁거리며 말다툼을 하고 애원을 하고 힐난을 하는 것처럼, 빌은 램지 부인에게 직접 말을 건넸다. 차가워졌다가 마구 솟구쳤다가 격노에 휩싸였다가 괴로워하는 동시에 살인적일 만큼 반복적인 그 페이지들은 다른 사람에게 보여주려고 쓴 것이 아니었다. 그건 오히려 빌이 절대 보여주고 싶지 않은 모습이었을 것이다.

빌은 램지 부인과 나눈 입맞춤 이야기를 썼다. 질질 끈다 싶을 만큼 세부적인 묘사였다. 하지만 그 이상의 이야기는 없었고, 나는 더이상 묘사할 만한 일이 없었던 거라고 생각했다. 뭔가 있었다면 무방비 상태의 그 페이지에 분명히 적어두었을 테니까. 정확히 무슨 일이 있었는지는 몰라도 이 사태가 시작된 계기는 짐작할 수 있었다. 램지 부인이 정기간행물을 철하려고 도서관 지하실에 내려올 때마다 두 사람은 대화를 하고 농담을 나누다가, 쌓여 있는 책 더미 사이에서 충동적으로 입맞춤을 하고 또 했을 것이다. 어쩌면 빌의 독서실에까지 들어가서 했을지도 모른다. 나를 포함해 남학생이라면 한번쯤 품어봤을 환상이 현실로 이루어진 셈이었다. 그러던 어느 날 램지 부인이 그 꿈에서 홀로 깨어나 모든 걸 끝장내버렸지만.

램지 선생도 알고 있을 거라는 의심이 들었다. 그냥 느낌이었다. 하지만 램지 선생이 알든 모르든 상관없었다. 나는 알고 있었으니까. 그리고 어떤 이유에서인지는 몰라도, 그 덕분에 나는 램지 선생 곁에 있는 게 편했다.

승강장이 사람들로 붐비기 시작했다. 흰색 보닛을 쓴 늙은 여자가 우리에게 다가와 표를 보여주며, 자기가 타야 할 기차가 이미 떠나버린 건지 물었다. 나는 나도 같은 기차를 타야 하는데 그 기차는 아직 오지 않았다고 말했다. 잠시 후에 보니 그녀는 또다른 사람에게 표를 보여주고 있었다.

램지 선생이 몸을 앞으로 숙이며 눈을 비볐다. 앞으로 뭘 할 거니? 그가 물었다.

모르겠어요.

당연히 모르겠지. 그래야 마땅한 일이기도 하고. 하지만 너는 어쩌면…… 램지 선생은 말을 멈추었다. 그 생각은 영원히 입 밖으로 나오지 못했다.

기차가 도착하자 램지 선생은 여행가방을 기차에 실어 차량 끝에 있는 선반에 올려주었다. 나는 그를 따라 연결 통로까지 나왔고 우리는 악수를 나누었다.

보면 다들 여기서 한마디하던데. 그가 말했다. 세상이 끝나버

린 건 아니야, 너무 심각하게 생각하지 마라, 어떻게든 길을 뚫을
수 있을 거다…… 내가 아는 대로라면 아마 넌 길을 뚫을 수 없
겠지만. 뭐, 내가 어떻게 알겠니? 램지 선생은 주머니를 가볍게
두드리고 지탄 담뱃갑을 꺼내더니 담배 한 대를 입에 물고 다른
한 대를 내게 권했다. 내가 망설이자 그는 담뱃갑을 내 셔츠 주머
니에 넣어주고 승강장으로 내려 걸어갔다. 기다란 땀자국 두 줄
이 램지 선생의 재킷 등을 어둡게 물들이고 있었다. 그가 떠나는
모습을 볼 수 있어 기뻤다. 기차가 출발할 때까지는 아직도 몇 분
이 남아 있었고, 램지 선생이 밖에서 지키고 서서 창문 너머로 나
를 주시하다가 언제든 눈이 마주치면 슬픈 듯 조금씩 고개를 끄
덕일까봐 걱정스러웠으니까.

시들어버린 듯한 표정의 승객들이 줄지어 객차로 들어서며 나
를 밀쳐댔다. 움직일 시간이었다. 나는 전면을 향해 있는 창가 자
리까지 길을 뚫고 나와, 작은 여행가방으로 자리를 맡아두었다.
양쪽으로 열리는, 램지 선생이 말했던 바로 그 여행가방에서 『우
리들의 시대에』를 꺼내들고 나는 흡연 칸으로 향했다.

책에 실릴 만한 사건

나는 집으로 가지 않았다. 대신 뉴욕에서 내려 남은 푯값을 환불받은 다음 Y에 방을 잡았다. 〈타임스〉는 나 정도의 자격을 갖춘 기자를 고용하지 않았다. 다른 언론사들도 마찬가지였다. 심지어 원고 심부름이나 하는 잡일꾼으로도 써주지 않으려 했다. 결국은 타임스스퀘어 근처에 있는, 관광객들이 드나드는 싸구려 레스토랑에서 식탁 치우는 일을 구하게 되었다. 근처에 있는 수석 종업원의 아파트 침실 반 개가 딸려나오는 직장이었다. 그 아파트에는 이미 다른 종업원 두 명이 거실에 놓인 이층침대에서 생활하고 있었다. 수석 종업원을 포함해 세 사람은 모두 에콰도르 출신이었다. 그들은 영어를 잘하지 못했고 나는 스페인어를 전혀 할 줄 몰랐으므로, 그들은 주로 나를 없는 셈 치고 행동했다. 나도 마찬가지였다.

어니스트 헤밍웨이가 자살했을 당시의 내 직업이 바로 그것이었다. 헤밍웨이는 우리 학교에 방문하지 않았다. 여행을 할 수 없을 정도로 아팠다고 했다. 이후 나는 피에르호텔에서 룸서비스 종업원으로 일했고, 레스토랑 종업원, 액자 제조공으로, 또 잠깐 동안은 브링크스 보안회사의 보안요원으로 일했다. 이후 그보다 더 짧은 기간 동안 배관공 조수 노릇을 하다가 다시 종업원 일자리를 잡았다. 유행에 밝다고 자처하는 관광객용 잡지에 뭘 잘 아는 체하는 글을 몇 편 써주었지만 그 잡지사는 곧 문을 닫고 말았다. 나는 대여섯 번 직장을 옮겼고 술을 많이 마셨다. 좋은 친구 여러 명을 사귀었고 여자도 한 명 사귀었는데, 그 여자에게 있는 힘껏 불성실했다. 책을 많이 읽었고 뉴스쿨*의 공개강좌를 신청했다가 전부 취소하기도 했다. 이런 일을 거의 삼 년 동안 반복하다가 나는 군대에 지원했고 결국 베트남에 가게 되었다.

위의 이야기가 어떤 작가의 전기처럼 보인다면 그것도 우연은 아니다. 나조차 살아가는 내내 그 인생이 기록된, 어느 책의 뒤표지를 그려보곤 했으니까. 그러나 그 오랜 세월 동안 실제로 글이라고 할 만한 건 거의 쓰지 못했다. 어쩌면 이렇게 되는대로 살

---

* 뉴욕 맨해튼의 비영리 연구 대학.

아나가는 인생을 정당화할 만큼 좋은 작품은 써내지 못하리라는 두려움 때문인지도 몰랐다. 또한 되는대로 살아나가는 것 자체가 목표가 되어, 규율이 잡힌 창조에 필요한 공간이 별로 남지 않았기 때문이기도 했다.

뒤표지의 작가 소개가 좀더 진실에 가까웠다면, 거기에는 작가가 엄청나게 허둥댄 끝에 결국 대학에 갔고 자신이 한때 경멸했던 일벌들처럼 열심히 공부했으며 합리적인 생활을 하고 방안에 혼자 있는 법을 알게 되었고 이것저것 내다버리는 방법도 배웠으며 한번 씹기 시작한 뼈다귀는 쪼개질 때까지 계속 물어뜯는 법을 알게 되었다는 내용이 담겼을 것이다. 작가로서 무법자보다는 은행원처럼 살았으며 그가 느끼는 가장 큰 즐거움은 가족에게서 오는 것이었다고도 적혀 있었을 것이다―아내가 정원을 돌보며 부르는 노랫소리를 듣는 일과 파티가 끝난 후 아내의 드레스 지퍼를 내리는 일, 평소에는 누구보다 점잖은 그의 아이가 그의 말을 듣고 웃는 모습을 보는 일이 가장 큰 즐거움이었다고. 아버지가 돌아가시기 전까지 나누었던 짧은 우정의 세월도 들어갔으리라. 아버지는 단 한 번도, 자기 아들이 뭐든 용서받아야만 하는 짓을 저질렀음을 인정하지 않았다.

매우 지루한 전기가 될 것이다. 별다른 의미도 없을 테고, 그저 우연을 나열했을 뿐 모범적이라 할 수 없는 내용이다. 사실 모범적인 작가의 삶 같은 건 없다. 술통이 바닥날 때까지 술을 마시며 좋은 작품을 써내는 작가들이 있다는 것도 사실이다. 일반적으로 무법자들은 은행원들만큼이나 글을 잘 쓴다, 그렇게 쓸 수 있는 기간이 짧기는 하지만. 어떤 작가들은 시민인 척 몸을 숨긴 채 잡초처럼 기회를 잡아 번성하고, 다른 작가들은 저마다의 사막에서 어려움을 참고 견디며 같은 일을 해낸다.

글을 만들어내는 삶은 글로 적을 만한 삶이 아니다. 작가의 삶이란 작가 자신도 모르게 이어지는 인생이고, 정신이 하는 일과 거기서 나는 모든 소음으로 덮여 있는 인생이며, 불조차 밝히지 않은 수직 통로, 유령들이 저마다 메시지를 가지고 분투하며 우리를 향해 오다가 서로를 죽이고 마는 그 수직 통로 저 깊은 곳에서 벌어지는 인생이다. 어쩌다 그 유령 중 몇몇이 살아남아 작가의 관심이 미치는 곳까지 뚫고 나오면, 작가는 그 유령을 커피를 더 채워주러 오는 종업원처럼 덤덤히 맞이하는 것이다.

어쩌다가 왜 작가가 되었는지, 혹은 작가가 된 순간이 언제였는지 말하는 건, 나는 그때 작가가 되었습니다, 라고 진실되게 말하는 건 불가능한 일이다. 무슨 이야기를 하든 그런 이야기는 후에 꽤나 진정성 있는 방식으로 꿰맞춰지기 마련이며, 그게 여러 차례 반복되고 나면 그 이야기에 기억이라는 배지가 붙어 다른 방향의 탐사로는 모두 가로막히게 된다. 그런 이야기를 하려면 일단 변명이 좀 필요하다. 그게 효율적이라는 것, 심지어 동종요법으로 활용할 만한 진실 한 방울이 될 수도 있다는 것 정도면 변명이 될지 모르겠다.

내가 작가가 된 순간은 다음과 같다.

1965년 가을, 나는 메릴랜드에 있는 포트홀로버드의 훈련에 참여하라는 명령을 받았다. 포트브래그를 떠나며 그간 머물던 간이 숙소를 정리하다가 나는 퇴학당하던 날 학생주임실에서 가져온 〈신문〉 한 부를 발견했다. 이층 침대에 누워 몇 년 만에 처음으로 그 소설을 읽었다. 꽤 괜찮은 소설이라는 생각은 들었으나 더는 그게 누구의 소설인지, 혹은 헤밍웨이가 축복했던 재능이 누구의 것인지 혼동되지 않았다. 내가 헤밍웨이에게 들었던 이야기는 사실 수전 프리드먼이 들었어야 하는 이야기라는 생각이 들었다. 최소한 내 선에서라도, 조금이라도 일을 바로잡고자 나는 짧은 사과 편지를 쓴 다음 〈신문〉과 동봉해, 콥스 아카데미 동창회 사무실 전교轉交로 그녀에게 보냈다.

그럼 그렇지, 수전 프리드먼이 답장을 보내왔다. 모방이 아닌 표절은 가장 진정성 있는 형태의 아첨이지요. 수전은 그렇게 쓰고 나서, 표절에 그치지 않고 한 발 더 나아가 자기 작품을 어니스트 헤밍웨이에게 보여주는 극찬을 해주다니 고맙다는 인사를 전했다. 가슴에 털이 숭숭 난 그 늙은이가 마음에 들어했다는 말이잖아요! 콥스 아카데미에서는 누구도, 넌지시라도 수전에게 탁월한 솜씨를 가졌다는 이야기를 해주지 않았다. 그게 엄청 놀랄 일은 아니라고, 그녀는 수수께끼처럼 덧붙였다. 수전은 이 모든 일이 환상적인 장난처럼 느껴진다며 자기를 끼워줘서 다시 한번 고맙다고 했다.

그리고 추신으로 이렇게 덧붙였다. 주인공 이름은 그쪽 실제 이름으로 바꿨으면서 레빈이라는 성은 그대로 남겨두셨던데, 재미있는 변형이네요.

답장을 요구하는 것처럼 보이는 구절이었다. 보낸 이의 주소가 워싱턴 D.C.로 한 시간 거리도 채 되지 않는 곳이었으므로 직접 대답을 전하는 것도 나쁘지 않을 것 같았다. 며칠 동안 나는 답장으로 무슨 말을 써야 할지 고민하느라 골머리를 썩였고, 수전 프리드먼이 저녁식사 초대에 응하도록 할 만한 적절한 어조, 그러니까 재치는 있으되 경박하지 않은 어조를 찾으려 노력했다. 제가 진 빚을 부분 상환하려고 합니다. 나는 이렇게 표현했다. 편지를 부치고 한 시간도 되지 않아 그 유치함에 온몸이 뒤틀리는 것 같았다. 수전이 아예 답장조차 보내지 않을 거라고 생각했다. 하지만 그녀는 답장을 보냈다. 밤에 시간을 내기는 어렵지만 언제 한번 점심을 같이 먹는 건 괜찮을 것 같다고 했다. 가볍게 초대를 거절하는 것처럼 들리는 말이었다. 단 하나, 자기 전화번호를 넣어서 보냈다는 점만 제외하면 말이다.

우리는 위스콘신 애비뉴에 있는 이탈리아 레스토랑에서 만나기로 했다. 나는 조금 일찍 도착하고 수전은 늦었으므로, 내게는 한 주 내내 그랬듯 득의양양한 마음에서 절망으로 이행할 시간이 충분히 주어졌다. 그 상황에서 나는 대체 뭘 바랐던 걸까? 나는 아무것도 바라지 않는 척하려고 했다. 그냥 맛있게 점심을 먹고 재미있는 대화나 좀 나누자는 것뿐이라고. 하지만 나 자신을 속일 수는 없었다. 이번 만남이 중차대하게 느껴졌다. 우연히 그녀의 소설을 읽은 순간부터 방황하며 빠져들게 된 미로의 의미를 밝혀줄 어떤 잠재력이 이번 만남에 깃들어 있었다. 만약, 어리석은 가정이라는 건 알고 있지만, 그냥 만약에, 우리 두 사람이 사랑에 빠져 인생을 함께한다고 해보자. 그러면 나를 「여름 무도회」로 이끌었던 힘은 불운 이상의 무언가가 되고, 그 이후에 내가 겪은 모든 혼란은 대단히 복잡하고도 아름다운 이야기의 정교한 아라베스크로 밝혀지게 된다.

현실에 발을 딛고 있어야 한다는 점도, 여자들이 없는 곳에 고립되어 있다는 현재의 상황 때문에 어쩔 수 없이 제멋대로 공상을 하기 쉽다는 점도 나는 알고 있었다. 하지만 우리에게는 벌써부터 공통점이 아주 많았다. 말하자면 같은 소설을 공유하고 있지 않은가. 점심 약속을 잡으려고 전화를 걸었을 때 나는 그녀의 목소리가 마음에 들었다. 서늘하고 나직한, 잡힐락 말락 놀리는 듯한 목소리였다. 대화를 하는 중에 그녀가 이따금 웃기라도 하면 나는 유쾌하게 허둥거리며 따라 웃었다. 둘 다 말로는 전할 수 없는 무언가를 이해하고 있는 듯했다.

그녀는 매우 늦었다. 나는 맥주잔을 들고 점심 메뉴를 살펴보았다. 이토록 붐비고 햇빛이 잘 들면서 식탁보는 눈처럼 하얗고 은제 식기는 무거운데다 검은 조끼를 차려입은 진짜 이탈리아인 종업원들이 있는 장소치고는 놀랄 만큼 싼 가격이었다. 수전이 내 돈을 아껴주려고 이런 곳을 권했다는 생각이 들었다. 기쁘기도 했지만 동시에 무시하는 건 아닌지 의심이 들기도 했다. 이따금 담당 종업원이 나를 힐긋거렸고 나는 그 눈빛이 괴로웠다. 종업원은 젊었고 수탉처럼 오만했다. 그가 지금 무슨 생각을 하는지 나는 알 수 있었다. 누군가 나를 바람맞혔고, 내가 머잖아 그 사실을 인정하고서 뭐든 주문을 하거나 그만 자리를 떠날 거라는 생각. 하지만 나는 버텨냈다. 마침내 그녀가 장갑을 벗으며 내쪽으로 오고 있었다. 수전은 약간 홈이 팬 턱에 검고 곧은 머리를 구식 단발로 잘랐고 검은색 코트에 약속대로 빨간 스카프를 두른 차림이었다. 피부색은 밝았다. 화창한 11월 낮의 상쾌함을 함께 가져온 것 같았다. 그녀는 종업원에게 코트와 스카프를 건넸고 우리는 악수를 하고 함께 앉았다.

내 예상과 달리 수전은 늦은 데 대한 변명을 하지 않고 핸드백에 손을 넣어 러키 담배 한 갑을 꺼냈다. 책에 실릴 만한 사건이네요. 그녀는 그렇게 말하고 웃었다. 내 소설을 표절한 사람과 점심을 먹게 되다니.

나는 담뱃불을 붙여주었다. 수전이 내 손목을 잡아서 숨이 멎을 듯했지만 그녀는 그냥 라이터를 보려는 것뿐이었다. 수전은 라이터를 뒤집어보고 눈을 가늘게 떠 옆면의 부대 마크를 살펴보더니 핸드백에서 안경을 꺼내 쓰고 다시 자세히 살펴보았다. 그녀에게는 무성영화에 나오는 소녀들처럼 부드럽고 통통한, 귀여운 구석이 있었다. 투박하고 검은 안경테에도 그 귀여움이 덜해지지 않았다. 오히려 더 생생해질 뿐이었고, 아마 그녀도 알고 있었을 것이다. 흠. 수전은 그렇게 말하더니 라이터를 돌려주고, 뭔가 골똘히 살피는 듯한 그 눈길을 내게로 돌렸다. 나는 그녀가 사시라는 걸 알아차렸다.

내가 생각했던 거랑 완전히 딴판으로 생기셨네요. 그녀가 말했다.

그쪽도요. 나도 그렇게 말했다. 복수심에서 한 말이었지만 사실이기도 했다. 나는 수전이 좀더 날씬하고 날카롭고 약간 늑대

같은 사람일 거라 생각했었다.

뭘 기대하고 나오셨는지는 묻지 않을게요. 그녀가 말했다.

그럼 저도요.

머리는 그렇게 깎으라고 해서 깎은 거예요?

네, 하지만 예전에 하고 다니던 머리 스타일하고 많이 다르지는 않아요.

괜찮네요, 그녀가 말했다. 남자들이 긴 머리를 하고 다니는 건 싫어해서.

수전은 내가 어느 부대에서 복무했는지, 군대에는 왜 들어갔는지 물었다. 나는 엉뚱한 대답을 할까봐 말을 골라가며 대답했다. 내 신중함 때문에 그녀는 지루해했다. 내가 말을 흐리자 그녀는 메뉴 쪽을 힐긋 보았다.

그때 내가 말했다. 해야만 하는 일이라고 생각했어요.

주님과 국가를 위해서 말이죠? 그녀가 눈길을 여전히 메뉴에 둔 채로 말했다.

아뇨. 저 자신에게 걸었던 기대가 있어서 그랬습니다. 군대에 가지 않는다면 어떤 토대를 잃어버릴 것 같은 기분이 항상 들었거든요.

저는 참치 샐러드 먹을게요. 수전은 메뉴판을 내려놓고 나를 바라보았다. 왜 그런 기대를 갖게 됐다고 생각해요?

나도 정확히는 모르겠다고 말하자 수전이 웃었다. 정확히 모르겠다니. 글쎄, 난 알 것 같은데.

그러나 뭘 아느냐고 묻자 그녀는 남동생의 머리 한참 위쪽, 손이 닿을락 말락 한 거리에 뭔가를 들고 있는 큰누나처럼 미소만 짓고 대답하지 않았다.

그런 식이었다. 내게는 아무 가능성이 없었다. 수전은 나보다 다섯 살 많았다. 나이 자체에 꼭 무슨 의미가 있는 건 아니지만 그 오 년 동안 수전이 했던 일들이 그 시간을 의미 있는 것으로 만들어버렸다. 수전은 콥스 아카데미에서 웰즐리 칼리지까지 무임승차를 했으나 어머니가 암 진단을 받는 바람에 한 학기를 다닌 뒤 자퇴했다. 이 년 후 어머니가 돌아가실 때까지 어머니와 여동생을 돌보았고, 그다음에는 학위과정을 밟는 동시에 이런저런 일을 했다. 웰즐리 칼리지로 돌아가지는 않았다. 동생과 더 가까운 곳에 있고 싶어서 오하이오주립대에 진학했다. 지금은 조지타운 의대 2학년이었다. 나는 그녀가 비범한 사람이라는 걸 알 수 있었다. 내가 그녀에게 해줄 수 있는 일은 한 시간가량 즐거운 대화 상대가 되어주는 것뿐이라는 것도. 희망으로 인한 긴장감이 더이상 느껴지지 않자 오히려 일이 쉽게 풀렸다.

점심을 먹으며 우리는 학창시절에 대해 이야기했다. 수전은 콥스 아카데미를 혹평한 만큼 내가 다닌 학교에 대해서도 가혹

했다. 두 학교의 합동 콘서트며 무도회 때문에 우리 학교에 대해 잘 기억하고 있다고 했다. 남학생들이 만난 지 몇 초도 되지 않아 자기가 얼마나 중요한 인물인지 넌지시 흘려대던 일이며, 친구와 가본 파티는 어디냐, 방학은 어디서 보냈느냐 하는, 달라지지도 않는 뻔한 질문의 행렬을 통해 수전의 지위를 삼각측량하려 했던 일, 수전에게는 어떤 선택권도 없다는 듯 자신의 존재를 강요하다가 수전이 거절하면 오히려 드디어 자기가 수전을 떨쳐냈다는 듯 다른 아이들과 신호를 주고받던 그 남학생들 이야기. 그러느라 소년들은 가끔 수전을 댄스플로어에 버려두기까지 했다. 그녀 역시 생각이라는 걸 할 줄 알고 심지어 말도 할 줄 안다는 사실을 결코 알아채지 않으려던 그 고집. 뻔히 보이는 계략과 역겨울 정도의 자신감.

수전은 내가 자기 소설을 무분별하게 도용한 것이 담쟁이덩굴로 뒤덮인 그놈의 종마 농장에게나 그녀가 신랄한 어조로 '아빠'라고 부른 헤밍웨이에게, 또한 문학을 투우나 권투 같은, 어마어마한 남근중심주의적 사업의 일종으로 보는 시각에 찬물을 끼얹는 괜찮은 농담이라고 생각했다. 이름과 대명사만 몇 개 바꿨는데도 우리 '아빠'부터, 비할 데 없는 남근 감별사께서—왜 그런 표정을 지어요? 내가 『파리는 날마다 축제』도 안 읽어봤을까봐?—우리 '아빠'조차도 그게 남자가 쓴 소설인지, 여자가 쓴 소설인지 알아볼 수 없었다는 얘기 아네요. 최고위급 남성성 결정권자치고는 너무하잖아. 엉터리를 감지해내는 능력은 말할 것도 없고! 우리가 다닌 학교들이 자신들의 기이한 존재를 정당화했던 차이, 이른바 성별이라는 기본적인 차이를 봐서도 견디기 어려운 일이죠.

아주 끝내주는 장난이었어요. 수전이 말했다. 근데 어쩌다가 그런 생각을 해냈어요?

그래서 나는 궁지에 빠지고 말았다. 나는 수전이 어떤 호기심 때문에 이번 점심식사 초대에 응하게 되었든, 그 호기심이란 이 모든 전복이 고의였다는 그녀의 믿음에 기인했다는 걸 비로소 알게 되었다. 나는 헤밍웨이도, 우리 학교도 사랑합니다. 그 둘을 바보로 만들어야겠다는 생각은 한 번도 해본 적이 없어요. 이런 얘기를 하면 수전은 무슨 생각을 할까? 수전과 나, 우리 두 사람을 서로 구분할 수 없었던 건 어니스트 헤밍웨이만이 아니고 나도 마찬가지였다는 걸 어떻게 설명할 수 있을까?

내 이야기는 너무 복잡하고 거의 개연성도 없는 이야기였다. 이 모든 전복이 의도적이었다는 수전의 이야기보다 더 그랬다. 게다가 수전은 자기 해석에 격렬한 애착을 보이는 것 같았다, 나 따위가 결코 도발해서는 안 될 정도로. 나는 겸손하게 어깨나 한 번 으쓱하고 모든 것을 그냥 내버려두었다.

실명을 쓰셨던데. 수전이 말했다. 영리했어요. 그렇게 하면 사람들이 무조건 작가를 믿고 시키는 대로 하게 되죠. 그래도 레빈이라는 성은 놔두셨더군요. 이야기가 진행되게 하려면 유대계 이름이 필요했겠다는 생각은 들지만, 그래도요. 유대인은 아니죠?

잘 물어보셨습니다. 내가 말했다. 그 답은 유대인이라는 단어에 어떤 뜻을 담고 계시느냐에 따라 달라져요. 그렇게 나는 일말의 진실이라도 말할 준비를 갖추었으나 수전은 웃음으로 내 말을 잘라버렸다.

저기요, 유대인이라는 단어에 어떤 뜻을 담느냐에 따라 달라진다면 그쪽은 유대인이 아닌 거예요. 그녀는 몸을 돌려 종업원에게 손짓을 했다. 미안해요, 애그니스랑 특별한 데이트가 예정되어 있어서요. 그녀는 내 얼굴을 보고 다시 한번 웃었다. 커대버* 말하는 거예요.

아.

어쨌거나, 제 형편없는 노력의 소산을 그렇게 잘 활용해주시다니 아주 으쓱한걸요.

형편없는 노력이 아닙니다. 좋은 소설이었어요.

아뇨. 불행과 악의에 시달리던 와중에 그럴싸하게 써본, 연습

---

* 해부용 시신.

용 소품 같은 거죠. 그게 다예요.

그냥 그럴싸하게 쓴 게 아니던데요. 용감하고 정직했어요.

그게 정직한 글인지 어떻게 알아요?

나는 그녀를 바라보았다.

처음부터 끝까지 사기를 친 게 아니라고 어떻게 확신하나요?

모른다고 할 수밖에 없겠네요.

종업원이 영수증을 가지고 와 수전에게 주었다. 내 쪽으로는 아예 눈길도 주지 않았다. 이러지 마세요, 내가 말했다. 이건 제가 사는 겁니다.

수전은 지폐 몇 장을 세어 테이블에 올려놓았다. 군인한테 힘이 되어줘야죠. 손을 뻗어 내 손을 꽉 잡은 걸 보니, 그녀도 내가 느낀 치욕감을 감지한 게 분명했다. 다음번엔 그쪽이 사면 되잖아요, 그녀가 말했다. 다음번 식사가 없으리라는 걸 나는 알고 있지만. 솔직하게 말해봐요, 정말로 그 소설이 마음에 들었어요?

아주 훌륭했습니다. 그쪽이 쓴 거라면 전 뭐든지 읽을 거예요.

읽을 게 아무것도 없는데.

글 안 쓰세요?

안 쓴 지 몇 년 됐죠.

슬픈 일인데요.

전혀 아니에요.

뭐, 저는 슬프다고요.

잘 헤쳐나가실 거예요. 그녀는 자리에서 일어났고 나도 함께 일어났다. 종업원은 수전이 코트 입는 것을 도와주더니 그녀가 밀레 그라치에* 하고 말하자 그저 기분좋은 소리만 냈다. 우리는 밖으로 나가 레스토랑 앞에 잠시 멈추었다. 수전이 나를 한 번 끌어안았다. 몸조심해요. 그녀가 말했다.

그 소설, 가짜인가요?

얼른 가봐야 돼요. 그녀가 말했다.

글 계속 쓰세요.

음, 그러고 싶지 않아요. 너무 경박한 일이니까. 내 말 무슨 뜻인지 알죠? 글을 쓰면 세상과 분리되고, 이기적으로 변하고 정말이지 좋을 게 하나도 없어요.

그 말은 정말로 큰 충격이었다. 인간은 불경함을 보고 움츠러들 때에야 비로소 자기가 신성하게 여기는 게 무엇인지 알게 되는 법이다. 자기 재능을 아무렇지 않게 내버린 수전이 발휘한 게 바로 그런 힘이었다. 수전은 내가 뭔가 말하려 한다는 걸 알아차렸다. 그냥 하찮은 계집의 소견일 뿐이죠. 그녀는 그렇게 말하더니 손가락을 까닥여 보이고 거리로 떠났다.

---

* mille grazie, 이탈리아어로 '대단히 감사합니다'.

나는 M 스트리트에 있는 술집 몇 곳을 드나들며 수전에게 들려줄 대답을 생각해냈다. 그날 밤 병영으로 돌아갈 때쯤 수전의 문제가 글쓰기가 아닌 남자들에게 있다는 걸 아주 분명하게 깨달았다. 아빠라고 말할 때 그녀의 목소리에 어려 있던 부친살해의 어조. 거기에서 뭔가 흥미로운 쓸쓸함이 엿보였다. 문학이라는 개념을 남근중심주의적 사업이라고 조롱하긴 했지만 수전 자신도 괴로워한 게 분명했다. 그러나 사태를 바라보는 그녀의 시각에는 문제가 있었다. 작가에게 고독이 필요한 건 사실이었으나 그건 작가가 세상과 분리되어야 한다거나 이기적으로 변해야 한다는 의미가 아니었다. 작가는 방안에 앉아 세상을 위해 기도하는 수도승과도 같은 존재였다. 혼자서 하되 다른 이들을 위해 하는 일이었다.

게다가 좋을 게 아무것도 없다니! 어떻게 그런 말을 할 수 있단 말인가? 당연히 좋은 점이 있었다. 나는 반쯤 취한 채로, 코고는 남자들이 가득한 만을 홀로 표류하며, 그간 문학이 내게 해준 모든 일에 감사를 표했다.

나는 학교가 내게서 완전히 손을 뗐다고, 영원히 나를 뱉어냈다고 생각했다. 그러나 동창회에서는 마침내 내 주소를 알아내 소식지를 쏟아붓기 시작했다. 그렇게 몇 년에 걸쳐 나를 동창 모임이니 합창단 콘서트, 하키 챔피언십 경기와 에게해에서의 고고학 탐사 크루즈 여행에 초대했다. 어느 선생이 은퇴한다면서 가슴 시린 회고담이 있다면 보내달라거나 학생들에게 알려줄 수 있도록 최근에 거둔 성공 소식을 보내달라고 요청해오기도 했다.

　나는 단 한 번도 이런 소집에 응하지 못했고 나의 진전을 광고하지도 않았지만, 소식지만은 모두 처음부터 끝까지 읽었다. 그리하여 잭 브룸이 A6를 항공모함에 착륙시키는 도중 죽었다는 소식이나 조지 켈로그가 로즈 장학금을 받았으며 펜실베이니아주립대와 예일대, 스탠퍼드대 철학과에서 승승장구하고 있다는 소식을 알게 되었다. 퍼셀은 아무 근황도 전하지 않았으나 큰 제프는 정기적으로 기별을 해왔다. 큰 제프는 초창기부터 컴퓨터 사업에 뛰어들어 이제는 나름대로 유명한 회사를 소유하고 있었다. 한번은 큰 제프가 안부를 전하면서 멀리 떨어진 산을 배경으로 두 남자가 서 있는 사진을 첨부했다. 캡션에는 이렇게 적혀 있었다. 사촌형제의 재회! 큰 부츠, 작은 부츠 퍼셀, 1961년, 아이다호에 있는 작은 부츠의 목장에서. 달려라 달려! 큰 제프는 퍼셀의 어깨에 팔을 두르고 꾸밈없는 사랑을 내보이며 미소 짓고 있었다. 퍼셀은 극기심을 발휘하고 있는 듯 보였다. 채찍처럼 비쩍 마른 체격에 기다란 얼굴, 뼈가 두드러지는 인상으로 변해 있었다. 흥미로운 얼굴이로군. 퍼셀에게 그가 주었던 『우리들의 시대에』를 보내며 연락을 해볼까 하는 생각도 들었지만 결국 실행에 옮기지는 않았다. 빌 화이트에 관해서는 한 마디도 없었다.

메이크피스 학생주임은 1967년 수업을 하러 걸어가다가 심장마비로 죽었다. 향년 69세였다. 그를 기리는 동창회 소식지에서 나는 학생주임이 비서 중 한 사람과 최근에 결혼했었다는 이야기를 읽고 깜짝 놀랐다. 표지 사진에서는 미처 그 여자를 알아보지 못했다. 둥글고 큰 안경을 쓴 통통한 여자가 축구장에서 학생주임 곁에 앉아 있었다. 격자무늬 담요 하나로 무릎을 함께 덮은 두 사람은 고함을 지르며 삼각기를 흔들고 있었다. 나는 그 사진을 오랫동안 살펴보았다. 메이크피스 학생주임이 여자와 함께, 운동경기를 보다니! 기사에는 제1차세계대전 당시 *그가* 이탈리아에서 복무했다는 이야기가 언급되어 있었다. 여위고 미소조차 짓지 않는 젊은 군인이 각반을 차고서 앰뷸런스 옆에 서 있는 세피아 사진이 함께 실렸다. 메이크피스는 1930년 학교에 부임해 그후로 계속 교편을 잡아왔으나 내가 학교에서 퇴학을 당한 다음해인 61, 62년만 예외였다. 기사의 결말은 이랬다. 세대를 불문하고 많은 학생들이 필요할 때마다 학생주임이 보여준 친절을 절대 잊지 않을 것이다. 수업시간, 학생주임이 그 유명한 파란색 눈동자로 그들을 바라보며 "그럼 자네—자네 생각은 어떤가?" 하고 피할 수 없는 질문을 던지던 장면을 떠올리고 전율하는 그 순간에도.

교장은 1968년 은퇴해 엑서터에서 온 사람으로 교체되었다. 새 교장은 겨우 이 년을 일하다가 떠나버렸고, 그다음에는 램지 선생이 교장이 되었다. 망해가던 콥스 아카데미와 소위 결연관계를 맺은 것도 램지 선생이었다. 당시 콥스 아카데미는 실질적으로 존재하지 않는 상태나 다름없었다. 이제 진흙투성이가 된 우리의 쿼터백들은 홈까지 슬라이드를 해오거나 펜싱 검을 들고 상대의 심장을 향해 돌진하는, 혹은 온갖 상을 긁어모으며 졸업식 단상을 가로지르는 여학생들과 소식지의 사진 면을 공유하게 되었다. 상트페테르부르크와 도쿄에 있는 학교들과 교환학생 프로그램을 시작한 것도 램지 선생이었다. 그리 멀지 않은 옛날, 나를 작가로서 다시 초대해준 사람도.

초대장이 도착했을 때 나는 거의 당혹스러울 만큼 안도감을 느꼈다. 틀림없이 그 초대장을 기다렸던 모양이지만, 나조차도 내가 기다리고 있었다는 걸 알지 못했다. 하지만 나는 마음을 바꾸었다. 그 초대를 받아들이겠다는 결심을 도저히 할 수 없었다. 가족들은 나를 설득하려 들었다. 당연히 가야죠! 불명예스럽게 떠났다가 명예롭게 돌아갈 기회인데 어떻게 그냥 날려버릴 수 있어요? 작가라면, 이야기를 만족스럽고 균형잡힌 결말로 이끌기 위해서라도 이 초대를 거부해서는 안 되지 않아요? 하면서.

어쩌면 그 균형잡힌 결말도 내 발목을 잡은 이유 중 하나였을지 모르겠다. 명확한 결말을 좋아하는 취향 혹은 그런 결말이 가능할 거라는 믿음조차 내게는 글에서나 삶에서나 불편하게만 느껴졌다. 학교로 돌아간다는 생각이 끔찍할 만큼 공포스러웠던 이유도 그것일 수 있었다.

그러나 이토록 정교한 감상도 사건이 끝난 이후에나 할 수 있었던 것이다. 당시 내가 스스로에게 댄 변명은 언젠가 학창시절에 대한 이야기를 쓸 때를 대비해, 학교에 대해 품은 나의 약하디약한 환상을 지켜야 한다는 것이었다. 기억은 글을 쓰기 시작하게 하는 꿈이다. 당시 내가 품고 있던 것도 그 기억이라는 꿈으로, 그것은 결코 시험해서는 안 되는 것이었다.

이 모든 설명은 기이하게 말이 됐다. 덕분에 나는 더 깊은 불편감, 생각만으로도 치욕적인 그 불편감에서 눈을 돌릴 수 있었다. 내가 불편하게 느꼈던 건 과연 이 학교 출신이 아니었어도 내가 초빙 작가가 될 수 있었을까? 하는 의문이었다. 어린 시절 학교에 다니면서 보았던 작가들을 떠올리면 나는 꾸지람이라도 들은 듯 주춤하게 되었다. 정말로 그 작가들 사이에 내 자리가 있을까? 모두들 성대한 만찬이라도 즐기려고 모인다면 거기에서 종업원 노릇이나마 할 수 있을까?

의심의 여지가 너무 컸다. 초청되어 학교에 가 있는 내내, 어떤 편견, 그러니까 자기도 모르는 애교심에 가득찬 편견이 작용했을 거라는 의심이 그림자를 드리울 것이다. 물론 내가 식당에 모습을 드러내면 동요가 일어날 테고, 박수갈채가 쏟아질 가능성도 꽤 높았다. 램지 선생이 축사를 한 다음 내가 연설을 할 것이고 교사들은 돌아온 탕자를 서둘러 반갑게 맞아들일 것이다. 그리고 이 모든 것 뒤에는 깜짝 놀란 듯한, 아주 명랑한 축하의 마음이 어려 있어 내게 한없는 기쁨을 안겨줄 것이다. 이 모든 게 나 스스로 성취한 것이라고 믿을 수 있다면 말이다. 하지만 그렇게 믿을 수 없다면 남의 이름을 사칭하는 협잡꾼이 된 듯한 기분이 들리라. 오직 나의 결핍만을, 내가 존경하는 사람들과의 거리만을 느끼게 될 것이다.

물론 이 모든 건 허영이었다. 초청을 거절한다는 건 허영심에 가득찬, 겁쟁이 같은 짓이라는 걸 알고 있었다. 하지만 나는 이미 일정이 꽉 차 있다며 초청을 거절했다. 우리 가족들은 역겨워했다.

이듬해 봄, 시애틀의 알렉시스호텔 로비에서 나는 우연히 램지 선생을 만났다. 친구 장례식이 있어 그날 아침에 도착해 늦은 저녁을 먹으러 호텔로 돌아왔을 때였다. 램지 선생이 프런트의 야간 직원과 이야기를 나누는 모습이 눈에 들어왔다. 램지 선생의 머리가 하얗게 새어 있었지만 나는 즉시 그를 알아보았다. 잠깐 그냥 못 본 척 엘리베이터로 갈까 생각도 해봤지만 사람의 비겁함에도 한계가 있는 법이다. 나는 그가 프런트에서 용무를 마칠 때까지 기다렸다가, 그가 몸을 돌리자 말했다. 안녕하세요, 램지 선생님.

그는 멈춰 서서 고개를 숙이며, 안경 너머로 나를 뚫어지게 바라보았다. 자네! 램지 선생이 말했다.

우리는 로비에서 조금 떨어져 있는 작은 바로 가 뒤쪽에 자리를 잡고 앉았다. 램지 선생은 방금 이 지역 동창생들을 대상으로 기금 모금을 위한 만찬 행사를 주최한 뒤였다. 서부 해안을 따라 동창생들의 기나긴 대열을 따라온 끝에 마지막으로 이곳 시애틀에 온 거라고 했다. 엄청난 피로와 안도감에 현기증을 느끼는 기색이 역력했다. 램지 선생은 마지막으로 봤을 때 입었던 리넨 재킷처럼 특별한 모양 없이 수심이 가득한 듯한 흰색 야회복 재킷을 걸치고 있었다. 선생의 볼을 물들이던 소년 같은 홍조가 이제는 얼굴 전체로 번져 뭉툭한 들창코 끄트머리까지 붉어져 있었다. 술을 마시고 이야기를 나누며 선생은 계속해서 안경 너머로 나를 뜯어보았다. 안경은 하도 얼룩져 있어 빛조차 거의 반사되지 않았다.

램지 선생은 내가 초청을 거절했던 일을 언급하지 않았으나 다른 모든 주제가 꼭 초청 이야기를 피하기 위한 것처럼 느껴졌다. 마침내 내가 흐름을 깨고 말했다. 저, 실망시켜드려서 죄송합니다.

램지 선생은 스카치를 마저 마시고 잠시 그 맛을 음미했다. 자네가 날 실망시켰나?

초청해주셨을 때 수락했어야 했어요.

아. 뭐, 물론 우리 모두 그편을 원했지. 허나 자네가 바빴지 않나. 어쩔 수 없지.

그래도 갔어야 했어요.

선생은 아무 말도 하지 않았다.

내가 말했다. 아마 선생님은 기억나지 않으시겠지만, 그때 저를 기차역으로 데려다주면서 지탄을 한 갑 주셨지요.

지탄이라니! 지금 그걸 한 대만 피울 수 있다면 못할 일이 없을 텐데, 안 그런가? 아내 때문에 어쩔 수 없이 끊었다네. 학생들한테 좋지 못한 본보기가 된다나. 사방에서 야단이니. 어쨌든 그래, 나는 그날의 지독한 순간들을 하나하나 다 기억하고 있지. 자네가 아는 얘기는 그중 절반도 되지 않아.

네?

사실 아주 엄청난 얘기지.

램지 선생에게는 다른 누구에게도 들키지 않고 오직 종업원만 알 수 있게 술을 한 잔씩 더 달라고 주문하는 능력이 있었다. 뭔가 위험하다는 징조만 아니라면 편리한 능력이었다. 그러나 실망스럽게도 종업원이 부산스럽게 술을 들고 오는 통에 램지 선생의 말이 끊기고 말았다. 대신 램지 선생은 나의 쌍둥이 딸과 아들 얘기를 물었다. 애들이 전부 대학에 다닌다는 이야기를 듣더니 램지 선생은 어째서 우리 학교에 보내지 않았는지 궁금해했다.

딸들도 우리 학교에 도움을 주는 인재가 될 수 있었을 텐데 말이야. 램지 선생이 말했다.

미처 생각하지 못했습니다.

돈 때문은 아니었길 바라네. 난 돈이 많아. 누구든 내가 좋아하는 사람한테는 돈을 줄 수 있다네.

글쎄요, 기숙학교에 보낼 생각이었다면 아마 고려해봤을 겁니다. 하지만 애들하고 같이 사는 게 좋아서요.

그랬나. 아주 칭찬할 만한 일이군, 확실히. 그러니까 나쁜 감정은 없단 말이지?

뭐, 학교에 대해서 말씀입니까?

자네가 강제로 쫓겨난 건 사실이잖나. 십대손까지 이어질 만한 저주지. 요즘은 다른 방식으로 하네만.

나쁜 감정은 없습니다. 그 반대예요.

잘됐군! 그럼 왜 돌아오지 않은 건가?

나는 기억의 섬세함이 어쩌고 하는 얄팍한 주장을 램지 선생이 별로 만족스러워하지 않을 거라고 직감했다. 그래서 진심을 손바닥 위에 올려놓고, 그 모든 작가들과 함께 만찬에 초청받는 환영이 반복적으로 보인다는 이야기와 그 오랜 세월 집필을 해왔어도—지나고 나서 하는 말이지만, 정말이지 나를 세상으로부터 분리시키고 다른 이들에게는 고통을 준 작업이었다—그 만찬에 내 자리가 없다는 걸 깨닫는다는 이야기를 자세히 전했다.

자네, 우리를 과소평가하는군. 램지 선생이 말했다. 지정석 배치도는 내가 잘 가지고 있네. 우리는 자네를 어니스트 헤밍웨이가 앉았어야 할 빈 의자와 아인 랜드 사이에 앉힐 계획이었어.

농담하시는 겁니까, 아니면 심오한 비평이라도 되는 겁니까?
나도 모르게 눈썹이 찌푸려지는 게 느껴졌다.

그래서 오겠다는 건가?

네, 내가 말했다. 갈 수 있다는 건 거의 확실합니다. 나는 잠시
뜸을 들였다가 말했다. 아까 제가 모르는 이야기가 있다고 하셨
는데요.

램지 선생은 아주 짧은 순간 미소를 비쳤다. 기밀이네만, 자네
의 신중함을 믿어도 되겠나?

아뇨.

선생은 이 말을 심사숙고하는 듯 보였으나 나는 결국 그가 입
을 열리라는 사실을 알고 있었다. 일단 내게 비밀을 이야기하는
행위를 정당화할 만한 이유를 찾으리라는 사실도. 그리고 그는
예상대로 입을 열었다. 문제의 인물은, 램지 선생이 말했다. 이런
식으로 비밀이 유지되기를 바란 적이 한 번도 없으셨다네. 그분
의 의지와 상관없이 비밀의 의무가 부과됐다고 봐야지. 그분이라
면 진실이 알려지기를 원하셨을 거야. 어쨌거나 사람들은 알려지
기를 원하니까.

메이크피스 학생주임과 관련된 이야기였다. 램지 선생은 그를
아치라고 불렀다. 다른 선생과 그 아내들이 대부분 아직 주저하
던 시절부터 메이크피스 학생주임은 램지 선생 내외의 첫 친구

가 되어주었다고 했다. 그 시절 학교는 신참을 두 팔 벌려 환영하는 곳이 아니었고, 지나치게 화려한 빛을 가리고 겸손하게 굴 줄 모르는 젊은 선생에게는 더욱 냉담한 태도를 보이곤 했다. 그러나 아치는 책이나 이념에 대해 이야기하는 것을 좋아했다. 또래의 다른 선생들이 세상일에 대한 생각을 굳혀가는 그 나이에도 메이크피스는 익숙한 것을 버리고 새 터전으로 옮겨갈 수 있는 사람이었다. 램지 선생은 메이크피스를 따분하게 만들지 않았고 그 대가로 아치는 그의 뻔뻔함을 용서해주었다.

불행한 젊은 부부와 아치 메이크피스는 친구가 되었다. 메이크피스는 부부와 함께 술을 한잔하거나 일요일 저녁식사를 함께 하곤 했다. 그러면 어떻게인지는 몰라도 부부 사이의 거리가 채워졌다. 아마 아이가 있었다면 그 비슷한 역할을 해주었을 것 같다고 램지 선생은 생각했다. 아치는 실제로도 아이와 비슷했고 로버타는 아치를 보며 아이를 대하듯 했다. 그를 두고 법석을 떨고 부드럽게 나무라고 그가 가장 좋아하는 음식을 해주며 조금이라도 기뻐하는 기색이 있는지 표정을 살피는 등 말이다. 아치가 없었더라면 두 사람의 결혼생활은 그만큼 길게 이어지지 못했을 것이다. 그 결혼이 결국 파경을 맞았을 때, 그러니까 로버타가 떠났을 때, 아치 메이크피스는 하룻밤새 아이에서 아버지로 변해 램지 선생이 쓰러지지 않도록 지탱해주었다.

두 달 동안 아치는 램지 선생이 인생의 문제를 해결할 수 있도록 도와주었다. 아침식사를 하러 가는 길에 램지 선생에게 들러 그를 침대 밖으로 나오게 한 다음 그가 남들에게 보일 만한 꼴을 갖추는 모습을 지켜보았다. 밤이면 온갖 비난과 불평을 몇 시간 동안이나 들어주고 램지 선생이 다시 잠자리에 들 수 있도록 도와준 적도 한두 번이 아니었다. 램지 선생이 보스턴에 갔다가, 영국인의 부아가 치밀게 만드는 어느 아일랜드인을 상대로 권투 비슷한 싸움을 벌였을 때 아치는 보석금을 내주었을 뿐 아니라 교장과 사이가 틀어질 위험까지 감수하면서 그 사건을 비밀로 해주었다. 아치는 귀를 기울이고 기울이고 또 기울였고, 단 한 번도 아무짝에 쓸모없는 진실을 들먹이며 램지 선생을 꾸짖거나 그를 독려하려 들지 않았다.

그러니 아치 메이크피스가, 학교에서 삼십 년을 근무한 그가, 아침 한나절 만에 마음을 바꿔 사직하기로 했다는 소식을 들었을 때 램지 선생이 어떤 마음이었겠는가. 그로부터 한 시간도 채 지나지 않아 램지 선생은 내게 불리한 증거를 검토해보라는 호출을 받고 내 퇴학 처분에 참여하게 되었다. 「대니 디버」* 스타일로 벌어지는 그런 일들이 얼마나 싫었던지! 대니 디버는 그와 같은

---

* 러디어드 키플링의 시.

고향에서 온 구백 명의 병사와 연대의 불명예였다네, 어쩌고저쩌고.

사실 램지 선생은 내가 퇴학을 당하리라는 걸 미리 알고 있었다. 작별인사를 하면서 아치가 그 정도 소식은 전해주었으니까. 메이크피스 학생주임이 마땅한 퇴학 처분에 항의하다가 사임까지 했다고 멋대로 생각해서는 안 되겠지만, 그 두 가지 일은 대단히 기묘한 방식으로 연관되어 있었다. 그래서 자연스럽게, 우리 두 사람이 여기까지 오게 된 것이다.

램지 선생은 말을 하는 내내 앞으로 몸을 기울이고 있었는데 지금은 눈앞의 땅을 살펴보기라도 하듯 잠시 말을 멈추었다. 그는 의자에 몸을 파묻음으로써 자기는 젊은이가 아니라는 걸, 너무 지쳐서 말을 더 이어나가려면 노력이 필요하다는 걸 내게 보여주었다.

그러고서야 말을 이었다. 여전히 의자에 몸을 파묻은 채, 그 정도 거리를 유지하면서 이야기를 전했다. 램지 선생이 해준 모든 이야기는 흥미로웠고, 내가 이 극에서 수행한 결정적인 역할을 비롯해 상당 부분은 놀랍기까지 했다. 램지 선생의 이야기는 짧았다. 그러나 선생 자신이 과거에 조롱하던, 내 말은 빙산의 일각일 뿐이야, 하는 식의 태도를 취했기에 나는 그가 실제로 말한 것 이상을 알 수 있었다. 램지 선생이 남겨둔 빈 공간이 그가 입을 연 순간부터 저절로 채워졌던 것이다.

램지 선생은 딱히 이야기를 끝맺지 않았다. 메이크피스 학생 주임의 결혼식을 묘사하다가 문득 말을 멈추더니 대머리에 검은 턱수염을 한 어떤 사람에게 프라이스! 프라이스! 하고 소리쳤다. 야회복 재킷을 입은 프라이스는 방금 바에 들어와 사방을 노려보던 중이었다. 램지 선생은 프라이스와 나를 서로 소개시켰다. 고학년에게 역사를 가르치고 있는 프라이스 선생이 그날 저녁식사 시간에도 아주 훌륭한 강의와 슬라이드쇼를 진행했다는 말도 해주었다.

네, 네. 프라이스 선생이 말했다.

주제가 뭐였나요? 내가 물었다.

우리 학교의 역사죠. 다른 게 뭐 있겠습니까?

램지 선생은 학교에 와달라고 나를 설득하는, 위대한 쿠데타를 선언했다.

아, 드디어 응해주시는 겁니까. 프라이스 선생이 말했다. 아주 기대가 됩니다. 그는 램지 선생에게로 몸을 돌렸다. 오늘밤 행사는 어땠습니까? 그 망할 아멘트라우트 녀석에겐 말이라도 걸어보셨나요?

당연하지.

그 녀석이 출구 쪽으로 나가는 건 봤습니다. 팔에 주홍색 광대 가발을 얹어놓고 있더군요.

아멘트라우트 부인이 우리 악동들에게 아주 큰 도움을 주셨다네.

얼마나 받아내셨습니까?

4만.

4만 달러요? 그렇게 횡재를 했는데? 그 늙은이가 전 재산을 남겨줬잖아요! 4만 달러라니? 오늘 입은 드레스만 해도 4만 달러는 됐겠네.

시장 상황이 나아지면 재고해보겠다고 약속도 해줬고.

바로 구둣발로 걷어차서 쫓아내셨어야죠. 기억 안 나세요? 혹투성이 무릎을 꿇고서 제발 한 번만 더 기회를 달라고 엉엉 울 때는 언제고. 수표를 찢어버리세요. 4만 달러라니 모욕적이네요.

견뎌야 할 모욕이야.

멜리사 디젯은요?

그렇게 둘은 계속 말을 이어나갔다. 나는 두 사람이 내게 보인 무관심에도 전혀 모욕감이 들지 않았다. 오히려 그 덕분에 방금 들은 이야기를 숙고해볼 수 있었다. 게다가 나는 다른 사람들이 하는 이야기를 듣는 걸 좋아했다. 어린 시절, 내가 있다는 걸 잊고 선생들이 칼집에 넣어두었던 혀를 꺼낼 때와 같은 불법적인 즐거움이 느껴졌다. 마치 음악 같았다. 그 소리를 듣고 있자니 빨간 낙엽이나 눈이나 빙글빙글 돌아가는 단풍나무 씨앗이 높다란 창 너머로 떨어지는 교장의 응접실에서 차를 마시던 시절의 어느 일요일로 다시 돌아간 듯했다. 쿠키 부스러기로 뒤덮인 커다란 페르시아 양탄자. 공기에서는 그리스어 선생의 시가 냄새가 난다. 저멀리 구석에서 누군가가 업라이트피아노로 연주하는 〈꿈길에서〉의 새된 멜로디 조각이 우리 목소리 위쪽 어딘가를 맴돈다. 우리 소년들은 둥글게 서서 재치 있는 말을 주고받으며 대체 무슨 얘기를 하기에 선생들이 그토록 편안하게, 마음놓고 웃을 수 있는지 들으려고 신경을 곤두세운다. 선생들과 가장 가까운 곳에 있던 소년이 펀치가 담긴 잔을 들여다보며 빙긋 미소를 짓는다. 그에게는 선생들이 말하는 소리가 들린다. 선생들의 야영지에 숨어든 그는 확신에 찬 완성된 남자들, 우리 선생들의 비밀스러운 음악을 들을 수 있다.

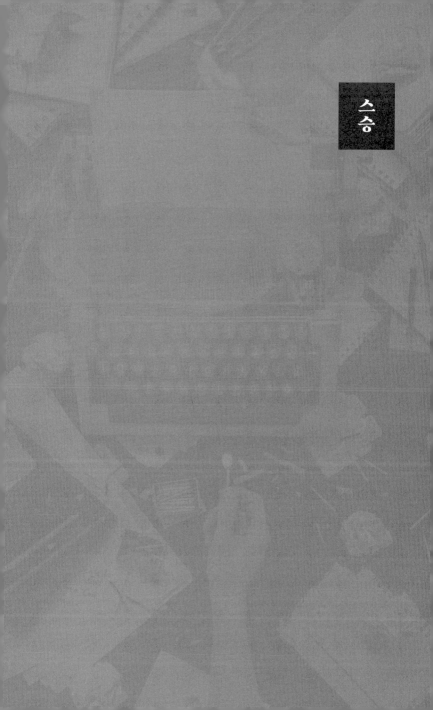

스승

문제는 교장과 차를 마시던 어느 날, 한 학생이 아치에게 제1차 세계대전중에 어니스트 헤밍웨이를 알고 지냈느냐고 물으면서 시작되었다. 실내는 사람들로 북적였고 소란스러웠으며 아치는 정신이 딴 데 팔려 있었다. 나중에 그는 자신이 그 질문에 정확히 어떻게 대답했는지 기억하지 못했지만 확실히 부정하지는 않았다는 점만은 인정할 수밖에 없었다.

　아치는 어쩌다 그런 질문이 나왔는지 알고 있었다. 헤밍웨이는 이탈리아에서 앰뷸런스를 운전했고 그도 마찬가지였으며 두 사람 다 다리에 부상을 입었기 때문이었다. 그러나 두 사람은 한 번도 만난 적이 없었다. 헤밍웨이는 적십자에서 복무했고 아치는 국군 앰뷸런스 부대에서 복무했다. 부상을 입은 상황도 아주 달랐다. 헤밍웨이는 총격중에 부상당한 사람을 옮기다가 다친 것이었고 아치는 멍청한 사고 때문이었다. 아치가 운전하던 앰뷸런스는 연료관이 중력식 기름 탱크에 연결되어 있었다. 언덕을 올라갈 때 후진으로 올라가지 않으면 급경사에서 엔진이 힘을 잃고 꺼지곤 했다. 1918년 10월 하순에 아치가 하던 일이 바로 그것, 치마 그라파 근처의 고개를 후진으로 올라가는 것이었다. 그때 급커브길 뒤에 있던 지원 차량이 갑자기 튀어나오는 바람에 아치는 놀라 핸들을 급하게 꺾었고, 그대로 길에서 이탈하고 말았다. 아치의 동승자는 즉시 밖으로 날아가 몇 군데 멍만 들고 빠져나갈 수 있었지만 아치는 차량 내부에 갇혀 깡통 속에 들어 있는 완두콩처럼 숲 쪽으로 굴러떨어졌다. 결국 팔과 쇄골, 두 손목이 부러졌고 목을 심하게 삐었으며 무릎은 박살이 나고 말았다. 중상이었다. 다른 상처들이 더 심해 보였지만, 몇 주 안에 아치는 절망하지 않고 거울 속 자기 얼굴을 볼 수 있게 되었다. 의사 양반들이 썩 괜찮은 솜씨를 발휘해주었다. 무릎만 빼고는 모든 게 다 나았는데, 무릎은 다시 제대로 움직이지 못했고 시간이 지날수록 더 골칫거리가 되었다. 결국 아치는 단념하고 지팡이를 하나 장만했는데, 누가 봐도 싸구려인 그 지팡이가 너무도 인상적이었는지 1939년에 졸업생들이 은제 손잡이가 달린 멋진 산사나무 지팡이를 선물해주기도 했다.

아치는 자신의 절룩거리는 다리가 학생들의 관심을 끈다는 사실을 알고 있었지만, 당시에 느꼈던 공포와 본인의 무능을 상기하는 게 싫어서 별말은 하지 않았다. 아치 메이크피스는 자기 얘기를 떠벌리고 다니는 사람이 아니었다. 무슨 의도가 있어서 침묵한 것은 아니었지만 그가 학교에서 일하기 시작한 초창기부터 사람들은 그 침묵으로부터 어떤 결론을 도출해냈고, 그 결론은 아치에게 다른 방식으로는 결코 누릴 수 없는 권위를 부여해주었다.

유용한 일이었다. 선생을 보면 일단 한번 시험해봐야 한다는 의무감을 느끼는 괴팍한 학생들도 아치는 그냥 통과시켜주었다. 군에 복무했던 사람이 몇 명 있긴 했지만 선생들 중에 전쟁 당시 유럽에 가본 사람은 없었다. 그래서 선생들도 몇 년씩 걸려서 가까스로 짜낼 수 있는 존경심을 아치에게는 처음부터 보였다. 아치는 이런 배려가 오해에서 비롯되었다는 게 별로 마음에 들지 않았다. 하지만 그게 아치의 잘못은 아니었다. 그는 단 한 번도 자신의 경험을 거짓으로 이야기한 적이 없었다. 사람들이 어떤 짐작 때문에 최선의 모습을 보이는 거라면 계속 그렇게 짐작하도록 내버려두었다.

헤밍웨이는 다른 문제였다. 어느 날 밤, 아치와 같은 식탁에 앉아 있던 소년이 헤밍웨이가 스페인에서 과격분자들 편에 넘어간

적이 있느냐고 물었다. 아치는 그냥 그를 빤히 바라보기만 했다. 왜 그런 질문이 나왔는지 이해하려 애쓰면서. 때는 1947년이었다. 스페인 내전은 팔 년 전에 끝났고 그 이후로 다른 전쟁은 벌어진 적이 없었다. 아치는 왜 이런 질문을 하는 거지, 지금 이 순간에? 하고 생각하는 중이었다. 그러나 소년은 아치가 자기를 무례하다고 생각하기라도 한 듯 얼굴을 붉히며 시선을 떨어뜨렸다. 저녁식사가 계속되면서 어색한 분위기는 희석되었지만 아치는 그 순간이 계속 마음에 걸렸다. 어니스트 헤밍웨이의 신념을 왜 나한테 묻는단 말인가? 게다가 질문을 던진 다음에는 어째서, 분명히 그랬는데, 그 질문이 지나치게 사적인 질문인 것처럼, 그 질문을 한 게 학생 자신이 아치와의 관계를 부당하게 이용하기라도 한 것처럼 느낀 걸까? 그러다가 몇 주 전 교장과 차를 마시는 시간에 다른 소년이 했던 질문을 떠올렸고, 자기가 명확히 입장을 전달했는지 생각해본 결과 그러지 않았다는 사실을 알게 되었다.

이후로도 그는 몇 년 동안 비슷한 순간들을 경험했다. 그런 순간이 아주 많진 않았지만, 도대체 무슨 소리를 하는 거냐? 나는 어니스트 헤밍웨이를 한 번도 본 적 없어! 라고 말할 기회는 결코 주어지지 않았다. 현대문학 상급 세미나에서 아치가 헤밍웨이를 중요하게 다루기는 했으나 인간으로서의 헤밍웨이에 대한 이야기는 아치에게 건네면 안 된다는 말이 도는 듯했다. 학생들은 정치적이었다. 그들은 유명인에 대한 관심을 숨기도록 교육받았으나 교묘하고 섬세하게 위장된 언급을 통해 그런 특권을 인식하고 있다는 암시를 남길 줄 알았다. 그리고 아치는 그런 암시―사방에 있지만 결코 결정적인 반박을 할 기회를 열어주지는 않는 암시―를 충분히 눈치챌 수 있었고 학생들이 자신과 헤밍웨이를 친구 사이라고 생각한다는 사실을 알아챌 수 있었다.

아치는 교장과 차를 마셨던 그날 의심의 여지를 남겨두고 말았다. 나름대로 이유도 있었다. 아니, 이유가 뭔지 안다고 생각했다. 위대한 세계의 일부가 되고 싶은, 일종의 숨겨진 열망 때문이었다. 중요한 인물이 되고 싶었다. 연줄을 통해서라도.

아치가 생각하기에 이 일은 진실에 관심을 기울이다가 깜박 졸아버린 것이라고나 할까, 딱히 거짓말이라고 할 수 없는 일이었다. 아치는 진실에 관심을 기울이는 사람이었다. 진실은 뒤쫓는 사람들을 피해 도망치지만 가끔씩 모습을 드러내는 존재였다. 그리고 그런 일은 아치가 교편을 잡고 있는 동안 제일 자주 벌어졌다. 아치는 어린 시절부터 책을 많이 읽었다. 포브스―패러것 운송선을 타고 여행을 하던 시절에 독서벽이 더욱 깊어지기도 했다. 그러나 교사생활을 시작하기 전까지는 읽은 것에 대해 이야기할 일이 별로 없었다. 「목사의 검은 베일」 같은 작품을 읽으면 마음속 반응을 말로 굳혀놓거나 호손이 그런 반응을 일으킨 방법을 설명하지 않은 채, 그저 그로부터 비롯된 영혼의 한기에 움찔 놀라며 동시에 그 한기를 즐길 뿐이었다. 하지만 가르친다는 건 자기 생각을 말로 설명할 수 있어야 한다는 뜻이었다. 일단 생각을 말로 풀어내기 시작하자 점점 더 많은 생각이 났으며, 그 생각들은 더욱 예리하고 깊어져갔다. 문학이란 본질적으로 그것이 숙고하는 타락한 세계, 속임수가 고삐를 잡고 있으며 확실성은 그저 어리석음에 불과한 황혼녘의 땅처럼 작동하는 것이었다. 소설이나 시 깊숙한 곳으로 아이들을 이끌어가며, 진실이 순간적으로 얼굴을 내비쳤다가 새로운 의미의 가능성 속으로 사라져버릴 때까지 질문을 던져 아이들을 몰아붙이고 어조, 몸짓, 속임수를 위한 굴절, 조리 없는 말을 시험해보도록 강요하면서, 아치는 사냥개들을 몰아가는 주인이 된 듯한 기분이 들었다. 가끔씩 수업을 마치고 보면 땀이 흥건했다. 자기가 어디에 있는지, 얼마 동안 그곳에 있었는지도 기억나지 않을 정도였다. 빌어먹을 위엄이라고는 모두 내팽개쳐버린 모습으로 말이다.

처음부터 뭔가를 가르치려고 한 건 아니었다. 사실 아치는 학창시절에 선생님들, 특히 자기가 존경하는 선생님들이 어쩌다 학교에 매인 신세로 전락한 건지 무척 딱한 마음으로 의아해하곤 했다. 그러던 중, 결혼한 지 겨우 삼 년이 되었을 때 아내가 캘리

포니아로 여행을 갔다가 돌아오지 않았다. 그다음에는 포브스-
패러것 운송선이 전반적으로 혼란에 휩싸였다. 아무리 노력을 해
도 일자리를 찾을 수 없었다. 그러던 중 코넬 시절의 룸메이트가
자신이 사직을 하려 하는데 자기 일을 대신 맡아줄 수 없겠느냐
고 제안했다. 그 일이란 미국의 상속자로 추정되는 아이들에게
할아버지의 시계 속 템푸스 푸지트*가 과연 무엇인지 가르치는 일
이었다. 아치는 고전문학 학위를 가지고 있었으나 그것과 관련된
일자리를 얻지 않았다. 그런데 학기가 시작되기 직전에 학교측에
서 다른 자리, 그러니까 현대문학 교사 자리를 제의해왔다. 한 해
만 가르쳐보고 떠나야겠다는 생각으로 아치는 그 제안을 받아들
였다. 그렇게 한 해, 또 한 해를 더 가르치게 되었다. 어떤 노력이
나 결단도 없이 자연스럽게 일어난 일처럼 보였지만 물론 아치
가 그렇게 한 데에는 나름의 이유가 있었다. 안락함과 습관이 그
이유 중 일부라는 사실을 아치는 알고 있었다. 어쩌면 그 이유가
지나칠 만큼 중요하게 작용한 건지도 몰랐다. 하지만 동시에, 아
치는 누군가를 가르친다는 게 좋은 일이라는 생각을 하기도 했
다. 학생들에게도, 자신에게도 좋은 일이라고. 가르치면서 아치
는 좀더 기민해졌고, 자기 처지를 잊을 수 있었으며, 진실해질 수

---

* tempus fugit, 라틴어로 '세월은 유수와 같다'.

있었으니 말이다.

그렇기에 아치는 헤밍웨이와 메이크피스의 우정에 관한 신화가 회자되는 일이 생길 때마다 약간 어깨를 구부리게 되었다. 하지만 그런 일은 그리 자주 일어나지 않았고 그 외에도 아치에게는 생각할 일이 많았다. 수업 일정도 빡빡했고 가족이 없었기에 할당된 것 이상의 위원회 일도 도맡았다. 아내 헬렌은 저멀리 서부에 살면서도 아치와 이혼을 하지 않았고 여러 가지 곤란을 겪을 때면 주저하지 않고 아치에게 전화해 도움을 요청하곤 했다. 어떨 때는 아프거나 불운하거나 혹은 그녀가 친구라고 부르는 사람 중 하나가 자기를 함부로 대한 일에 아치가 공감을 표해주는 것만으로 만족했다. 조금씩 돈을 빌렸고 보통은 갚았다. 헬렌은 비열하거나 교활한 사람은 아니었지만 늘 손쓸 수 없는 상황에 처하는 경향이 있었다. 팜스프링스에서 경주마를 관리하다 회계장부에 무슨 문제가 생기는 바람에 마주馬主측에서 소송을 걸겠다고 협박했고, 아치는 부족한 돈을 대신 갚아주고 그녀가 마주에게 용서를 받을 수 있게 도와주었다. 나중에는 투손에서도 같은 일을 해주었다. 헬렌은 자주 이사를 다녔다. 아치는 점점 더 오랜 기간 동안 그녀와 연락이 닿지 않게 되었다. 아치에게는 이런 식의 감감무소식이 헬렌의 반복적인 요구와 불평보다 심한 걱정거리였다. 결혼할 당시만 해도 아름답고 수다스러우며 앞뒤 가리지 않는 켄터키 소녀였던 헬렌은 결국 정해진 주소가 없는 사람이 되었고, 1953년 이른아침 피닉스에서 신호를 무시하고 교차로를 건너던 중 차에 치여 죽고 말았다. 그 당시 헬렌과 친구로 지내던 사람은 두 달 동안이나 아치에게 이 소식을 전하지 않았다. 두 달 후 연락을 한 것도 급한 빚을 갚아야 해서 헬렌의 화장에 썼던 돈이 필요해졌기 때문이었다. 아치는 그자가 사기를 치려는 것이기만을 바랐으나 장례식장에서 그 남자의 이야기를 확인해주며 헬렌의 사망증명서를 함께 보내왔다.

학생주임이 된 바로 그해의 일이었다. 새로 부임한 교장은 몇 가지 변화를 일으킬 마음을 먹고 있었는데, 과거 문학부 동료 교사였던 아치가 다루기 힘든 선생들이나 동창회와 경쟁할 일이 있을 때 자기 뒤를 받쳐줄 거라 믿고 그를 의지했다. 성전聖殿에 좌판을 벌여놓고 있던 환전상들은 필수 종교 교육을 더이상 시행하지 않는 것에 반대하며 즉시 아치에게 전화를 걸어왔다. 교장이 장학기금에 투입되는 기부금 비율을 늘리려 하자 이사 두 사람이 사임하면서 이런 일이 계속 발생한다면 자기들이 알고 사랑하던 학교는 알아볼 수 없을 만큼 변하고 말 거라는 내용의 편지를 보내오기도 했다. 어쨌거나 공립학교도 아니라고. 결국은 교장이 이겼지만 박빙의 승부였다. 아치는 자기가 교장을 지지해준 덕에 그런 결과가 나왔음을 알아차렸다. 중차대한 순간에 힘이 세고 까다로운 인물들이 아치의 의견을 따른 것이다.

어쩌다가 그런 힘이 생겼을까? 학생주임이라는 지위야 아무런 소용도 없는 것이었다. 학생주임들은 왔다가 가는 존재였으니까. 자기가 괜찮은 교사라는 생각이 들기도 했지만, 그건 승리를 이끌 수 없었을 다른 선생들도 마찬가지였다. 어쩌면 이 모든 게 헤밍웨이 어쩌고 하는 일들과 관계되어 있을지 모른다는 의심이 들었다. 학교에는 분명 유명한 인물들이 있었다. 상업계의 거물부터 고위관료, 대사, 장군, 심지어 오래전에 죽은 대통령까지. 하지만 이런 이름 중 정말로 마법적인 힘을 가진 이름은 하나도 없었다. 아치는 알아차렸다. 학교는 그를 통해 화려하게 빛나는 휘황찬란한 위대함과 연결되어 있다고 느꼈다. 아치가 모두의 아치볼드 메이크피스, 우리 학교의 교사이자 학생주임으로 거듭나는 그 순간, 아치 안에 존재하면서 아치에게 자신들의 영향력을 빌려주던 프레더릭 헨리와 닉 애덤스와 로버트 조던과 제이크 반스는 물론 어니스트 헤밍웨이까지 모두 우리와 같은 급이 되었다는 듯이. 오해이기를 바랐지만 아마도 맞는 추측일 거라는 생각이 들었다.

그 모든 부상당한 앰뷸런스 운전병 어쩌고 하는 이야기들이 혼란을 더욱 가중시킬까 두려웠던 아치는 상급 세미나에서 『무기여 잘 있거라』를 빼버렸지만, 추천 도서 목록에는 언제나 헤밍웨이가 쓴 작품을 뭐든 포함시켰다. 호손이나 멜빌, 이디스 워턴, F. 스콧 피츠제럴드만큼 헤밍웨이를 사랑한 것은 아니었지만, 아치는 헤밍웨이를 존경했으며 다른 이들이 헤밍웨이를 사랑하는 이유를 알고 있었다. 사람들은 헤밍웨이를 작가로서 사랑했다. 아치는 오래전 헤밍웨이에 대한 관심을 잃었고 다른 사람들도 그래줬으면 했다. 정상적인 경우라면 당연히 그렇게 될 일이었다.

그러나 일이 아치의 생각처럼 풀리지는 않았다. 다른 이들의 명성은 활짝 꽃피었다가도 시들어갔지만 헤밍웨이는 아니었다. 해가 갈수록 헤밍웨이는 점점 유명해졌고 헤밍웨이 자신은 점점 더 작품 속 등장인물처럼 변해가서 등장인물과 구분하기 어려울 정도였다. 헤밍웨이는 작품에 거대한 그림자를 드리우고 있었다. 등장인물에게 부여하려던 사랑과 명예를 작가 자신에게로 끌어들이고 있는 게 느껴질 지경이었다. 부상을 당했던 이탈리아의 전장에 오줌을 누는 캔트웰 대령의 이야기, 혹은 커다란 물고기를 쫓는 산티아고의 이야기를 읽고서 헤밍웨이를 떠올리지 않을 사람이 누가 있겠는가? 이 의도적인 경계 흐리기가 어제오늘 일은 아니었지만 이제는 거의 불안하고 탐욕스럽게 보이는 선에 다가가고 있었다. 아니, 아닐지도 몰랐다. 아치는 인간 헤밍웨이와 그의 작품에 대해 점점 더 심한 혐오감을 느꼈고 그 혐오감을 불신했다. 당연한 얘기지만 그 혐오감은 아치 자신의 거짓된 지위에 대한 원망의 왜곡된 형태이거나, 어쩔 수 없이 엮인 거인 옆에서 작게만 보이는 자신에 대한 분노였을 테니까.

하지만 아치는 바빴고 이외에도 신경써야 할 훨씬 더 중요한 일들이 많았다. 헬렌 일도 있었고, 어머니가 오랜 세월에 걸쳐 서서히 쇠약해지며 다양한 단계를 거친 일도 그랬고, 삼십 년을 함께 산 남편이 진정한 사랑을 찾았다며 떠났을 때 누이가 무너져 내린 일도 있었다. 도둑질을 하다 걸린 학생도 있었고, 첨삭해야 할 과제물도 있었으며, 기숙사에 살지 않고 통학하던 학생의 어머니와 맺었던 길고 비참한, 결코 무슨 불륜이라고도 할 수 없는 은밀한 관계도 있었다. 아치는 헤밍웨이 어쩌고 하는 오래된 헛소리를 숙고할 마음이 별로 없었다. 어떤 학생이 특정한 눈길로 뚫어지게 쳐다보거나, 메이크피스의 심기를 거스를까봐 걱정하듯 헤밍웨이 소설에 대한 비평을 아주 조금, 말을 더듬으며 늘어놓을 때가 아니라면 사실 그 생각을 하지도 않았다. 잠깐씩 발생하는 그런 일들은 아치가 참을 수 있는 선을 넘어서는 경우가 한 번도 없었다. 1961년 봄, 교장이 그해의 마지막 초빙 작가가 누구인지 공표하기 전까지는.

터무니없는 우정에 대한 신화 때문에 아치가 처벌을 받아야 마땅하다면, 마침내 그 처벌이 본격적으로 시작된 듯했다. 아치는 그게 옳은 일이라고 생각했다. 처음에는 헤밍웨이가 초빙되었다는 사실조차 몰랐다. 존 스타인벡과 이야기가 오가고 있다고만 생각했다. 학교에서 깜짝 파티, 일종의 선물로 이 사실을 숨겼던 것이었다. 아치는 익명의 졸업생이 이 거래를 마무리짓기 위해 상당한 재산을 내놓았다는 사실을 알게 되었다. 하지만 당연하게도 학생들은 아치가 직접, 그저 순수한 선의로 이 일을 감쪽같이 해냈을 거라 생각했다. 교장이 초빙 작가의 이름을 발표하는 그 순간에도 자기를 보고 씩 웃는 학생들이 보였다. 상황은 점점 안 좋은 방향으로 치달았다. 구레나룻과 치아밖에는 보이지 않는, 어디에나 걸려 있던 그 끔찍한 포스터하며 학생들이 그를 바라보는 눈길, 뭔가 안다는 듯한 그 시선하며. 학생들은 닉 애덤스를 흉내내거나 그러지 않을 때면 계속해서 타자기만 두드려댔다. 졸업 학년 학생 절반 정도가 소설을 쓰고 있는 것 같았다.

아치는 이런 경연대회에 구역질이 났다. 학생들이 글쓰기에 도전할 기회를 주겠다며 교장이 몇 년 전 출범시킨 경연대회였다. 당시에는 아치도 교장의 생각에 나름대로 장점이 있다고 생각했으나 금세 싫증이 났다. 학생들은 경연대회에서 이겨 작가와의 개인 면담 기회를 따내고자 안달을 하며 서로 맞섰고 글쓰기 역시 또하나의 전쟁이라는 생각을 받아들이게 되었다. 부당한 권리를 요구하다 실패한 폭도들의 무리를 밟고 선, 한 줌밖에 되지 않는 승자들이 피투성이 셔츠를 흔들어대는 전쟁이라는 생각.

다른 초빙 작가가 올 때에도 경연이 지독하기는 마찬가지였지만 이번은 차원이 달랐다. 아예 정신이 나간 듯한 광란이었다. 아치에게 자기 소설을 읽어봐달라는 학생들이 하도 많아서 아치는 학생주임실 문에 자기가 어떤 식으로라도 도움을 주면 원고 자체를 실격시키겠다는 공지문을 붙여야 했다. 그 위대하신 헤밍웨이가 정말로 심사라는 골치 아픈 일을 떠맡을 생각인지 의심이 들 지경이었다. 그러던 중 헤밍웨이가 소설 한 편을 골라내 이 모든 일에 종지부를 찍었다기에 안도감이 들었다.

뽑힌 이야기를 읽고 아치는 깜짝 놀랐다. 소설을 쓴 학생은 다루기 힘든 〈트루바두르〉 무리에 속한 녀석으로, 아치는 그 소년이 쓴 다른 작품들을 읽어본 적이 있었다. 예상한 대로 능숙하고 고심한 흔적이 보이는 작품들이었다. 표준적인 학생의 성과물. 램지는 교장에게 이번만은 다르다고 말했다. 실제로도 그랬다. 작품에는 헤밍웨이보다 피츠제럴드적인 면모가 더 보였다. 아치는 당일 아침에 소설을 한 번 읽고 그날 밤에 다시 읽었다. 작품의 기교도 감탄스러웠지만 그보다는 눈 하나 깜짝하지 않고 이기주의와 표리부동의 목록을 작성한 태도가 더욱 감명깊었다. 아니, 실은 당황했다. 그런 식으로 진실을 이야기한다는 건 어려운 일이었다.

324

교장이 학생주임실에서 잠깐 이야기를 나눌 수 있겠느냐고 물었을 때, 아치는 수업을 빼먹은 6학년생을 야단치는 중이었다. 교장은 지친 듯한 모습이었다. 아치는 아이를 보내고 복도에서 기다리던 악당들도 해산시켰다. 그는 학생주임실 문을 닫고 교장이 건넨 봉투를 받아들었다. 교장은 책상 맞은편 의자에 앉았고, 아치는 자기 자리로 갔다. 봉투를 여는 내내 교장의 시선이 신경 쓰였다. 봉투에는 콥스 아카데미에서 발행하는 문학잡지의 과월호 한 페이지가 들어 있었다.

아치는 그 페이지를 읽어보고는 다시 봉투에 집어넣었다. 퇴학시킬 수는 없습니다. 그가 말했다.

당연히 퇴학시킬 수 있네. 반드시 퇴학시켜야만 해.

교장 선생님이야 그러시겠죠. 저는 못합니다.

아치, 왜 이러나. 그놈의 셔츠 몇 장 슬쩍했다고 톰킨스를 쫓아낼 때는 일처리가 아주 빠르더니. 다른 사람의 이야기를 훔치는 것과 비교하면 그건 하찮은 일이지.

저도 압니다. 아치가 말했다.

어니스트 헤밍웨이를 속여서 바보로 만든 일은 말할 것도 없고. 세상에, 우리는 예배에 빠진다는 이유로도 학생들을 퇴학시켰어. 나도 이 학생에게 거는 기대가 있었지만, 편애를 해서는 안 되는 거야. 필요한 증거가 거기 전부 있지 않나. 교장은 무릎에 양손을 올린 채 마치 그대로 일어날 것처럼 몸을 앞으로 숙였다.

못하겠습니다. 아치가 말했다.

무슨 말도 안 되는 소리야! 이것도 자네 임무야.

학교 일 전체를 말입니다. 아치가 말했다. 이런 말을 하게 될 줄은 아치 자신도 몰랐지만, 하고 말았다.

이게 뭐하자는 짓이지? 이 학생이 자네한테 뭐라도 되나?

아닙니다.

그럼?

아치는 설명하기 시작했다. 자기 얘기를 하는 데 익숙하지 않았기에 말솜씨는 서툴렀지만, 교장을 이해시키려 노력했다. 이 소년은 그저 이야기 한 편을 자기 것이라고 거짓으로 주장했으나 아치 자신은 그보다 훨씬 더한 것을 허위로 주장했다. 어떤 중요한 지위를, 자기 것이 아닌 삶을. 그는 지금까지 여러 해 동안 명예헌장을 위반해왔으며 자기보다 못한 위반자들을 처벌할 권리가 없었다. 특히 그 위반자가, 아치 자신도 일부 책임이 있는 신경증에 사로잡혀 이런 짓을 한 소년이라면.

저 자신을 쫓아내는 겁니다. 아치가 말했다. 학생주임으로서 제가 할 마지막 일입니다.

교장은 이 모든 이야기를 주의깊게 들었다. 그러니까 자네는 헤밍웨이를 모른다는 거군.

직접 만난 적이 한 번도 없습니다.

뭐, 일단 나는 자네가 헤밍웨이를 안다고 말하는 걸 한 번도 들은 적이 없네만. 그런 적이 있나?

아뇨. 하지만 사람들이 어떻게 생각하는지는 잘 알고 있었습니다.

헤밍웨이와 개인적으로 아는 사이라는 얘기는 한 번도 한 적이 없지?

몸을 움찔거리기만 하면 낚싯바늘에서 빠져나올 수 있었다. 그렇게 해주려는 교장의 주장이 윤곽을 드러내고 있었다. 교장이 자신을 위해 그토록 교활한 일에까지 발을 담그려 하다니 감동스럽기도 하고 슬프기도 했다.

고마워요, 존. 아치가 말했다. 이렇게까지 해주시다니 참 고맙습니다. 하지만 저는 떠나야 합니다.

아치는 시러큐스에 사는 누나 마거릿과 함께 살기로 하고 그리로 향했다. 남매는 원래도 가까운 사이였고 어린 시절, 의사였던 아버지가 결핵으로 사망한 뒤 어머니가 마담 폰 랑케와 그 아들 헤르만의 손아귀에 떨어진 이후에도 계속 가깝게 지냈다. 폰 랑케 가족은 심령술사로, 비탄에 잠긴 미리엄을 '더 높은 세계'의

관문까지 안내했다. 미리엄은 거기서 별세한 남편을 만났는데, 그는 변치 않는 사랑을 맹세하며 어떤 대단히 날카로운 사업적 조언을 해주겠다고 약속했다. 아치는 지금까지도 헤르만의 머릿 기름에서 나던 감초향이 코끝을 맴도는 것 같았다. 어디서든 눈만 감으면 그 냄새가 났다. 폰 랑케 가족은 미리엄을 무자비하게 강도질했다. 결국 그녀는 유클리드 애비뉴에 있는 워드 웰링턴 워드 저택을 팔아치우고 말았다. 그래서 아이들을 데리고 나이든 부모님의 집으로 이사해야만 했다. 어머니를 변호하다가 아치와 마거릿은 친구가 되었다. 그러나 마거릿은 최근 불평꾼에 심술쟁이가 되었으며 아치는 이 주 이상 그녀를 참아줄 수 없는 지경에 이르렀다.

그래서 아치는 여행을 다녔다. 언젠가 한번은 아버지가 돌아가신 양로원과 그리 멀지 않은 새러넥 호수에서 가을을 보냈다. 이후 토론토까지 차를 몰고 갔다가 몬트리올을 거쳐 뉴욕으로 내려갔고, 같은 해 겨울에는 코넬 시절의 동기와 피닉스에서 시간을 보냈다. 피닉스에 도착한 다음날, 아치는 헬렌의 유골이 안치되어 있는 납골당을 방문했다. 그러니까 장례식장에서 아치에게 보낸 편지에는 거기가 납골당이라고 적혀 있었다. 하지만 실제로 가보니 그곳은 도시가 멈추고 경토층과 관목이 나타나기 시작하는 지점에 자리한, 바람조차 막을 수 없는 묘지의 콘크리트 블록을 쌓아놓은 마당일 뿐이었다.

아치는 헬렌의 이름이 새겨져 있는 화강암 명패를 찾아내 그 위에 꽃 몇 송이를 올려놓고 잠시 서 있었다. 두 사람은 헬렌이 브루클린에서 경주마를 관리할 때 아치가 몇 차례 말을 빌린 일을 계기로 처음 만났다. 그녀는 아치와 함께 승마를 시작했고, 몇 번인가 로워 허드슨 사냥 동호회의 짧은 나들이에 그를 초청했다. 아치는 다리가 완전히 아작이 난 다음에야 승마를 시작했지만 말에 앉으면 모습이 꽤 그럴싸했고 헬렌만큼이나 거칠게 장애물을 향해 돌진했다. 아마도 그게 헬렌에게 잘못된 인상을 심어준 것 같았다. 말에서 내린 아치는 완전히 다른 사람이었으니까. 땅을 딛고 선 아치는 헬렌을 앞장서 이끌지도, 그녀의 뒤를 따르지도 못했다.

아치는 새겨진 글귀들을 읽으며 묘지를 헤매고 다녔다. 주차장으로 돌아오는 길에 코요테 한 마리가 종종걸음으로 지나가는 것을 보자 헬렌을 두고 떠나는 마음이 조금은 나아졌다.

아치는 마거릿과 같이 살며 여행을 다녔다. 수많은 학교에 이력서를 넣고 그중 한 곳에서라도 관심을 표했는지 보려고 우편물을 확인했다. 사실 결과는 기대하지 않았다. 학생주임으로 재직할 때 아치는 직접 이력서를 검토하고 그들의 구직 불가능성에 고개를 젓곤 했다. 삼십 년 경력에 좋은 학교에서 존경받는 지위를 차지하고 있던 사람이 갑자기 그 모든 걸 내던지고 다시 시작할 이유가 무엇이겠는가? 아치는 너무 늙었다. 말이 되지 않았다. 한눈에 봐도 뭔가 사연이 있다는 걸 알 수 있었다. 새 학교에서 되풀이되지 않는 게 최선인 사연.

아치는 자신에게 불리한 온갖 주장을 알고 있었지만 어쨌거나 편지를 보냈다. 일을 그만둔 게 후회됐다. 당일 아침부터 그랬다. 하지만 이미 저지른 일을 주워 담을 방법을 도저히 알 수 없었다. 사임을 하는 순간까지도 아치는 교편을 잡는다는 건 자신이 차지해야 마땅한 어떤 위대한 운명으로부터 눈을 돌리게 만드는 일이라고만 생각했다. 딱히 속으로 그런 말을 한 것은 아니지만, 지나고 보니 분명 그렇게 느꼈다는 생각이 들었다. 그게 아니라면 학교를 떠나면서 자신이 얼마나 쓸모없는 존재로 전락할지 몰랐을 리가 없었다. 삼십 년 동안 그는 아이들과 대화하며 살았다. 세상 돌아가는 일에 대한 아이들 나름의 감각과 회의적인 생각에, 그리고 가장 중요하게는 아이들의 신뢰에 답을 할 수 있는 상태로 말이다. 혼자 있을 때조차도 아치는 학생들과 함께 있는 상상을 하며 책을 읽고 생각했고, 그 때문에 책임감을 갖게 되었고, 그 때문에 더 활력이 생겼으며 날카롭게 연마되었다. 이제 그는 혼자 책을 읽고 혼자 생각했다. 살아 있다는 느낌은 거의 들지 않았다.

그런데 겨울이 끝나가던 즈음 아치는 세인트존 군사학교의 공석을 채울 인물로 물망에 올랐다. 시러큐스에서 겨우 몇 킬로미터밖에 떨어지지 않은, 맨리어스에 있는 학교였다. 칼 메그스라는, 지금은 세인트존에서 교편을 잡고 있는 옛 제자가 힘을 써준 덕분에 마련된 자리였다. 아치도 알고 있었다. 공식적인 초청장이 도착하기 며칠 전에 칼이 전화를 걸어 아치더러 여전히 구직 중이냐고 물었으니까. 칼은 자기가 문학을 가르치게 된 건 전부 아치 덕이라며, 그와 같은 학교에서 동료 교사로 재직하는 것보다 더 좋은 일은 상상조차 할 수 없다고 말했다.

성지聖地를 떠나신 데에는 분명히 그럴 만한 이유가 있으셨겠죠. 칼이 말했다.

그런 줄 알았지. 아치가 말했다.

아치는 보기 드물 정도로 빛이 환한 어느 날 맨리어스로 차를 타고 가, 정문에서 추위에 발을 구르며 기다리던 칼을 만났다. 어린 시절의 칼을 또렷하게 기억하지는 못했다. 빨간 콧수염이 축 늘어진, 볼이 홀쭉하고 애수에 잠겨 있는 듯한 그 남자를 알아볼 수 없었던 건 물론이었다. 하지만 알아보는 척했다. 칼은 눈이 높이 쌓여 벽을 이룬 석조 건물들 사이로 그를 이끌었다. 처마마다 고드름이 반짝였다. 칼은 아치를 위해 걸음을 늦추며 이것저것을 손으로 가리켰지만 아치는 수업을 들으러 주변을 지나가는 아이들만 지켜보았다. 소년들은 근사한 군용 방한외투를 입고 번쩍이는 챙이 달린 모자를 쓴 모습이었다. 말을 하고 웃을 때마다 아이들의 숨결이 하얀 김으로 뻐끔뻐끔 뿜어져나왔다.

채용 면접은 그렇게 오래 걸리지 않았다. 아치가 일을 할 수 있는 상황인지, 어떤 과목을 가르칠 수 있는지에 대한 질문 몇 가지를 던진 뒤 학장은 예전에 재직하던 학교를 떠나온 이유가 무엇인지 물었다.

개인적인 문제입니다. 아치가 말했다. 칼이 탁자를 내려다보는 모습이 눈에 들어왔고, 아치는 그를 이런 처지에 빠뜨려 미안한 마음이 들었다.

그 이상의 설명이 필요합니다만. 학장이 말했다. 그는 탁자를 둘러싸고 앉은 네 명의 동료 교사를 바라보았고 그들은 모두가 아치만 보았다. 솔직히 말해서, 메이크피스 씨, 우리 중 몇 명은 귀하가 이 자리에 지원한 이유가 뭔지 궁금해하고 있습니다. 저도 궁금해요.

물론 그러시겠죠. 아치가 말했다. 하지만 그건 개인적인 결정이었고, 앞으로도 공개할 생각이 없습니다.

학장이 탁자 주변을 둘러보았다. 제가 할 질문은 다 했습니다. 그가 말했다. 다른 질문 있으신 분? 다른 질문은 없었다. 그런 다음 학장은 다시 의자를 밀어넣었고 모두가 자리에서 일어났다. 학장은 아치와 악수를 나누며 말했다. 어니스트 헤밍웨이와 친우

관계시라는 얘기를 들었습니다. 심심한 위로를 표합니다. 오늘
나와주셔서 감사합니다. 세인트존에 관심을 보여주셔서 감사합
니다.

마거릿은 아치가 그 자리를 얻을 거라고 확신했기 때문에, 아
치가 일부러 면접을 망쳐버렸다는 심통 맞은 의심을 감추지 않
았다. 애들을 가르치고 싶다면서. 그녀가 말했다.

그랬다. 아치는 가르치고 싶었다. 하지만 아치가 원한 건 그것
만이 아니었다. 그날 아침 아치에게 일말의 관심조차, 시선 한 번
주지 않던 학생들을 보고 나서 알게 된 것이었다. 하긴 그 이상
무엇을 기대할 수 있겠는가? 기대라니, 그런 건 애초에 하지도
않았다. 그러나 아치는 실망감을 느끼고서야 자기가 가르치는 일
이상의 무언가를 실제로 기대했다는 것을 알게 되었다. 학생들이
그저 학생이라는 이유만으로 자기를 알아보기라도 할 것처럼, 그
는 그렇게 다시 학생들 사이에 있고 싶었던 것이다. 하지만 학생
들이 뭔가 본 게 있다면, 그건 그저 얼음을 밟을까봐 조심하면서
지팡이로 길을 두드리며 걸어가던, 아무 특이할 것 없는 노인네
뿐이었다.

예전에 아치는 특별하고 가치 있는 사람이 된 듯한 느낌이 자
기가 가진 자질에서 나온 것이라고 생각했다. 어디에 가든 그 자
질이 같은 자신감을 유지하게 해줄 거라 생각했다. 그런 확신이

다른 사람들에 의해 부여된 것이라는 생각은, 다른 사람들이 자신을 알아보고 아껴주기 때문에 생겨난 것이라는 상상은 한 번도 해보지 않았다. 하지만 그게 사실이었다. 누가 알아봐주지 않자 그는 유령이 되었다. 심지어 자기 자신에게조차도.

아치는 그 이해에서 어떤 일반적인 규칙을 정제해내지는 않았다. 군주처럼 오만한 자기 확신과 무관심을 품은 사람이라면 사람들이 자기를 알아보는 장소를 떠나고서도 유령이 되지 않을 수 있을지 몰랐다. 아치는 그저, 자기는 그런 사람이 아니라는 것만 알 수 있었다. 그는 어딘가에 소속되어 있어야 하는 사람이었다. 어떻게 멋대로 학교를 떠나도 된다는 생각을 했단 말인가?

아침식사 시간이면 아이들은 둔하고 흐리멍덩했다. 아치는 자신만의 아침 활기로 영리한 질문을 던지고, 마른 토스트 한 조각도 목구멍으로 넘기기 힘들어하는 성미 까다로운 녀석들에게 자두를 먹어보라고 권하던 날들이, 그렇게 아이들을 쿡쿡 찔러댈 때 느낀 즐거움이 그리웠다. 밤이 되면 기숙사에서는 특별한 소음이 울려퍼졌다. 오십 개의 서로 다른 테이프가 재생되는 소리, 문이 쾅쾅 닫히는 소리, 복도에서 들려오는 시끄러운 목소리, 수많은 샤워기가 일제히 물을 내뿜으며 희미하게 쉭쉭대는 소리였다. 멀리서 들려오는 부엉이 소리에 잠시 발걸음을 멈춘 사람처럼 안뜰을 가로지를 때면 아치는 언제나 멈춰 서서 그 소리들에 귀를 기울였다. 그는 쉬는 시간마다 복도에서 일어나는 소동이 그리웠다. 자기가 지나갈 수 있도록 아이들이 양옆으로 길을 비켜주던 게 그리웠다. 소년들의 소음과 그들에게서 나는 모직물 냄새, 예배 시간에 보이던 소년들의 침묵이 그리웠다. 그들의 예의바른 태도가 그리웠다. 아이들이 향수병에 시달리거나 낙담해 있을 때 기운을 되찾을 수 있도록 격려해주던 일이 그리웠고, 그들이 어딘가에 부딪혀 좌초했을 때 예상치 못한 인내심을 보여줌으로써 아이들을 놀라게 하던 일이 그리웠다. 나를 그렇게 오래 봐왔으면서도 내가 어떤 사람인지 아직 몰랐던 게냐? 하면서. 아치는 첫눈이 내릴 때 아이들이 미쳐 날뛰며 아주 조그마한 핑계라도 생기면 갑자기 노래를 불러대던 일이, 어떤 시에서 뭔가 재미있는 걸 찾아내면, 특히 그게 아치가 미처 보지 못했던 것이면 흥분해서 자제심을 잃던 모습이 그리웠다. 아치는 그 모든 것이 그리웠다. 주변 사람들을 알고 지내고, 주변 사람들이 자신을 안다는 것이. 존경심과 온기, 심지어 어느 정도의 경탄까지 보이던, 어떤 수줍은 눈길들이 그리웠다. 아치는 다른 모든 것만큼이나 그것을 되찾고 싶었다. 그 모든 것을 되찾고 싶었다.

친구인 램지에게 쓴 다음번 편지에서 아치는 학교를 떠난 것은 끔찍한 실수였고 기회가 주어진다면 다시 돌아가고 싶다고 적었다. 램지라면 이 전갈이 교장에게 보내는 것이라는 걸 이해할 터였다. 아치는 공식적으로 거절을 당하고 돌아갈 수 있으리라는 희망을 잃을 게 두려워 교장에게 직접 편지를 쓸 수는 없었다. 더군다나 문제의 그날, 오랜 친구가 영혼이라도 훔치려 든다는 것처럼, 호손의 소설에나 나올 법한 도덕적 편집증의 환영이라도 된 것처럼, 다시 한번 생각해보라는 교장의 요청을 고매하게 떨쳐버린 일이 있는데 이제 와서 구걸을 할 수도 없는 노릇이었다.

말이 나와서 얘기지만, 그렇게 오랜 세월 호손을 가르쳐왔으면서 아무것도 배운 것이 없었던 것일까? 소설을 한 편 한 편 읽어나가며 아치는 순수함에 대한 집착이 얼마나 어리석은 일인지 생각해볼 수 있도록 학생들을 이끌었다. 그런 집착은 자만심에 깊이 뿌리를 박고 있다가 타인과 자기 자신에 대한 비난과 폭력이라는 꽃을 피웠다. 아치는 오랫동안, 흠결이 있고 모호한 것들에 대한 불관용이야말로 악한 일이 벌어지는 이유라는 생각을 견지해왔다. 그러나 그 교훈을 마음 깊이 받아들이지는 못했다. 한 가지 잘못이 깃들어 있다는 이유만으로 자기 인생에서 가장 좋았던 것을 포기해버렸으니까. 모반을 빼내려다 아름다운 아내를 살해해버린 에일머*보다 나을 게 하나도 없었다.

---

*너새니얼 호손의 단편 「모반」의 내용.

램지가 답장을 보내왔다. 아치가 직접 소식을 전하지 않는 한 교장은 답장을 보내지 않을 것이며, 자기로서는 교장이 무슨 생각을 하는지 알아내는 것 자체가 불가능하다는 내용이었다. 교장은 아무 내색도 하지 않았다고 했다. 부탁이니까, 제발 교장 선생님께 편지를 보내세요. 램지는 그렇게 적었다. 어차피 잃을 것도 없잖습니까?

미처 자제할 겨를도 없이 아치는 서랍에서 종이를 한 장 꺼내 탄원서 초안을 썼다. 멋대로 직책을 버린 데 대해 교장에게 사과하고, 가능한 어떤 조건으로든 다시 받아주기를 청했다. 아치는 자기 자리를 대체할 사람이 이미 고용되었다는 사실을 알고 있었으므로, 옛날에 맡았던 강의를 다시 하거나 옛 자리를 다시 차지할 수 있으리라고는 기대하지 않았다. 보충 수업도 기꺼이 할 것이며, 개인 교습도 마다하지 않을 터였다. 숙소라면 마을에 있는 방을 하나 빌리면 되었다. 다른 어떤 편의가 제공되지 않는다 하더라도 당연히 이해할 것이라며, 아치는 모두에게 안부를 전했다.

교장은 등기로 답장을 보내왔다. 아치가 돌아오겠다는 결정을 내리기만 고대하고 있었기에 그간 아치를 휴직 처리해두었노라고 전했다. 새로 온 사람은 일 년간만 고용된 상태였다. 아치는 평소 하던 수업을 하면 되고, 숙소는 그가 돌아오는 순간부터 사용할 수 있었다.

그러나 아치가 생각해야 할 조건이 두 가지 있었다. 첫째 조건은 더이상 학생주임 직책은 맡을 수 없다는 것이었다. 두번째 조건은, 헤밍웨이와 관련된 일에서 괜히 긁어 부스럼을 만들지 말고 문제를 바로잡기 위한 어떤 시도도 하지 말라는 것이었다. 이미 다 늦은 마당에 아무 성과 없이 아이들에게 혼란만 가중시키게 될 테니까. 아치가 이 조건에만 동의한다면, 교장은 선생들 및 다른 학생들과 함께 그의 귀환만을 열정적으로 고대하겠다고 했다. 교장은 그 편지를 복사하여 두 통을 보냈다. 동의한다는 의사를 적극 표명하기 위해 아치는 동봉된 봉투에 들어 있는 원본 편지에 서명을 해 돌려보내야 했다. 다른 하나는 그가 개인적으로 보관하면 되었다.

　　처음부터 아치는 학생주임으로 복직할 생각이나 학생들을 고해신부로 쓸 생각은 하지도 않았다. 그러나 어떤 식으로든 조건이 붙어야 한다는 점, 그것도 이렇게 냉정한 어조로 명기되어야 한다는 점을 통해 친구가 자신을 보는 기준이 얼마나 낮아졌는지 알아차릴 수밖에 없었다. 교장은 속마음을 감춘 채 상대에게 따뜻한 마음을 품은 시늉은 못하는 인물이었다. 아치는 교장의 돌처럼 단단한 시선에 몇 달, 심지어 몇 년 동안이나 짓눌려 시들어가는 다른 사람들을 지켜봐왔다. 이제 아치의 차례였다. 오직 그것만이 아치가 받아들이기를 망설인 유일한 조건이었다. 하지만 어쨌든 아치는 그 조건을 받아들였다.

마거릿은 소식을 듣고 얼마 동안 그를 완전히 무시하더니, 이
내 마음이 풀려 아치가 난생처음 집을 나서는 아이라도 된 듯 모
든 응석을 다 받아주었다. 남매는 주말 동안 새러토가로 차를 몰
고 가 경마로 거의 300달러를 벌었고, 동네에 있는 유일한 프랑
스 레스토랑에서 오랫동안, 술을 흠뻑 곁들여가며 저녁식사를 하
는 데 그 돈을 다 써버렸다. 어느 날 밤에는 마거릿이 헤르만 폰
랑케가 어머니의 연인이었다는 말을 흘리고 말았다. 아치는 자기
접시를 뚫어지게 내려다보았다.

정말 몰랐단 말이야? 마거릿이 물었다. 아니, 뭐라고 생각했던
거야? 외롭고 바보 같은 여자였어. 멍청했지. 엄마는 그런 사람이
었다고, 아치, 그런 사람이었어! 멍청하고, 멍청하고, 멍청한 사
람! 마거릿은 눈물을 터뜨렸고 아치는 주변 사람들이 마치 아무
것도 못 봤다는 시늉을 계속하려 노력하는 가운데 누나의 손을
잡고 그녀를 위로해야만 했다.

8월 초, 아치는 교장의 비서에게서 숙소가 준비되었다는 내용
의 편지를 받았다. 마거릿과 함께 시러큐스에서 보낸 시간은 물
릴 만큼 충분했지만, 학교로 돌아간다는 생각을 하니 왠지 겁이
났다. 그는 가능한 한 마지막날, 그러니까 교장의 사택에 교사진

이 모여 학기 전 회의를 하는 전통적 일정이 예정되어 있는 날까지 복귀를 미루었다. 운전하는 시간을 충분히 계산에 넣기는 했지만 우스터 외곽에 접어들었을 때 몇 년 동안이나 차를 타고 다녔던 길에서 방향을 잘못 들고, 되짚어 돌아오는 길에 또 길을 잃어버리는 바람에 학교에는 거의 한 시간이나 늦게 도착했다. 샤워를 하거나 면도할 시간은커녕 옷을 갈아입을 시간도 없었다. 아치는 뒷좌석에 있는 상자에서 넥타이를 끄집어냈다. 손가락이 뻣뻣해 계속 매듭이 꼬였다. 마침내 그는 넥타이 매기를 멈추고 길 위로 드리워져 있는, 나뭇잎이 풍성한 나무들의 터널을 바라보았다. 그대로 차를 몰고 떠나버릴 수도 있었지만 그러지 않았다. 아치는 백미러를 조정하고 넥타이를 살살 구슬려 완벽하게 매듭을 지은 다음, 긴장을 풀고 차에서 내렸다. 오랜 시간 운전한 끝에 똑바로 일어서려니 약간 어지러웠다. 아치는 자동차 지붕을 짚고 서서 잠시 몸을 추슬렀다. 늦은 오후였고, 공기에서는 막 깎은 잔디 향기가 짙게 풍겼다. 그는 뒷자리에서 지팡이를 꺼내들고 길을 따라 걸어가기 시작했다.

사택에 도착하기 훨씬 전부터 아치는 사람들 소리를 들을 수 있었다. 모두 교장의 정원에 모여 있었다. 뻔했다. 그들은 언제나 본격적인 일에 착수하기 전에 그곳에 모여 술을 한 잔씩 하곤 했다. 다들 술을 마시고 있었는지 목소리가 크고 무척 즐거운 듯 들떠 있었다. 푸른 담배 연기가 정원 위를 맴돌았다. 장미로 뒤덮인 격자무늬 시렁 아래를 지나자 누군가가 아치잖아! 에케 호모!*라고 말했고 모두 고개를 돌렸다.

　아치는 그 자리에 멈춰 서서 교장과 다른 선생들이 술이 놓인 식탁을 둘러싸고 서 있는 정원을 바라보았다. 교장이 말했다. 이거 자기 장례식에도 늦을 사람이로군! 그러자 다들 웃었다. 교장은 잔을 내려놓더니 두 팔을 벌리고 아치에게 다가왔다. 교장이 더 젊었지만 키는 훨씬 작았다. 반면 아치는 절름발이에 귀에서는 흰 털이 자라나오고 있었고 얼굴 전체에는 짧게 깎은 흰 수염 자국이 있었다. 그러나 아치는 다시 한번, 그저 소년이 된 듯한 기분만 느꼈다. 소년은 소년이지만, 여태껏 누가 쓰거나 말한 것 중 가장 아름다운 말임이 틀림없는 오래된 단어들을 사용하는 것 외에는 달리 이 장면을 묘사할 방법이 없다고 생각하는, 문학에 조예가 깊은 소년. 그 소년이 떠올린 문장은 이것이었다. 아버지는 그가 오는 것을 보고 달려가 맞이하였다.**

---

* Ecce homo, 라틴어로 '이 사람을 보라.' 빌라도가 가시 면류관을 쓴 예수를 가리켜 한 말.
** 성서의 돌아온 탕자의 비유.

여러 차례 이 책을 읽으면서 내게 헤아릴 수 없을 만큼
많은 도움을 준 캐서린 울프와 게리 피스케션에게
형용할 수 없을 만큼 감사를 전한다.
아만다 어번에게도 특별히 감사를 표한다.
그녀는 나를 도와주었을 뿐 아니라 몇 년에 걸쳐
나를 격려하고 지지해주었다.

　토바이어스 울프는 미국의 장/단편소설, 회고록 작가로서 『디스 보이스 라이프』(1989)과 『파라오의 군대』(1994) 등의 작품성 높은 회고록으로 잘 알려져 있으며, 펜/포크너상 수상자이자 국가예술훈장 수훈자이기도 하다. 흔히 20세기 미국의 리얼리즘을 불쾌한 현실을 그대로 보여주는 핍진성 때문에 '더티 리얼리즘'이라 부르는데, 울프는 레이먼드 카버, 안드레 듀부스, 리처드 포드 등과 더불어 이러한 예술 사조를 견인한 주요 소설가로서 소위 '미국 단편소설 르네상스'를 이끌어왔다. 1997년부터는 스탠퍼드대학교 인문대학 교수로 재직하며 영문학과 문예창작을 가르쳤다(국내에서는 이 대학교에서 가수 타블로를 지도한 인연으로 알려지기도 했다).

이 책, 『올드 스쿨』역시 울프의 명성과 기량에 어울리는 작품이다. 〈로스앤젤레스 타임스〉는 2004년 펜／포크너상 결선에 진출한 이 작품에 대해 "울프는 이 작품을 통해 자신이 이야기꾼이자 철학자이며 까다로운 문제에 깊이 빠져드는 사람, 즉 일류 작가임을 증명해냈다"는 호평을 내놓았다.

그런데 이 작품의 정말로 흥미로운 점은 울프가 본인의 소설관에 대해 내놓은 메타적 논평을 볼 때에 드러난다. 울프는 1989년 〈뉴욕 타임스〉 인터뷰에서 "내가 쓴 이야기에 자전적 요소가 있더라도 그것들을 픽션이라고 부르는 이유는 그것들이 픽션이기 때문입니다. 어떤 기억이라는 촉매제에 의해 발동되었을지는 몰라도 말이지요"라고 언급한 적이 있다. 자신의 소설들이 픽션이라는 점을 다시 한번 강조해야 했던 이유는 그만큼 그의 글이, 회고록이 아닌 소설인 경우에도, 작가의 개인적 경험을 깊이 참조하는 경우가 많기 때문이다. 사실 울프의 소설을 읽다보면 어디까지가 자전적 회고이고 어느 부분부터가 허구의 창작물인지 가리기 어려운 경우가 많다. 『올드 스쿨』은 이런 경향이 가장 두드러지는 작품이기도 하고, 이런 작품을 쓰는 작가 자신에 대한 성찰이기도 하다.

원래 이 소설은 〈뉴요커〉에 3부작 단편소설로 연재되었다가 2003년에 단권 장편소설로 처음 출간되었는데 빈티지북스에서 퍼낸 초판본 표지에는 힐고등학교라는, 펜실베이니아에 실존하는 엘리트 기숙학교 식당 사진이 담겨 있다. 작품의 배경인 미국 북동부의 엘리트 기숙학교가 바로 이 힐고등학교라는 것처럼 말이다. 재미있게도 힐고등학교는 실제로 울프와 개인적 인연이 있는 곳이다. 부모가 이혼한 뒤 어머니의 재혼가정에서 비교적 불우하고 궁핍한 소년 시절을 보냈기에 울프는 이런 귀족적인 학교에 지원하기도, 입학하기도 어려운 처지였으나 위조한 성적표와 추천서를 "토바이어스 조너선 폰 안셀 – 울프 3세"라는 거창한 가명으로 제출하여 이 학교의 입학 허가를 받아냈고, 이런 사실이 들통나자 퇴학당한 경험이 있다.

서민층에 속해 있으나 자신과 다른 계급 출신인 소년들의 무리에 섞여들기 위해 거짓말을 하고 정체를 위장하는 『올드 스쿨』의 주인공, 거창하게도 영국 왕실의 성인 '윈저'를 가명으로 사용하는, 다른 소설 속 주인공을 보면서 이것이야말로 자신의 이야기라고 깊이 몰입하고 매료되어 그 소설을 표절하고 마는 『올드 스쿨』의 주인공, 그 결과 엘리트 기숙학교에서 퇴학당하고 마는 『올드 스쿨』의 주인공이 자연스럽게 연상되는 대목이다.

『올드 스쿨』의 주인공이 유대인 아버지와 가톨릭교도 어머니 사이에서 태어났으나 한참 시간이 흐른 뒤까지 아버지가 유대인이었다는 사실을 몰랐다는 점도 작가의 개인적 경험과 일치한다

(『올드 스쿨』의 주인공은 십대가 되어서 이 사실을 알게 된 데 비해 울프는 성인이 되어서야 알게 되었다는 미묘한 차이가 있긴 하지만 말이다). 이후 군대에 자원입대하여 베트남전쟁에 참전했고, 귀환한 뒤에는 소설가로서 성공하여 각급 학교의 문학 관련 행사에 초빙되는 것도 작가와 『올드 스쿨』의 주인공이 공유하는 또 한 가지 경험이다.

공식적으로는 확인할 수 없지만, 그 외에도 학교에서 몰래 흡연을 했던 경험이나 선생의 아내에게 연정 비슷한 감정을 품었던 경험, 교지 출판국장으로서의 경험, 재능 있는 친구의 수상을 바라보며 질투했던 경험 등 『올드 스쿨』의 주인공이 했던 경험 중 얼마나 많은 경험과 이로 인해 비롯된 감정들이 작가와 공유되는 것인지는 그저 추측할 수 있을 따름이다.

일견 울프는 이처럼 작가 자신의 삶을 자전적으로 투영하는 것만이 정직한 글쓰기라고, 가장 지고한 형태의, 어쩌면 진실하고 유의미한 작품을 쓰려는 작가가 취할 수 있는 유일한 형태의 작품이라고 웅변하는 것처럼 보인다. 『올드 스쿨』의 주인공이 부끄러워서 차마 제출하지 못하지만 내면적으로 깊이 만족스럽게 여기는 창작물, 예컨대 소방관을 보고 나서 쓴 아버지에 대한 시는 서민적인 자신의 경험이 진솔하게 녹아 있는 작품이다. 이에 반해 계급적 허위를 위해 꾸며낸, 엘크 사냥을 다룬 시 같은 경우

주인공 자신의 눈에 도무지 차지 않는다.

이런 관점은 『올드 스쿨』의 주인공이 다른 작가들을 평가할 때에도 드러난다. 그는 한때 사춘기적 열병에 들떠 아인 랜드의 소설에 취해 있다가 현실의 그 어떤 인물도 랜드의 소설에서처럼 강철처럼 막강할 수 없다는 사실을 깨닫고 다시 그의 오랜 사랑인 헤밍웨이에게로 돌아오는데, 이때 그가 재발견하고 상찬하는 헤밍웨이의 가장 큰 장점은 (인간의 아픔을 외면하지 않고 그대로 담아내는 진실성과 더불어) 바로 헤밍웨이가 그의 주인공 닉 애덤스에게 진솔하게, 때로는 용감하다 할 만큼 작가 자신의 경험을 투영했다는 점이다.

이런 『올드 스쿨』 주인공의 의견이, 그의 수많은 경험처럼 작가 울프와 공유되는 것이라면 아마 이 작품은 작가 자신의 창작관에 대한 다소 단조로운 변호에 머물렀을 가능성이 높다. 물론 그 경우에도 로버트 프로스트, 아인 랜드, 어니스트 헤밍웨이의 작품에 대한 풍자적 논평이라는 각도에서 흥미로운 읽을거리가 되어주었겠지만 말이다(작품이란 결국 작가의 삶을 반영하는 것이라는 전제를 단순히 받아들일 경우, 풍자는 작품에 대한 것일 뿐 아니라 작가의 인격 자체를 향한 것이 되었을 것이다).

하지만 이 지점에서 울프는 영리하게 반전을 준다. 이 작품 전체에서 주인공이 가장 진솔하다고 여긴 자신의 '작품'은 수전 프리드먼이라는 다른 학생이 쓴 소설을 이름과 몇 가지 세부사항만 바꾸어 베낀 표절작이다. 주인공은 수전의 소설에 너무 깊이 몰입한 나머지 자신이 하던 행위가 표절이라는 사실조차 아예 잊고 이 작품을 경연대회에 제출하며, 그 내용이 자신이 지금껏 허위로 감추어왔던 진짜 자신의 모습을 드러낼까봐 불안해하고 용기를 내기도 한다. 그런데 이 작품에 대한 교사들이나 동료 학생들의 반응은 감탄 일색이다. 제출된 작품들을 심사한 헤밍웨이조차 진실이 담겨 있다며 이 작품을 높이 평가한다. 이 작품이 사실 수전의 소설을 표절한 것임이 밝혀져 심사위원과 동료 학생들, 선생들은 물론 작품을 표절했다는 사실조차 완전히 잊고 있던 주인공에게 충격을 주기까지 주인공은 진솔한 작품을 쓸 수 있는 작가로 거듭나는 뛰어난 문학적 성취를 이룬 것으로 평가된다.

이처럼 문학에서 상찬하는 진정성, 진실함이 그 작품을 쓴 작가 개인의 이중성, 허위, 기만과 극적으로 파열을 일으키는 설정을 제시함으로써 울프는 문학적 경험이란 무엇이며 문학이 수행하는 역할은 무엇인지에 대한 진지한 질문으로 독자의 관심을 돌린다. 같은 맥락에서, 조지의 작품에 대한 로버트 프로스트의 오독, 큰 제프의 작품에 대한 아인 랜드의 오독, 결정적으로 주인공의 작품에 대한 헤밍웨이의 오독 등 『올드 스쿨』 내의 수많은 '오해'는 모두 각 작가에 대한 풍자에서 한 발 더 나아가 작가가 참조한 사인私人으로서의 경험은 문학적 경험으로서 독자에게 전달되는 순간부터 이미 다른 의미를 갖게 된다는 성찰, 그것이 오히려 문학의 본질일지 모른다는 울프의 소설관으로 읽을 수 있을 것이다.

〈런던 북 리뷰〉의 와이어트 메이슨은 토바이어스 울프의 작품 경향 전반에 대하여 "주인공들이 사실이라고 알고 있는 것과 사실이라고 느끼는 것을 화해시키지 못하는 첨예한 도덕적 딜레마에 직면해 있다. 이중성, 표리부동이야말로 이들의 커다란 실패이자 울프가 주로 다루는 주제다"라고 논평했다. 이 또한 『올드 스쿨』을 문학 작품으로서 경험하는 또 한 가지 방법이다. 그 외에도 청소년기에 대한, 계급 문제에 대한, 그 밖의 여러 가지에 대한 소설로서 이 책을 읽는 게 가능하다. 그 모든 '오독'이, 옮긴이가 이곳에서 전한 '오독'과 마찬가지로, 『올드 스쿨』을 보다 풍요롭게 하는 즐거운 문학적 경험이 되길 기대한다.

강동혁

지은이 **토바이어스 울프**
1945년 미국 버밍햄에서 태어나 부모님의 이혼 이후 시애틀, 워싱턴 등에서 사춘기 시절을 보냈다. 1968년 베트남전에 참전했고 전역 후 옥스퍼드대학교에서 영문학 학사학위를, 스탠퍼드대학교에서 석사학위를 받았다. 1997년부터 스탠퍼드대학교에서 문학과 창작을 가르치고 있다. 대표작으로 단편집『북미 순교자의 정원에서』『우리의 이야기가 시작된다』, 중편소설『막사 도둑』, 회고록『디스 보이스 라이프』 등이 있다. 2014년 문학에 바친 평생의 공로로 스톤상을 수상했고 2015년 국가예술훈장을 받았다.

옮긴이 **강동혁**
서울대학교 영문학과와 사회학과를 졸업하고 동 대학원에서 영문학 석사학위를 받았다. 옮긴 책으로『밤의 동물원』『일곱 건의 살인에 대한 간략한 역사 1, 2』『아이 엠 필그림 1, 2』『신비한 동물 사전 원작 시나리오』『우리가 묻어버린 것들』『타인의 외피』 등이 있다.

문학동네 세계문학
올드 스쿨

초판 인쇄 2019년 3월 20일 | 초판 발행 2019년 3월 29일

지은이 토바이어스 울프 | 옮긴이 강동혁 | 펴낸이 염현숙

책임편집 정혜림 | 편집 홍유진 오동규 이현정
디자인 강혜림 최미영 | 저작권 한문숙 김지영
마케팅 정민호 정진아 함유지 김혜연 박지영 김수현 | 홍보 김희숙 김상만 이천희
제작 강신은 김동욱 임현식 | 제작처 한영문화사(인쇄) 경일제책사(제본)

펴낸곳 (주)문학동네
출판등록 1993년 10월 22일 제406-2003-000045호
주소 10881 경기도 파주시 회동길 210
전자우편 editor@munhak.com | 대표전화 031) 955-8888 | 팩스 031) 955-8855
문의전화 031) 955-3576(마케팅) 031) 955-8861(편집)
문학동네카페 http://cafe.naver.com/mhdn | 트위터 @munhakdongne
북클럽문학동네 http://bookclubmunhak.com

ISBN 978-89-546-5563-7 03840

www.munhak.com